CHARLOTTE HAWKES

Une croisière au Chili

Traduction française de
EVELINE CHARLÈS

BLANCHE

HARLEQUIN

Collection : Blanche

Titre original :
THE DOCTOR'S ONE NIGHT TO REMEMBER

HARPERCOLLINS FRANCE
83-85, boulevard Vincent-Auriol, 75646 PARIS CEDEX 13
Service Lectrices — Tél. : 01 45 82 47 47 - www.harlequin.fr
ISBN 978-2-2804-5677-7 — ISSN 0223-5056

Composé et édité par HarperCollins France. Achevé d'imprimer en mai 2021.
par CPI Black Print - Barcelone - Espagne
Dépôt légal : juin 2021.

MIXTE
Papier issu de sources responsables
FSC® C159065

Pour limiter l'empreinte environnementale de ses livres, HarperCollins France s'engage à n'utiliser que du papier fabriqué à partir de bois provenant de forêts gérées durablement et de manière responsable.

1.

Isla Sinclair suivait du regard un couple d'amoureux qui se promenait sur la plage.

— À ton avis, lequel des deux fait semblant ? demanda-t-elle à Leonora, son ancienne sœur par alliance, qu'elle considérait comme sa vraie sœur.

Celle-ci reposa son cocktail et se retourna pour voir ce qu'Isla regardait.

— Ne laisse pas cet imbécile de Brad te transformer en mégère cynique, répondit Leonora avec un doux sourire. Ils s'aiment peut-être vraiment.

— Et toi, tu es vraiment une incorrigible romantique.

Isla fit un effort pour chasser de son esprit le souvenir importun de son ex-fiancé.

— Tu sais aussi bien que moi qu'il y en a toujours un qui joue la comédie. S'ils ont de la chance, leur union sera fondée sur des avantages mutuels bien compris, comme celle de ton père et de ma mère.

Cela avait du moins été le cas pendant cinq ans, après quoi leurs parents s'étaient séparés à l'amiable, il y avait de cela treize ans, quand Isla et Leo en avaient dix-neuf.

Toujours aller de l'avant.

C'était la leçon qu'elle avait apprise auprès de sa ravissante mère, qui la lui glissait à l'oreille chaque fois qu'elle s'apprêtait à épouser un nouveau mari, plus riche et plus influent que le précédent.

Marianna Sinclair-Raleigh-Burton voyait le mariage comme une négociation commerciale dont chaque partie devait tirer des bénéfices.

Leo, visiblement attendrie, secoua la tête.

— J'ai l'impression d'entendre ta mère : « Pourquoi compliquer les choses en feignant d'être amoureuses, les filles ? Mieux vaut être franc et éviter les mauvaises surprises. »

— « L'amour… Ne me parlez pas de malheur ! » s'exclama Isla en haussant gracieusement les épaules.

Leo éclata de rire.

— Tu l'imites trop bien, Isla !

— À propos, où est-elle, en ce moment ?

Leo fronça le nez.

— Elle a dit qu'elle allait faire une sieste… Tu crois qu'elle va se dégoter un nouveau prétendant ?

— Eh bien… Premièrement, elle vient de divorcer pour la ixième fois. Deuxièmement, elle a insisté pour venir en vacances ici, alors que je voulais me préparer tranquillement à prendre mon poste de médecin sur ce paquebot. Troisièmement, elle nous a réservé des chambres dans l'hôtel le plus luxueux de la région, peut-être même de tout le Chili. Je serais donc très surprise si elle n'était pas déjà en chasse d'un nouveau mari.

— Je préfère ça plutôt qu'elle essaie de caser l'une de nous.

Malgré tous ses défauts, les deux jeunes femmes savaient parfaitement qu'elles n'auraient pas pu avoir de mère plus aimante et généreuse, ce qui n'empêcha pas Isla de lever les yeux au ciel.

— Je suis d'accord, mais je reste méfiante.

— Moi aussi, répondit Leo en se tournant de nouveau vers le couple. Ils sont peut-être vraiment amoureux.

— Possible.

Après avoir vidé son verre, Leonora se leva.

— Je vais faire un peu de lèche-vitrines. Tu m'accompagnes ?

Isla hésita un instant.

— Je préfère marcher sur la plage. Après l'embarquement, je n'aurai pas souvent l'occasion de poser le pied sur la terre ferme.

— On se retrouve à l'hôtel dans une heure ?

— D'accord.

Isla suivit des yeux sa sœur, qui se dirigeait vers le jeune couple. Décidément, Leo était une incorrigible romantique ! Pour sa part, elle était là pour le travail. La seule perspective d'une idylle la faisait frissonner d'effroi. Elle allait faire ce dont elle rêvait depuis son enfance : exercer son métier de médecin sur un paquebot.

Le *Joyau d'Hestia*.

Celui-ci était évidemment moins prestigieux que la *Reine Cassiopée*, le navire vedette de la compagnie l'Étoile des Mers ancré en ce moment même dans le port. Mais peu lui importait : elle allait pouvoir voyager à travers le monde tout en soignant des gens. Et si cela lui faisait oublier l'humiliation que lui avait infligée Bradley, ce serait la cerise sur le gâteau.

Après avoir à son tour vidé son verre, Isla se leva, souriant à l'avenir heureux qui se profilait. Jusqu'à ce que son paquebot arrive, dans deux jours, elle comptait bien jouer les touristes.

Un bruit soudain la fit se retourner. Deux jeunes hommes se battaient dans un bar tout proche. Visiblement ivres, ils semblaient se croire sur un ring de boxe.

Estimant que cela ne la regardait pas, elle opta pour la direction opposée. Tête haute, elle accélérait le pas lorsqu'un fracas énorme retentit dans son dos.

Malgré elle, elle fit volte-face. Un officier de marine se précipitait vers les combattants. L'un des deux gisait déjà au sol, inconscient. Le nouveau venu fendit la foule des badauds et immobilisa le vainqueur. Puis, sortant un talkie-walkie de sa poche, il lança quelques instructions.

La façon dont il gérait la situation avait quelque chose de fascinant, et le cœur d'Isla se mit à battre plus vite.

Sans doute une montée d'adrénaline causée par la soudaineté et la brutalité de cette bagarre. À moins que cet officier ne lui rappelle les défauts de son ex-fiancé. Brad se prenait pour un mâle alpha, alors qu'il n'était que bravache.

Pourquoi avait-elle mis si longtemps à le voir tel qu'il était ?

Ça suffit !

Elle se secoua. Elle était venue au Chili pour repartir à zéro, pas pour ressasser le passé. Elle allait s'éloigner lorsqu'un appel qu'elle ne pouvait ignorer retentit :

— *Médico ? Es alguien médico ?*

Elle scruta la scène du regard, souhaitant presque que quelqu'un d'autre intervienne.

Personne… Elle revint sur ses pas.

— *Soy médica,* dit-elle comme pour elle-même en fendant à son tour la foule.

Une fois sur place, elle constata que l'un des deux hommes était tombé sur une table en verre qui s'était brisée sous son poids. Une flaque de sang se formait quelque part, sous le bas de son dos.

Isla pointa du doigt un spectateur qui fixait le blessé d'un air hébété.

— Vous ! Vous pouvez déplacer les tables ? *Mover las mesas ?*

Elle s'accroupit près du blessé.

— Et vous…, commença-t-elle en cherchant ses mots, à l'attention de l'un des serveurs, *un cepillo para barrer los… fragmentos de vidrio.*

Celui-ci s'exécuta aussitôt tandis qu'Isla se focalisait sur le blessé. Il n'était pas inconscient, mais certainement groggy.

— Comment vous appelez-vous ? *Cómo se llama ?*

L'homme émit quelques mots incompréhensibles.

— Je suis médecin. *Soy médica.*

Le pouls du blessé était irrégulier, ce qui n'avait rien d'étonnant après une bagarre dans un bar et une chute brutale au point de faire exploser une table en verre. Aucun éclat ne l'avait atteint, pas de coupure sur le torse, le ventre ou les jambes. L'hémorragie se situait donc à l'arrière du corps.

— Quelqu'un a appelé une ambulance ? *Ambulancia ?*

— *Si, si,* s'exclamèrent plusieurs personnes.

Un flot d'informations en espagnol se déversa sur Isla, qui ne comprit pas tout. Au moins le serveur avait-il balayé une grande partie des débris de verre, lui permettant d'examiner son patient. Lourd et musclé, ce dernier n'était pas aussi facile à déplacer qu'elle l'avait cru.

— Aidez-moi à le mettre sur le ventre ! lança-t-elle à la cantonade. *Ayudar me… rodar…*

— Laissez-moi faire, s'il vous plaît, fit une voix autoritaire.

Isla leva les yeux vers l'homme, qui la dominait de sa haute stature. Aussitôt elle perçut un fourmillement dans tout son corps, la chaleur sans doute. Aux épaulettes qui ornaient les épaules de l'inconnu, elle devina qu'il s'agissait d'un gradé… Peut-être même la main droite du capitaine. Ce type était absolument canon !

— C'est un de vos hommes ? demanda-t-elle, furieuse contre elle-même. Vous allez pouvoir me donner son nom.

— C'est un de mes hommes, oui. Je suis le premier officier, grommela « M. Canon », et il a visiblement besoin d'un médecin.

— Il se trouve que c'est mon cas.

— Vraiment ? Je voulais dire que nous avons nos propres médecins pour prendre les membres de l'équipage en charge.

— Sans doute, mais ils ne sont pas là, contrairement à moi. Il perd du sang, alors je vous suggère de m'aider à le retourner. Pendant que vous y êtes, dites-moi comment il s'appelle et quelle langue il parle.

Elle le sentit hésiter. Isla devait admettre que c'était le plus beau spécimen masculin qu'elle ait jamais vu. Pas au sens classique du terme, cela n'aurait pas été suffisant pour le décrire. Mais il y avait quelque chose de fascinant en lui, depuis sa mâchoire carrée jusqu'à son nez en lame de couteau. Ses yeux marron clair étaient comme voilés de mystère, sa voix rauque et… son corps ? Elle refusa de s'aventurer plus loin. Elle ne voulait pas penser à son corps.

Elle perdait le contrôle de son esprit, au pire moment qui soit ; malgré elle, elle parcourut du regard l'homme accroupi auprès d'elle.

Des cuisses puissantes frôlèrent les siennes, lui envoyant une série de petites décharges électriques. Son uniforme immaculé moulait, telle une seconde peau, son torse et ses larges épaules.

À sa grande honte, Isla sentit sa bouche s'assécher tandis qu'elle le buvait des yeux… comme si jamais elle n'avait vu d'homme auparavant.

À sa décharge, elle n'en avait jamais croisé tel que celui-ci, sûrement le plus superbe mâle de toute la planète. À en juger par l'expression affamée des femmes de la foule, elle n'était pas la seule à le penser.

Elle se força à canaliser son attention sur le blessé.

— Dans quelle langue parle-t-il, s'il vous plaît ?

— Il s'appelle Philippe et il peut parler anglais.

— OK. Philippe, je m'appelle Isla et je suis médecin. Je suis là pour vous aider. Nous allons vous retourner sur le ventre, d'accord ?

L'officier se rapprocha encore d'elle pour la manœuvre. Cette proximité suscita en Isla une multitude de sensations qu'il valait mieux ne pas analyser.

L'homme retourna le blessé comme s'il ne pesait pas plus qu'une plume. La foule retint son souffle. Un long fragment de verre était planté dans la fesse gauche du malheureux. L'artère glutéale supérieure était clairement sectionnée.

Aussitôt, l'officier saisit son talkie-walkie et lança des ordres furieux au médecin du paquebot. Pendant ce temps, Isla regardait autour d'elle, en quête d'une aide matérielle. Elle finit par entourer sa main avec son écharpe pour attraper le tesson.

— Qu'est-ce que vous allez faire ? demanda M. Canon.

— Je dois enlever ce morceau de verre.

— Si vous faites ça, il va saigner encore plus, à moins que vous n'ayez un garrot.

— Impossible d'utiliser un garrot sur son derrière, dit Isla en tirant délicatement sur le fragment de verre. Et vous avez raison, il faudra boucher l'artère.

— Vous feriez mieux de ne toucher à rien, dit l'officier sur un ton autoritaire. En tout cas jusqu'à ce que notre médecin arrive.

Ce n'était pas la première fois qu'elle prenait ce genre de commentaire humiliant en pleine figure. Il n'y avait aucune raison de se sentir davantage blessée sous prétexte que cela venait d'un inconnu.

— Il prend son temps, apparemment, dit-elle d'une voix calme. Et c'est un temps dont ce patient ne dispose pas. Son rythme cardiaque est irrégulier. Que se passera-t-il s'il a besoin une réanimation cardio-pulmonaire ? Par ailleurs, il faut retirer immédiatement ce fragment pour réduire le risque d'infection et prévenir une réaction allergique. Je dois ôter ce corps étranger et nettoyer la plaie.

— Ce n'est pas seulement un patient, c'est un homme de mon équipage, et vous allez attendre.

— Je crains que non. Vous êtes peut-être commandant en second à bord de votre paquebot, mais pour l'instant il s'agit d'une urgence médicale et je suis le seul médecin sur place. Alors dégagez, parce que vous me gênez.

Venait-elle vraiment d'ordonner à un officier supérieur de « dégager » ? Il la foudroya du regard mais, depuis Bradley, elle était bien décidée à ne plus se laisser marcher sur les pieds.

Sortant la longue écharde de verre du corps de son patient, elle adressa un sourire suave à M. Canon.

Le géant baissa les yeux et, l'espace d'une seconde, elle aurait juré qu'il avait blêmi. Mais sans doute n'était-ce que le fruit de son imagination.

— Il saigne toujours ! s'exclama-t-il d'une voix rauque. Qu'allez-vous faire, maintenant ?

— Ça, dit-elle en plongeant un doigt dans la plaie.

On aurait pu croire qu'elle avait l'habitude de fixer l'homme le plus sexy qu'elle avait jamais vu, un doigt enfoncé dans la fesse d'un autre homme.

Elle crut entrevoir une lueur d'amusement dans ces yeux incroyables.

— Vous voyez ? fit-elle. Maintenant, que fait cette fichue ambulance ?

Nikhil Dara écouta le docteur… Isla… passer le relais à l'équipe d'urgence. Mieux valait admirer l'efficacité de cette jeune femme, plutôt que se laisser fasciner par sa beauté. Mais c'était particulièrement difficile.

Il était pourtant réputé pour sa capacité à se concentrer uniquement sur son travail, ce dont il se flattait. Mais aujourd'hui, il avait du mal à se détourner de cette ravissante représentante du corps médical.

Il ne manquait pourtant pas de compagnie féminine ! La vie quotidienne sur un paquebot de croisière impliquait de nombreuses rencontres avec des femmes, membres du personnel ou passagères. Certaines d'entre elles s'offraient même à lui sur un plateau d'argent.

Jamais il n'avait cédé à la tentation.

Du moins à bord, car sur la terre ferme il ne refusait pas les aventures sans lendemain. Il se vantait d'avoir toujours su se contrôler et la fascination que cette Isla exerçait sur lui ne l'en troublait que davantage.

Une fois les portes de l'ambulance refermées, il se tourna vers la jeune femme.

— Merci pour votre aide. Philippe a eu de la chance que vous ayez été là.

— Pas de souci.

Haussant les épaules, elle sortit son téléphone de sa poche et fronça les sourcils en fixant l'écran.

Nikhil ne put s'empêcher de se demander ce qui l'irritait ainsi. En tout cas, ses prunelles bleues avaient pris une nuance d'un gris argenté. Elle lui adressa un bref signe de tête et se détourna pour envoyer un SMS. Comme hypnotisé, il fixa la queue-de-cheval d'un châtain doré qui frôlait ses épaules.

Parfaitement ridicule !

Il secoua la tête, comme pour chasser la pression qui s'était installée en lui depuis la veille, suscitant une douleur sourde.

Il n'était plus lui-même.

Plus depuis qu'il avait reçu une carte d'anniversaire de Daksh.

Daksh. Le frère dont il n'avait plus entendu parler depuis vingt ans, mais qui émergeait de nulle part et voulait le rencontrer ici, au Chili. Comment Daksh avait-il retrouvé sa trace ?

Pire que tout, ce frère qui ne l'était que de nom réveillait de vieux fantômes qui auraient dû rester enterrés, de préférence au centre de la terre.

Il avait la tête à l'envers, ce qui expliquait cette attirance inhabituelle pour une inconnue. Cela ne serait jamais arrivé s'il avait été dans son état normal.

Ce fut elle qui brisa un silence qui devenait lourd.

— Je vais devoir vous quitter.

Quelque chose se mit à bouillonner dans les veines de Nikhil. Dans quelques secondes, elle aurait disparu. C'était complètement irrationnel, mais il ne voulait pas qu'elle parte.

— Attendez !

Elle s'immobilisa avant de se retourner lentement, comme si elle n'en avait pas vraiment envie mais obéissait à une force mystérieuse.

Comme toi ?

— Laissez-moi vous offrir un verre, dit-il.

Elle le fixa sans ciller.

— Non merci, dit-elle enfin.

— Pourquoi pas ?

Les yeux d'Isla se posèrent sur la bouche de Nikhil, et elle rougit. Il en conclut avec une certaine satisfaction qu'elle était aussi troublée que lui.

— Parce que je ne sais même pas comment vous vous appelez.

Elle ferma un instant les yeux, comme si les mots lui avaient échappé malgré elle.

— Nikhil, dit-il en inclinant la tête. Et vous êtes Isla. Je vous ai entendue le dire à Philippe. Et maintenant que les présentations sont faites, que diriez-vous de boire un verre en ma compagnie ?

— Je…

— C'est pour vous remercier, précisa-t-il.

Pourquoi insistait-il ? Il lui suffisait de rentrer à bord, de terminer son service et de se préparer pour son unique soirée à terre.

Seul.

Au lieu de cela, il s'entendit poursuivre :

— La compagnie maritime voudra connaître les détails de l'incident, je peux vous aider.

— Je suis tout à fait capable de rédiger mon rapport moi-même.

— Les formulaires sont inutilement compliqués.

— J'ai enfoncé un doigt dans la fesse de votre homme d'équipage. Ce ne sera pas difficile à expliquer, répliqua-t-elle avec un léger sourire.

Il ressentit une sorte de décharge électrique qui lui parcourut tout le corps. Apparemment, ce n'était pas une simple attirance, plutôt une alchimie sexuelle.

— Vous croyez ?

— Absolument. Je n'exerce peut-être pas sur votre paquebot, mais la compagnie vient de m'attribuer un poste.

— Vous pouvez répéter ?

Elle éclata de rire et, soudain, son visage s'éclaira.

— Vous travaillez pour l'Étoile des Mers ? insista Nikhil.

— Je vais embarquer sur le *Joyau d'Hestia* dans deux jours. Ce sera ma première affectation.

— Si je comprends bien, vous entamez une nouvelle carrière. Raison de plus pour fêter l'événement. Je vous invite à dîner, finalement. Je passerai vous prendre vers 19 h 30. Dans quel hôtel êtes-vous ?

— Et si j'avais un petit ami ?

— Ce n'est pas le cas, répondit-il simplement. Il y a une trace sur votre annulaire, vous avez récemment retiré une bague. Vu sa largeur, je parie pour une bague de fiançailles, pas une alliance. Et vous embarquez pour la première fois sur un bateau de croisière. J'en déduis que vous repartez à zéro.

— D'accord, je n'ai pas de petit ami, mais j'ai des amis ici, avec moi. Je ne peux pas les laisser tomber.

— Qu'est-ce qui vous empêche de passer la soirée avec eux demain ? Ce sera sûrement un grand repas d'adieu, si bien que ce soir vous êtes libre de sortir avec moi.

Elle ouvrit la bouche... pour la refermer aussitôt.

Elle était tentée…

— En plus, ajouta-t-il, c'est mon anniversaire. Vous n'allez pas me laisser le célébrer tout seul !

Qu'est-ce qui te prend ?

Sûrement un effet de cette lettre.

— Quel hôtel, Isla ?

Les yeux gris-bleu étincelèrent.

— D'accord ! dit-elle, avant de lui donner le nom de l'établissement.

Nikhil ne put retenir un haussement de sourcils. Il s'agissait d'un hôtel de luxe réservé aux gens riches et célèbres. En tout cas, pas dans les moyens d'un jeune médecin prenant son premier poste sur un paquebot de croisière.

— C'est un cadeau de mes… de mes amis, dit très vite Isla, comme si elle lisait dans ses pensées. C'est une façon d'enterrer ma vie de terrienne, si vous me passez la métaphore.

Il pouvait le comprendre. Avant d'embarquer pour douze mois, il s'offrait en général un très bon repas à la Tinca, un restaurant renommé.

Seul.

— Ah ! Et vos amis accepteront de se passer de vous pendant une soirée ?

— Je suppose que oui… Mais attention, il ne s'agit en aucun cas d'un rendez-vous galant.

— Bien sûr que non. Eh bien, Mini-Doc, on se retrouve à 19 h 30 dans le hall ?

Et sans lui laisser le temps de répondre, il tourna les talons et s'éloigna.

2.

Isla n'arrivait pas à comprendre. Comment avait-elle pu accepter cette invitation ?

Ou plutôt, elle essayait de se convaincre qu'elle ne comprenait pas.

Elle pouvait toujours prétendre que c'était à cause du SMS qu'elle avait reçu de sa mère juste avant que Nikhil ne l'invite à boire un verre.

Sa mère lui demandait où elle était, et Isla devinait sans peine que Marianna comptait lui présenter un nouveau soupirant en remplacement de Bradley… Probablement l'homme parfait, selon elle.

Sa mère avait le chic pour ce genre de situation, qu'Isla détestait. Et au lieu de décliner poliment la proposition de Nikhil, elle l'avait acceptée.

Évidemment, elle aurait pu dire à sa mère qu'elle avait rendez-vous avec un premier officier, rien de moins. Cela aurait été le comportement le plus logique. Mais Isla devinait que ses motivations n'avaient rien de logique.

En présence de Nikhil, son corps reprenait vie.

Il suffit qu'il me regarde.

Entre cet inconnu et elle, il y avait davantage d'alchimie sexuelle qu'elle en avait jamais ressentie avec Brad.

Et il y avait quelque chose de triste dans ce constat.

En tout cas, cela expliquait pourquoi elle se tenait en ce moment même devant le miroir, scrutant d'un œil critique sa tenue, la sixième qu'elle essayait.

Ridicule ! J'ai tout d'une ado !

Deux heures auparavant, elle avait même acheté un gloss

hors de prix à la luxueuse parfumerie de l'hôtel. Elle se rendit dans la salle de bains, essuya sa bouche d'un revers de main et jeta le rouge à lèvres dans le lavabo. Ensuite, elle rangea soigneusement tous ses vêtements dans la penderie, dans l'espoir de remettre du même coup un peu d'ordre dans son esprit.

Ridicule !

Elle se comportait comme l'adolescente qu'elle n'avait jamais été. Attrapant son sac, elle sortit de sa chambre et se dirigea vers l'ascenseur.

Ce n'est qu'un homme comme les autres !

Un instant plus tard, la cabine s'immobilisait au rez-de-chaussée et les portes s'écartaient silencieusement. Aussitôt, un bruit étouffé de conversations parvint à Isla, mêlé aux échos d'un tango argentin.

Faisant claquer ses talons sur le sol de marbre, elle se dirigea vers le bar. Ce n'était qu'un dîner, après tout. Le premier officier voulait la remercier d'avoir sauvé son homme d'équipage, rien de plus.

Puis elle repéra Nikhil, assis à une quinzaine de mètres d'elle. Ses larges épaules auraient fait pâlir d'envie l'arrière offensif d'une équipe de football. Jambes croisées, il balançait négligemment un pied tout en lisant le journal.

Isla se sentit littéralement fondre.

Et encore ! C'était avant qu'il ne décroise les jambes avec nonchalance… Elle cessa un instant de respirer.

Le corps de Nikhil, déjà impressionnant sanglé dans un uniforme, avait quelque chose de dangereux, presque létal, en vêtements de ville. Isla eut l'impression qu'elle vacillait légèrement, comme prise de vertige.

Ce n'est pas un rencard, se répéta-t-elle désespérément. *Ce n'est qu'un dîner, que j'ai accepté uniquement pour éviter le dernier plan foireux de Marianna.*

Mais son esprit avait-il enregistré l'information ? Elle n'en était pas certaine. Ce type était clairement enivrant. Et maintenant qu'elle avait posé les yeux sur lui, elle n'arrivait même plus à les en détourner. Lorsqu'il se leva pour venir à sa rencontre, ce fut tout juste si elle n'esquissa pas un geste pour le repousser.

— Vous êtes en avance, dit-elle avec effort.

— Vous aussi, répondit-il. C'est une bonne surprise.

Cette remarque sexiste lui aurait normalement valu une repartie acide, mais Nikhil se posta à son côté et posa la main dans le bas de son dos, ce qui réduisit Isla au silence. Ce contact inattendu lui brûlait la peau, et la priva momentanément de la parole. Il ne lui restait que la capacité de marcher.

— Vous êtes éblouissante, Mini-Doc.

— Je n'apprécie pas beaucoup ce surnom.

C'était un mensonge, mais elle se sentait obligée de l'affirmer.

— Toutes mes excuses. Vous êtes ravissante, Isla.

— Je... Merci.

Lorsqu'il la guida vers la sortie, elle ressentit de nouveau une décharge électrique.

— Je vous rappelle que ce n'est pas un rencard, dit-elle.

— Bien sûr que non.

La proximité de cet homme l'affectait d'une façon totalement incompréhensible. Il était clair qu'elle aurait dû décliner cette invitation à dîner, mais il était trop tard pour faire machine arrière.

La toucher avait été une erreur. Nikhil s'en était aperçu à la seconde même où ses doigts avaient effleuré la peau d'Isla. Une erreur de plus... La première ayant été de l'inviter à dîner.

Tout cela parce qu'il avait reçu cette fichue carte d'anniversaire. Ce repas lui évitait de rencontrer l'homme qui avait autrefois été son héros.

Il était bien naïf, à l'époque ! Du moins jusqu'à ce que Daksh ne le trahisse.

Nikhil avait été tellement tendu, toute la journée, qu'il s'était comporté de façon totalement inhabituelle en conviant une inconnue à dîner avec lui à la Tinca. Tout cela à cause d'une banale attirance sexuelle.

Sauf que cette attirance n'avait rien de banal !

Lorsqu'il avait entendu le claquement de ses talons sur le sol de marbre et qu'il l'avait vue s'avancer vers lui, il avait ressenti ce qui ressemblait fort à un coup de poing dans le plexus.

Et plus bas, aussi…

Il n'y avait pas de mots pour décrire l'intensité de la décharge électrique qui était passée entre eux lorsqu'il s'était accroupi auprès d'elle, à côté de Philippe. Et il connaissait suffisamment bien les femmes pour savoir qu'elle en avait eu conscience.

Et toute la fin de journée, il avait arpenté sa cabine de long en large comme un lion en cage. Finalement, il s'était retrouvé dans le lobby de l'hôtel, s'efforçant encore de dompter le désir déplacé qui grondait en lui.

Contrairement à nombre de ses collègues, il mettait sa libido entre parenthèses durant les longs mois en mer. Il ne s'était jamais adonné à ces plans drague tellement en vogue sur les paquebots de croisière. Il se flattait d'ailleurs de ne jamais avoir mêlé vie professionnelle et activité sexuelle.

Il ne se reconnaissait donc pas dans l'homme agité et nerveux qu'il était en cet instant.

Les rues qui menaient au restaurant étaient sombres et tranquilles, et le claquement des talons sur le bitume suscitait en lui des images qu'il tentait vainement de chasser.

Il n'avait pas envie de dîner ou de faire la conversation. Il voulait seulement embrasser Isla jusqu'à être débarrassé du désir qu'elle lui inspirait… Un désir tel qu'il n'en avait encore jamais éprouvé.

Il serra les dents. Il n'y avait rien qu'il puisse faire pour se sauver lui-même. Pire encore… il n'en avait pas la moindre envie.

— Vous serez contente d'apprendre que Philippe va bien, grommela-t-il.

Comme si une conversation banale pouvait atténuer l'urgence du désir !

— Je suis ravie de l'entendre.

À en croire sa voix tendue, elle s'efforçait elle aussi de masquer son trouble.

— C'est grâce à vous.

Un silence pesant s'installa entre eux.

— Et votre médecin ? demanda enfin Isla. J'imagine que vous savez pourquoi il n'est pas venu.

— Appendicite, dit Nikhil. La compagnie cherche un médecin pour le remplacer.

— Comment l'équipage prendra-t-il ce changement ?

Il haussa les épaules.

— Tout dépend du médecin. Heureusement, je connais celui qu'on nous envoie. J'ai déjà travaillé avec lui avant d'embarquer sur la *Reine Cassiopée*.

— Parfait. Ce sera d'autant plus facile.

— Si je comprends bien, vous vous inquiétez de l'accueil qu'on vous réservera sur le *Joyau d'Hestia* ?

Elle fit la grimace et il s'interrogea. Fallait-il tirer des conclusions du fait qu'il puisse lire aussi facilement en elle ? C'était une aptitude qu'il avait acquise après des années de pratique sur les paquebots… Ou quand il s'efforçait, enfant, de deviner l'humeur de son père.

Évidemment, cela n'avait rien à voir avec Isla.

Du moins tentait-il de s'en convaincre.

— Tout va bien se passer, dit-il. Le *Cassiopée* navigue pendant des mois, mais le *Joyau* effectue des croisières plus courtes. Vous constaterez que le turnover est assez important. C'est un bon bateau, mais ce ne sera qu'une étape pour vous. Un jour, vous embarquerez pour de plus longs trajets.

— Vous croyez ?

— Si vous êtes aussi efficace que vous l'avez été aujourd'hui avec Philippe, je n'en doute pas. Ils seront trop heureux de vous compter parmi leurs médecins.

— Je suis soulagée.

Entre eux, la tension baissa d'un cran.

Nikhil s'arrêta devant une porte tout à fait quelconque. Personne n'aurait pu deviner que c'était là l'entrée du restaurant d'un chef de renommée mondiale… Un restaurant où Nikhil n'avait jamais amené aucune femme pendant toutes ces années.

Ça ne veut rien dire, pensa-t-il en la faisant entrer.

— Nikhil !

Un homme, clairement le maître des lieux, traversa la salle pour serrer Nikhil dans ses bras.

— C'est bon de te revoir, mon ami !

Il s'exprimait dans un espagnol chilien qu'Isla avait du mal à comprendre.

— Et c'est bon d'être de retour, répondit Nikhil.

Son espagnol était plus compréhensible, mais les deux hommes utilisaient des mots d'argot, si bien qu'Isla suivit difficilement leur conversation.

Soudain, le patron se tourna vers elle et la parcourut du regard.

— Tu as amené de la compagnie, Nikhil ? dit-il dans un anglais teinté d'un fort accent.

— Isla, je vous présente Hernández. Hernández, voici Isla. Une… collègue.

— *Encantada de conocerte.*

— *Encantando.*

Lui prenant la main, celui-ci déposa un baiser sur le bout de ses doigts. Isla ne manqua pas de remarquer un rapide échange de regards entre les deux hommes.

— Venez vous asseoir ici. C'est la meilleure table.

Isla suivit Hernández, trop consciente de la présence de Nikhil sur ses talons. En passant devant la cuisine ouverte, elle sursauta.

— C'est le chef Miguel !

— Effectivement, répondit Nikhil avec nonchalance.

— J'ai entendu dire que les réservations étaient prises plusieurs mois à l'avance dans ses restaurants.

— Six mois, en effet. J'y viens depuis sept ans, à chaque escale ici, ce qui veut dire deux ou trois fois par an.

— Votre capitaine vous accorde une permission à chaque fois ?

— C'est le seul privilège que je réclamais, à mes débuts. Pour le reste, j'acceptais toutes les tâches qui m'étaient confiées, contrairement aux autres.

— C'est comme ça que vous êtes devenu premier officier, ce qui vous permet d'obtenir tout ce que vous désirez ?

Quelque chose, dans le ton d'Isla, interpella Nikhil l'espace d'une seconde. On aurait dit qu'elle s'attendait au pire, venant des hommes. Ou en tout cas, qu'elle était convaincue de leur égoïsme.

Il avait eu le même sentiment pendant quasiment toute sa vie, pourtant cela ne cadrait pas avec le peu qu'il savait d'elle.

— J'ai davantage de choix aujourd'hui, c'est vrai, dit-il. Mais je m'efforce de ne pas en abuser.

Isla regarda autour d'elle.

— C'est l'endroit idéal pour impressionner vos conquêtes, fit-elle sur un ton faussement léger.

— J'avais cru comprendre que vous n'en étiez pas une ?

Une rougeur adorable lui monta au visage.

— Bien sûr que non ! Je voulais juste dire…

— Détendez-vous. Vous êtes la première conquête-qui-n'est-pas-une-conquête que j'amène ici.

— Vraiment ? Vous espérez que je vais vous croire ?

— Je n'espère rien du tout. Vous avez posé une question, et j'ai répondu. Je n'ai jamais invité aucune femme ici. Pour être plus précis, en dehors du capitaine, il y a un an, je n'ai jamais amené personne dans ce restaurant.

Il se mordit la langue, mais il était trop tard. Et à l'expression incrédule d'Isla, il comprit sans peine qu'elle ne le croyait pas.

Tant mieux.

Il ignorait ce qu'il y avait de tellement irrésistible, chez cette femme, mais il devait le plus vite possible tirer cela au clair. Elle était comme une énigme, et il détestait cela.

Plus exactement, il adorait les énigmes… sauf celles qu'il ne parvenait pas à résoudre. Et la jolie Isla était une énigme qui lui prenait un peu trop la tête.

Plus vite il la déchiffrerait, plus vite sa vie reprendrait son cours normal.

3.

Isla aurait voulu montrer à Nikhil qu'elle ne le croyait pas, mais surtout qu'elle s'en moquait éperdument.

Sauf qu'elle ne s'en moquait pas.

Elle avait bien remarqué l'expression étonnée du patron lorsqu'il avait compris que Nikhil avait invité une femme. Malgré elle, elle s'était sentie spéciale.

C'était la même chose avec Bradley.

Il lui avait fait croire qu'il l'aimait vraiment, que sa fortune, sa position sociale et son réseau n'entraient pas en ligne de compte. Un instant, elle se demanda si Nikhil était aussi droit qu'il en avait l'air, ou s'il faisait partie de ces hommes qui faisaient semblant d'apprécier une femme.

Elle s'en voulut aussitôt de tout ramener à Bradley. Plusieurs mois après leur rupture, il avait encore le pouvoir de parasiter ses pensées et ses actions.

Brad appartenait au passé.

Il n'existait plus.

Elle ne voulait plus penser à lui.

— Si j'ai bien compris, dit Nikhil, l'*Hestia* est votre premier bateau de croisière ?

Elle battit des paupières, prenant conscience qu'elle avait vidé son assiette sans même s'en apercevoir.

— Je suis médecin depuis dix ans, mais ce sera la première fois que j'exercerai mon métier sur un paquebot, répondit-elle.

— Dix ans ? fit-il, n'en revenant visiblement pas. J'ignorais que les adolescents pouvaient obtenir un diplôme de médecine, Mini-Doc.

— J'ai trente-deux ans.

— Vous avez dû travailler dur, pour être diplômée aussi jeune.

C'était vrai. Notamment parce que les gens avaient douté de sa vocation, en raison de son âge, mais aussi grâce à son précédent beau-père.

Stefan Claybourne avait été l'un des meilleurs beaux-pères qu'elle ait eus. Il l'avait encouragée à réaliser son rêve de devenir médecin, mais sa gentillesse et son soutien n'auraient pas suffi sans un travail acharné.

— J'ai toujours voulu être médecin, dit-elle avec un léger haussement d'épaules. J'en rêvais déjà enfant, alors que mes camarades s'imaginaient princesses ou pirates.

— Ce n'est pas pour autant qu'on n'a pas besoin de travailler dur.

— Exact, mais on se dit que ça vaut la peine. D'ailleurs, vous devez bien le savoir. Vous n'êtes pas parvenu à ce grade de premier officier sur un paquebot comme la *Reine Cassiopée* sans faire de gros sacrifices.

— Pour moi, ce n'était pas un rêve, mais la seule façon de m'en sortir.

— La seule ?

Il ne répondit pas tout de suite.

— Là d'où je viens, on ne dispose pas d'un nombre illimité de choix. La marine en était un, alors j'ai décidé que si je m'y engageais ce ne serait pas pour travailler à fond de cale.

— Votre réussite n'en est que plus impressionnante.

Elle avait le sentiment qu'il n'était pas le genre d'homme à se confier facilement. Mais après tout, qu'en savait-elle ? Bradley avait été un menteur invétéré ; pourtant, pas une seconde elle n'avait douté de lui.

Pourquoi ?

Tout simplement parce qu'elle croyait en l'amour vrai, malgré la doctrine de sa mère, dont les mariages avaient tous été soigneusement négociés.

Comment savoir si Nikhil n'était pas un excellent comédien, capable de faire croire à une femme qu'il lui révélait un aspect de lui-même dissimulé jusqu'alors ?

Mais elle n'était pas stupide à ce point ! Que disait-on à propos des chats échaudés ?

Dans ce cas, pourquoi es-tu là ?

Elle se raidit légèrement, irritée par cette pensée importune.

— Vos parents doivent être très fiers de vous, dit-elle.

— Ils sont morts tous les deux, répondit Nikhil d'une voix dépourvue d'émotion.

Elle perçut pourtant un éclair de tristesse dans ses yeux. Ou était-ce un effet de son imagination ?

— Oh ! Je suis désolée…

— C'était il y a longtemps.

À cet instant, Hernández apporta la suite du menu. Pendant un moment, Isla s'absorba dans la contemplation de son assiette. Une création aussi délicate n'aurait pas déparé dans une galerie d'art. Et, lorsqu'elle y goûta, les saveurs explosèrent dans sa bouche. Jamais elle n'avait rien mangé d'aussi délicieux.

— Impressionnant, n'est-ce pas ? demanda Nikhil.

— Incroyable. Ce sont toujours les mêmes préparations ? En ce cas, je comprends que vous reveniez dès que vous le pouvez.

— Non. Le menu change sans cesse. Et chaque fois, je pense qu'il est impossible de faire mieux, pourtant c'est le cas.

Durant quelques minutes, ils mangèrent en silence, savourant chaque bouchée. Isla n'aurait su dire comment c'était arrivé, mais la tension qui avait régné entre eux s'était évaporée.

— Donc, dit enfin Nikhil, vous prenez un nouveau départ sur l'*Hestia*.

Elle plaqua un sourire sur ses lèvres.

— Oui. Je saisis cette chance de me concentrer sur mon métier, loin de toute distraction.

Il éclata de rire.

— Vous êtes sérieuse ?

— Bien sûr. En quoi est-ce drôle ?

— Vous embarquez sur un paquebot de croisière, répliqua-t-il en riant de plus belle.

— J'en suis parfaitement consciente.

— Vous êtes une jeune praticienne ravissante, cultivée et

célibataire. Et vous devez bien savoir que les croisières favorisent les aventures, tant entre les passagers que parmi le personnel.

Ces paroles suscitèrent des images déplacées en elle. À l'idée que Nikhil profitait lui aussi de ces occasions, Isla ne put empêcher son corps de réagir.

C'était complètement fou !

— Je croyais que vous vous en absteniez ?

Il lui lança un regard moqueur, comme s'il lisait en elle à livre ouvert.

— Et je crois avoir précisé que je ne mêlais jamais vie privée et vie professionnelle. Je vous ai même dit que je n'avais jamais amené personne dans ce restaurant.

Elle rougit fortement.

— J'ai l'intention de séparer les deux, moi aussi.

Il rit de nouveau.

— La différence, Mini-Doc, c'est qu'ils se lanceront tous dans des spéculations sans fin dès qu'ils verront cette marque, presque effacée, sur votre annulaire.

— Eh bien, je ne répondrai pas.

— Vous serez bien obligée. Ils ne vous lâcheront pas, parce que tout le monde est toujours en quête d'histoires croustillantes. Vous imaginez… la jeune médecin au cœur brisé !

— Je n'ai pas le cœur brisé et je ne veux pas être une histoire croustillante.

Il la fixa avec curiosité.

— Tiens donc ? Vos fiançailles sont rompues et vous vous engagez sur un bateau de croisière. On dirait bien que vous fuyez.

L'indignation flamba aussitôt en elle.

— Je ne fuis pas.

Tu en es sûre ?

Il haussa légèrement les épaules.

— Si vous le dites… Certains vous soutiendront que les paquebots sont des villes en miniature. D'autres qu'on y vit les uns sur les autres. Quoi qu'il en soit, il est très difficile de préserver ses secrets, et les gens se mêlent tout le temps des affaires des autres.

— Ce qui veut dire ?

— Ce qui veut dire que nombre de mes collègues utiliseront tous les moyens possibles pour vous guérir de cette affreuse blessure.

— Je vous ai expliqué…

— … Que vous n'aviez pas le cœur brisé, je sais. Mais ne croyez pas que ça les arrêtera.

— Seigneur ! Je crois entendre ma mère. Ses intentions sont bonnes, mais ce n'en est pas moins agaçant. Elle est toujours sur mon dos, à me proposer de nouveaux prétendants. Si je ne lui avais pas dit que j'avais un rencard avec un premier officier, alors qu'elle avait déjà organisé une rencontre pour moi…

Isla s'interrompit brusquement.

— Donc, vous n'avez accepté mon invitation que pour échapper aux visées de votre mère ? Je suis flatté, fit-il avec nonchalance. Mais j'avais cru comprendre que ce n'était pas un rencard ?

— Ça n'en est pas un.

— Quoi qu'il en soit, je ne vous en veux pas de m'avoir utilisé pour vous débarrasser d'un importun, quel qu'il soit.

Sur ces entrefaites, Hernández leur apporta le plat suivant, au grand soulagement d'Isla.

— Ça sent incroyablement bon ! dit-elle.

— Le chef Miguel se plaît à jouer avec nos sens. Préparez-vous à être surprise.

Hochant lentement la tête, elle porta une première bouchée à ses lèvres. Ce fut aussitôt une nouvelle explosion de saveurs en bouche… Des saveurs auxquelles elle ne s'attendait pas après avoir humé le plat.

— C'est extraordinaire ! s'exclama-t-elle.

— Exact. Et comme je vous le disais, le chef ne cesse d'évoluer et d'inventer.

— Je crois que je devrai revenir pour en juger par moi-même. Euh… Je veux dire…

— Détendez-vous. Je comprends très bien. Je suppose que

votre mère aurait préféré que vous travailliez dans un cabinet privé, plutôt que sur un paquebot ?

— Ma mère aurait préféré que je ne sois pas médecin du tout.

— Elle n'est pas fière de vous ?

Était-ce le fruit de son imagination ? Elle eut le sentiment qu'il y avait une pointe de réprobation dans la voix de Nikhil.

— Désolée. Je suis injuste envers elle. Ma mère est toujours fière de moi, mais elle ne comprend pas que ce soit là mon rêve.

— Pourquoi ?

Isla se tut un instant. Ce n'était pas le genre de conversation qu'elle avait d'ordinaire avec des inconnus… avec la plupart des gens, en réalité. Nikhil attendait sa réponse sans la quitter des yeux.

— Ma mère ne voit pas l'intérêt de plonger les doigts au milieu des boyaux, dans le sang ou le vomi. Mais l'un de mes beaux-pères, Stefan, était chirurgien. J'avais quatorze ans, à l'époque, et il m'a encouragée à réaliser mon rêve et à faire des études de médecine.

— Il était gentil ? demanda vivement Nikhil.

Elle s'interrogea, avait-il eu une mauvaise expérience avec un beau-père ou une belle-mère ?

— Très. J'ai eu de la chance.

Aucun de ses beaux-pères n'avait été désagréable, mais Stefan avait incarné le père qu'elle n'avait jamais eu.

— Il avait une fille, Leonora, dit-elle. Elle n'avait aucun goût pour la médecine, c'est une artiste, et son père l'a toujours encouragée elle aussi à suivre sa voie. En réalité, il nous a soutenues toutes les deux, sans jamais faire de différence.

— Vous en parlez au passé.

— Nos parents ont divorcé quand nous avions dix-neuf ans. Stefan est passé me voir deux fois à l'hôpital, pendant mon internat, mais Leo et moi sommes toujours sœurs de cœur. Et vous ? Vous avez des frères et sœurs ?

— Un frère, mais je l'ai perdu depuis longtemps.

— Désolée… Il doit vous manquer.

— Pas vraiment, répondit-il vivement.

Son ton indifférent ne la trompa pas. Cet homme dissimulait une profonde tristesse.

— Mon frère n'était pas quelqu'un sur qui on puisse compter, reprit-il. C'est le cas de la plupart des gens, c'est pourquoi je comprends que votre mère ne croie pas en l'amour.

— Ce n'est pas exactement cela. Ma mère n'est pas romantique, mais elle nous aime, ma sœur et moi. Elle traite d'ailleurs Leo comme sa propre fille. À ce propos, nous dînons ensemble demain soir, mais elle sera furieuse de ne pas avoir pu retenir une table ici.

— Et vous ? Vous croyez en l'amour ?

Elle hésita. Elle y avait cru… autrefois.

— Plus maintenant, dit-elle simplement. Et vous ?

— Jamais, répondit-il froidement.

— Est-ce que vous vous contrôlez toujours ? Vous ne vous passionnez pour rien ?

Le regard de Nikhil s'assombrit.

— Je ne suis peut-être en mesure de n'offrir qu'une seule nuit, Mini-Doc, mais je peux y mettre énormément de passion, si c'est ce que vous voulez.

Une étrange chaleur se répandit en elle.

— Ce n'est pas un rencard, dit-elle faiblement.

— Bien sûr, fit-il avec un sourire. Mais si jamais vous avez un doute, n'hésitez pas à me le faire savoir.

— D'accord, répondit-elle dans un murmure.

Nikhil et Isla quittèrent le restaurant plusieurs heures plus tard, après qu'on leur eut servi un dernier plat extraordinaire. Le chef Miguel était même sorti de sa cuisine pour s'asseoir avec eux et boire un dernier verre. Il avait bavardé avec Nikhil comme s'ils étaient de vieux amis.

Ce qu'ils étaient visiblement.

Mais là où Brad aurait fait le paon, Nikhil se comportait avec naturel. Cela en disait beaucoup sur lui et Isla appréciait ce qu'elle voyait.

Mais maintenant ils n'étaient plus que tous les deux, marchant dans les ruelles tranquilles, à peine éclairées par les lumières orangées provenant des immeubles.

Nikhil avait passé un bras autour des épaules d'Isla, d'un geste presque protecteur. Elle n'avait que trop conscience du corps athlétique qui la frôlait.

En elle, le désir et la raison menaient un combat sans merci. Mais plus ils approchaient de son hôtel, plus la tension s'installait dans sa poitrine, son ventre et plus bas. Il fallait qu'elle parle, qu'elle mette fin à tout cela. Elle n'avait jamais été une adepte des aventures d'un soir, cependant la tentation de garder le silence pour jouir de cet instant était très forte.

Finalement, ce furent ses jambes qui la lâchèrent. Elle ralentit le pas contre son gré.

— Et si j'avais changé d'avis ?

— Changé d'avis ? répéta Nikhil en s'immobilisant. À quel propos ?

— *Ça.* Nous. Vous avez dit vous-même que, quand j'embarquerai sur l'*Hestia,* je serai la pauvre fille au cœur brisé par une rupture. Ils voudront tous me consoler… À moins que je leur dise que c'est déjà fait.

Elle ignora la petite voix lui murmurant qu'elle n'avait pas besoin que ce soit vrai pour prétendre que c'était le cas. Elle voulait cette nuit unique, qui renverrait définitivement Brad dans les limbes.

— Je n'ai rien d'autre à vous offrir, dit-il doucement.

Elle crut percevoir une touche de regret dans sa voix.

— Je le sais.

— Il faut que vous en soyez sûre, Mini-Doc, car je n'ai pas pour habitude de mettre une femme dans une situation qu'elle regrettera plus tard.

— Comme le parfait officier et gentleman que vous êtes, répondit-elle.

— Je suis officier, dit-il d'une voix rauque, mais je n'ai jamais été un gentleman.

Alors pourquoi ne l'avait-il pas déjà embrassée, en ce cas ?

— Très bien. Vous pourriez donc commencer tout de suite à l'être un peu moins !

Que lui arrivait-t-il ? On aurait dit que les mots lui échappaient avant même que son esprit ne les ait formulés.

Les yeux de Nikhil scintillèrent dans la pénombre, provoquant une brusque montée de désir en elle. Obéissant à l'impulsion du moment, Isla fit un pas vers lui et se haussa sur la pointe des pieds pour presser ses lèvres contre celles de Nikhil… et enfin, *enfin*, l'embrasser.

À cet instant, il lui sembla que sa vie entière tournait sur son axe.

4.

Nikhil fut incapable de se contenir une seconde de plus. Ou plus exactement, il n'en avait pas la moindre envie. Isla avait pris l'initiative et c'était peut-être l'expérience la plus excitante qu'il avait vécue de toute son existence. Jamais il n'avait éprouvé une telle faim, un tel besoin, une telle rage de possession.

Il la plaqua contre le mur avant de l'embrasser dans le cou. Il lui semblait qu'il mourrait s'il ne plongeait pas en elle.

Ici et maintenant.

Lui qui se flattait de toujours garder le contrôle... En tout cas depuis cette affreuse nuit, vingt ans auparavant. Ce jour-là, couvert de bleus, le visage en sang, il avait cessé de courber l'échine devant son soi-disant père. Il avait montré à ce démon ce que c'était, de servir de punching-ball à quelqu'un.

Il se rappelait avoir arraché le couteau des mains de son père mais, ensuite, ses souvenirs étaient flous. Il se souvenait du policier qui l'avait fait sortir de l'appartement pendant qu'on mettait son père dans un sac mortuaire.

Mais ce n'était pas le moment d'évoquer le passé... Ce soir, il comptait bien céder à la tentation. Et cette tentation était Isla. Il allait explorer chaque millimètre de son corps si sensuel... avec ses mains, sa bouche et sa langue, peu lui importait.

De préférence les trois.

Il voulait la toucher, la goûter, la boire comme s'il était assoiffé et qu'elle était son oasis.

— Une seule nuit, Mini-Doc, s'entendit-il murmurer.

Il était incapable de s'écarter de cette nuque chaude, au goût légèrement salé.

— Oui, répondit-elle dans un souffle en se cambrant contre lui.

Elle rejeta la tête en arrière, comme pour lui donner un meilleur accès.

— Cela exclut les récriminations demain matin, insista-t-il.

Était-ce pour la convaincre… ou s'en persuader ?

— J'en ai bien conscience, répondit-elle en le fixant brusquement dans les yeux. Je ne suis plus une adolescente naïve, mais si vous me faites une colère, ce ne sera pas ma faute.

— Non, je veux dire…

Il mit un moment à comprendre qu'elle se moquait de lui et le prenait à son propre jeu. Cela déclencha une nouvelle montée de désir en lui.

— Tu ne diras pas que je ne t'ai pas prévenue, fit-il en posant sa bouche au creux de sa gorge, ce qu'elle parut apprécier.

— Tu ferais mieux de te taire, sinon je pourrais croire que tu cherches à donner le change, dit-elle d'une voix haletante.

— Tu peux répéter ?

— Tu te présentes comme un véritable don du ciel. Ce serait vraiment décevant si je découvrais que ta bouche ne tient pas ses promesses.

Mettait-elle vraiment sa virilité en doute ?

— Crois-moi, tu ne seras pas déçue.

Elle lâcha ostensiblement un énorme soupir.

— C'est ce que ta bouche prétend… mais ton corps…

— Fais-moi confiance, Mini-Doc, ma bouche et mon corps ont de la ressource. J'ai l'intention de te manger toute crue, jusqu'à ce que tu prononces mon nom en sanglotant.

— Je ne sangloterai pas.

— C'est ce qu'on verra. Je pense même que tu hurleras mon nom, juste avant de me supplier de t'en donner plus, et plus encore.

Elle émit un son étranglé. Était-ce ce qu'il entendrait, quand elle exploserait dans ses bras ? Son sexe était si dur que c'en était presque douloureux. Ce fut à peine s'il put résister à l'envie de s'agenouiller devant elle pour retrousser sa robe et lui prouver une bonne fois pour toutes qu'elle avait tort de douter.

S'il ne faisait pas attention, il perdrait le peu de self-control qu'il lui restait. Au prix d'un effort surhumain, il s'écarta d'elle, puis lui prit la main et l'entraîna plus loin.

— Viens ! Je suggère que nous allions à ton hôtel avant que de nous donner en spectacle au milieu de la rue.

Isla n'était plus elle-même... mais elle se sentait libre !

Toute sa vie, elle avait voulu être différente de sa mère, malgré tout l'amour qu'elle avait pour elle. Elle s'était concentrée sur sa carrière, au lieu de se lancer dans une course au mariage stratégique.

Elle était devenue « Isla la raisonnable », et elle s'enorgueillissait de cette réputation. Mais aujourd'hui, elle se sentait excitée et fébrile, son cœur battait à grands coups dans sa poitrine et ses jambes tremblaient. Loin de la terrifier, ces sensations la réjouissaient.

Elle se hâtait au côté de Nikhil, tâchant d'oublier le contact de la grande main dans son dos, ou le clac-clac de ses talons à elle sur les pavés, tandis qu'il marchait à grandes enjambées.

Était-il aussi impatient qu'elle ?

Enfin, ils franchirent le seuil de l'hôtel.

— Tu as ta carte magnétique ?

— Dans mon sac.

Il l'entraîna vers l'ascenseur, où entrait déjà un couple âgé.

— Quel étage, Isla ? demanda Nikhil en ralentissant le pas.

À sa grande honte, il y eut comme un blanc dans son esprit. Hochant la tête, elle fouilla dans son sac et lui donna discrètement la carte.

Pendant que la cabine montait silencieusement, elle admira la façon dont il conversait plaisamment avec le vieux couple. Le corps en feu, l'esprit privé de toute ressource, elle était incapable de comprendre leurs questions et encore moins d'y répondre. Visiblement à l'aise, Nikhil leur indiqua quelques sites à visiter lorsqu'ils lui demandèrent son avis.

Une fois que tous deux furent parvenus devant la porte de sa minuscule suite, Nikhil lui rendit sa carte sans l'ouvrir.

— Tu as changé d'avis ? demanda-t-elle.

Les yeux sombres plongèrent dans les siens.

— Non, mais c'est ta dernière occasion de le faire.

Isla éprouva une sorte de panique.

— Pourquoi ?

Il haussa légèrement les épaules.

— Tu étais tellement silencieuse, dans l'ascenseur, que j'ai pensé que tu avais peut-être des regrets.

Submergée par le soulagement, elle réprima un sourire et glissa sa carte dans la fente. Dès qu'ils furent à l'intérieur, elle se tourna vers Nikhil et posa ses paumes sur le large torse.

— Tu t'es trompé, murmura-t-elle. Mes intentions n'ont pas varié une seule seconde.

Sur ces mots, elle saisit les revers de sa veste et l'attira dans sa chambre.

Nikhil avait bien l'intention de prendre son temps. Il voulait goûter Isla, la déguster, mais surtout satisfaire ses désirs à elle avant de commencer à penser aux siens. Pourtant, cette petite Mini-Doc l'avait pris par surprise et il ne lui était pas facile de se maîtriser.

Aucune autre femme ne l'avait enivré, possédé, à ce point.

Il parvint pourtant à la retourner et la plaquer contre la porte, qu'il ferma du même coup avant de parcourir le corps ravissant d'Isla de ses deux mains.

Et elle le laissa faire. Plus encore, nouant ses bras autour de son cou, elle se cambra contre lui. L'espace de quelques secondes, il eut le sentiment qu'elle avait été faite pour lui… uniquement pour lui.

Cette idée aurait dû l'alerter, mais il évita délibérément de s'y attarder. Au lieu de cela, il se pencha pour s'emparer de sa bouche, chaude, exigeante, affamée ! Aussitôt, elle émit des petits gémissements de plaisir.

Jamais le sexe de Nikhil n'avait été aussi dur. Comment cette femme avait-elle réussi à se glisser ainsi sous sa peau ? C'était ridicule et il était urgent qu'il se calme.

Sans cesser de l'embrasser, il lui posa une main sur la nuque. De l'autre, il caressa sa taille, puis son ventre, le sentant se crisper sous ses doigts.

D'ordinaire, il se contrôlait parfaitement, mais ce soir, avec cette femme, il devait rassembler toute son énergie pour ne pas lui arracher ses vêtements et s'enfoncer aussitôt en elle. La façon dont elle balançait les hanches contre lui suffisait à le rendre fou. Elle parvenait à diffuser une chaleur intense dans la partie la plus dure de son anatomie.

Notant avec satisfaction qu'elle haletait, il releva son chemisier et glissa une main dessous. Quelques secondes plus tard, il écartait son soutien-gorge et posait sa paume sur un sein rond, dont il caressa le mamelon du pouce.

Mû par le besoin urgent d'y goûter, il débarrassa Isla du chemisier et du soutien-gorge avant de se pencher pour sucer la pointe dressée.

Isla gémit, la tête rejetée en arrière, les doigts glissés dans les cheveux de Nikhil, qui accorda une attention égale à son autre sein.

Le monde cessa de tourner, ou bien il adopta un rythme accéléré, mais Nikhil refusait d'être pressé. Il était peut-être à la limite de ce qu'il pouvait supporter, mais il ne céderait à son désir que lorsque Isla aurait son premier orgasme.

Alors, très lentement, il souleva sa jupe, glissa les doigts entre ses cuisses et la frôla à l'endroit où elle était chaude et humide. Son sexe était presque douloureux, mais il parvint à ne pas plonger en elle.

Isla sentait qu'elle perdait la tête.

Comment Nikhil faisait-il pour se contrôler, alors qu'elle en était incapable ? Lorsqu'il introduisit la main sous son string et caressa son clitoris, elle cessa de parler et de penser.

Entre le plaisir que lui procuraient la bouche de Nikhil sur sa nuque et ses caresses au cœur de son intimité, elle ne savait plus où elle était, ni qui elle était. S'abandonnant au rythme qu'il lui imposait, elle se demanda qui poussait ces petits cris de plaisir.

Certainement pas elle ?

Il lui infligea sans relâche cette délicieuse torture jusqu'à ce qu'elle prenne conscience – presque trop tard – qu'elle tombait dans l'abîme.

Submergée par le plaisir, elle réussit à s'agripper aux solides épaules de Nikhil. Combien de temps dura la chute ? Elle avait seulement vaguement conscience qu'elle enfonçait ses ongles dans la chair de son partenaire.

La soulevant alors dans ses bras, il la porta jusqu'au lit.

Elle le regarda avec fascination tandis qu'il la déshabillait complètement avant d'ôter ses propres vêtements. Il était nu, en érection, prêt pour elle. C'était sans aucun doute le plus bel homme qu'elle avait jamais vu dans sa vie.

Elle tendit les bras vers lui.

— On est pressée, Mini-Doc ?

Elle sentit la tension, sous le ton moqueur, comme s'il ne se maîtrisait pas aussi bien qu'il voulait le faire croire. Cette idée la transporta, et elle comptait bien l'exploiter… du moins jusqu'à ce qu'il se place entre ses jambes, la bouche incroyablement proche de l'endroit qu'il avait déjà soumis à sa loi.

— Je ne pense pas que je puisse encore…, fit-elle dans un souffle.

Il eut un petit rictus pervers.

Et avant qu'elle ne puisse ajouter quoi que ce fût, il baissa la tête et la pénétra avec sa langue.

Elle ne put s'empêcher de crier son nom. Posant les mains sur la tête de Nikhil, elle souleva les hanches, comme pour l'encourager à continuer.

Qu'avait-elle manqué, pendant toutes ces années ? Comment avait-elle pu se contenter de ce qu'elle avait avec Bradley ?

Pour la première fois, il lui semblait qu'elle ouvrait les yeux. Elle se sentait vivante ! En un éclair, elle comprit que, même si cette nuit devait être unique, elle bénirait toujours Nikhil de lui avoir montré combien sa vie pouvait être magnifique.

Et puis, elle ne put plus penser.

Elle pouvait seulement ressentir, tandis qu'il usait de sa bouche et de ses doigts pour l'ensorceler.

Lorsqu'elle revint à elle, le corps de Nikhil recouvrait le sien sans l'écraser, comme s'il lui donnait le temps de retrouver son souffle. Mais l'évidence de son désir se pressait délicieusement contre le ventre d'Isla.

Elle fit courir ses mains sur son corps, savourant chaque muscle de son dos, ses biceps et ses épaules solides. Elle fronça légèrement les sourcils en frôlant une cicatrice sur l'une d'elles.

— Tu t'es fait ça où ?

Elle détesta son regard dur.

— Blessure de guerre, dit-il.

— On dirait une plaie causée par un couteau.

— Nous ne sommes pas là pour bavarder, Mini-Doc, ni pour nous raconter nos vies.

Elle dissimula sa déception sous un sourire.

— Je te demandais seulement l'origine de cette cicatrice.

Il hocha imperceptiblement la tête.

— Tu as raison. C'était un couteau. Accident de cuisine… Ta curiosité est satisfaite ?

Elle aurait voulu lui répondre que non, mais il avait raison. Ils étaient là pour le sexe, pas pour se raconter leur vie. Elle avait réussi à gâcher un instant magique.

Se forçant à sourire, elle répondit :

— Tout à fait.

— Tu en es certaine ? demanda-t-il. Complètement satisfaite ?

Sur ces mots, il remua contre elle et, en une seconde, le malaise se dissipa.

— Tu penses pouvoir faire mieux ? demanda-t-elle, railleuse.

— Tu me mets au défi, Mini-Doc ?

— Tu es prêt à le relever ?

Le sourire d'Isla se mua en gémissement quand il écarta ses jambes et qu'elle sentit son pénis à l'entrée de son vagin.

— Laisse-moi défendre mon honneur, dit-il.

Et avant qu'elle ne puisse répondre, il s'enfonça profondément en elle. Elle cria et se cambra tandis qu'une sensation de plénitude se répandait dans tout son corps. Il ressortit lentement, comme pour la narguer. Ouvrant les yeux, elle rencontra son regard d'un brun velouté, imprégné du même désir primaire que celui qu'elle éprouvait.

S'abandonnant, elle laissa Nikhil décider du rythme, se rendant à sa rencontre chaque fois qu'il plongeait en elle. Soudain, elle sentit la vague la submerger et un frisson délicieux la parcourir tout entière.

— Arrête de lutter, fit-il entre ses dents.

— Je ne lutte pas !

Mais il avait peut-être raison. Peut-être voulait-elle que cet instant de besoin fébrile ne prenne jamais fin. Peut-être ne connaîtrait-elle plus rien de tel de toute sa vie.

Comme s'il lisait en elle, il redressa la tête.

— On a toute la nuit, Mini-Doc, et j'ai bien l'intention d'en utiliser chaque minute.

Sur ces mots, il glissa la main entre leurs deux corps et se mit à jouer avec son clitoris.

C'était trop… et c'était parfait.

L'univers d'Isla implosa. Elle fut catapultée dans l'espace et dans l'oubli. Sûrement, jamais personne n'avait fait un voyage aussi glorieux. Tout ce qu'elle pouvait faire, c'était s'agripper à Nikhil et prononcer son nom dans un sanglot… comme il l'avait prédit.

Elle plana durant un temps infini, et quand elle revint à elle, elle vit qu'il attendait, le visage tendu. Soulevant ses jambes, il les noua autour de sa taille, comme pour plonger encore plus profondément en elle.

Il bougeait désormais plus vite, de plus en plus vite. Elle lui posa les mains sur les reins, l'incitant à la rejoindre avec un tel abandon qu'elle avait du mal à se reconnaître.

Il avait révélé en elle une dimension impudique qu'elle ne se connaissait pas, mais cela lui plaisait.

Enfin, il s'enfonça une dernière fois en elle et, de nouveau, elle cessa de penser. Elle voulait seulement savourer tout ce que cet homme fascinant pouvait lui apprendre.

Et cette fois, quand il la projeta de nouveau dans ce gouffre abyssal, il la suivit et, sur ses lèvres, son prénom n'avait jamais semblé aussi beau à Isla.

5.

L'officier chargé de la sécurité devançait Isla dans un dédale de couloirs menant à la blanchisserie du navire.

— Il s'appelle Jaleel, dit-il.

Contrairement à ce qui avait été prévu, Isla ne se trouvait pas sur l'*Hestia*. Moins d'une heure après que Nikhil avait quitté sa chambre, elle avait reçu un coup de fil de la direction lui demandant de se rendre sur le *Cassiopée*. Elle se doutait que ce dernier serait furieux lorsqu'il l'apprendrait. Cette simple idée suffisait à lui donner la chair de poule. Mais pour l'instant, elle n'avait pas le temps d'y penser. Elle avait à peine commencé la visite du paquebot qu'elle avait été appelée auprès de ce patient du nom de Jaleel.

— Sa collègue dit qu'il s'est redressé alors que la porte d'une des machines était ouverte au-dessus de lui et que celle-ci lui a tailladé le visage, expliqua son guide.

— Le rapport précise qu'il est inconscient, dit-elle.

— Oui. Apparemment il est tombé en arrière, sa tête a heurté le sol et il s'est évanoui.

Jusqu'à présent, Isla n'avait rencontré qu'une de ses collègues, une ravissante infirmière américaine, Jordanna. C'était à cet instant qu'elle avait reçu l'appel d'urgence.

À l'arrivée d'Isla, le médecin chef, le Dr Turner, se trouvait dans la salle de consultation avec un patient. Il aurait sans doute pu s'occuper du blessé, mais les passagers étaient sa priorité. En tant que médecin junior, Isla était chargée du personnel et de l'équipage.

Parvenue à la blanchisserie, elle embrassa rapidement la

scène du regard. Le patient, désormais conscient, pressait une serviette imprégnée de sang sur son visage. Dans cette pièce surchauffée et sans aération, il semblait très mal.

— Bonjour, Jaleel, dit-elle avec un grand sourire, je m'appelle Isla, et je suis le nouveau médecin. Voyons à quoi ressemble cette blessure.

— Il ne parle pas anglais, mais je vais traduire, proposa une femme.

— Merci, répondit Isla en s'agenouillant près du blessé.

Elle écarta délicatement la serviette, inspecta la plaie du regard et se releva.

— De quelle machine s'agit-il ?

Une autre jeune femme avança alors d'un pas.

— Celle-ci.

Isla examina le métal incriminé.

— D'accord, dit-elle en s'accroupissant de nouveau pour vérifier les constantes du patient puis la réactivité des pupilles au moyen d'une lampe torche.

Dans l'idéal, il aurait fallu faire un scan pour s'assurer qu'il n'y avait pas de traumatisme crânien, mais c'était impossible à bord. Pour l'instant, il s'agissait de traiter la vilaine entaille sur la joue de Jaleel.

— La plaie est trop profonde pour qu'on se contente de recoller les bords, dit Isla à l'officier de sécurité. On doit l'emmener au centre médical pour poser des points de suture.

Se tournant vers la collègue de Jaleel, elle ajouta :

— Pendant combien de temps a-t-il perdu conscience ?

— Peut-être une minute ou deux.

Tant mieux ! Ce n'était pas trop long, néanmoins il fallait le transporter sur un brancard jusqu'à la salle de soins. Isla passa un collier cervical autour du cou de jeune homme, pour plus de sûreté.

— Très bien, messieurs, dit-elle aux hommes de la sécurité qui entouraient déjà le brancard. Je compte jusqu'à trois, et vous l'installez. Ensuite, on ira au centre médical.

Le sol du quartier réservé au personnel et à l'équipage était recouvert d'un lino gris métal, mais bientôt le cortège pénétra dans la zone passagers moquettée, aux murs d'un blanc immaculé.

Cette fois, le Dr Turner était dans son bureau, dont la porte était ouverte. C'était un vieux gentleman en uniforme impeccable, qui se leva et rejoignit immédiatement Isla dans la salle de soins.

Celle-ci se concentra sur Jaleel. Dans la mesure où personne ne la connaissait, le personnel pouvait mettre ses qualifications en doute. Plus vite elle montrerait ses compétences, plus vite elle serait considérée comme un membre précieux de l'équipe médicale.

— Jordanna, pouvez-vous me préparer des tampons de gaze pour étancher le sang une fois que j'aurai retiré cette serviette, s'il vous plaît ? Il me faudra aussi un kit de suture.

— Bien sûr, Dr Sinclair.

— J'aurais besoin d'un anesthésique, ajouta Isla.

Elle examina de nouveau le cou de Jaleel avant de lui retirer le collier cervical. Jordanna lui apporta le matériel demandé.

Isla sourit gentiment à la collègue du blessé, qui les avait accompagnés pour traduire.

— Pouvez-vous le prévenir que je vais devoir recoudre les bords de la plaie pour les rapprocher le plus possible ? Ça ne sera sans doute pas très agréable.

Isla attendit que Jaleel ait compris, puis elle leva sa seringue.

— On y va.

Un instant plus tard, quand l'anesthésique commença à faire effet, elle explora la plaie.

— Je dois m'assurer qu'il ne reste pas de débris ou de morceaux de métal provenant de la machine, expliqua-t-elle. Il va sentir les mouvements de sa joue, mais il ne souffrira pas.

Après que la collègue eut traduit l'information, Jaleel hocha faiblement la tête. Isla entreprit alors de recoudre soigneusement les bords de l'entaille, s'assurant que ses points étaient aussi nets et discrets que possible. Bien entendu, il aurait mieux valu que l'intervention soit effectuée par un chirurgien plastique, mais ce n'était pas une option. Il lui revenait d'exécuter sa tâche au mieux.

Quand ce fut terminé, elle prescrivit douze heures d'observation au patient. La collègue était déjà retournée à la blanchisserie, où une montagne de travail l'attendait.

Après avoir saisi son rapport dans l'ordinateur, Isla leva les yeux vers Jordanna et le Dr Turner, qui venaient vers elle.

— Beau travail, docteur Sinclair ! dit Jordanna avec un sourire.

— Appelez-moi Isla, répondit-elle aussitôt, soulagée d'avoir apparemment fait bonne impression.

— Isla, répéta l'infirmière.

— Vous avez fait preuve d'une grande compétence, renchérit le Dr Turner d'une voix distinguée. Vous êtes aussi le médecin qui a soigné notre homme d'équipage, hier ? Une véritable tête brûlée !

— Je me trouvais juste au bon endroit au bon moment, répondit Isla avec sincérité.

Pour l'instant, elle était plutôt bien accueillie. Mais qu'en serait-il avec Nikhil ?

Nikhil.

Elle repoussa ses craintes pour se focaliser sur le médecin chef.

— Soyez la bienvenue parmi nous, docteur Sinclair, disait-il. Ainsi que vous vous en doutez, je suis le Dr Turner. Vous pourrez m'appeler Reginald quand les conditions seront appropriées.

Il voulait certainement dire lorsqu'ils seraient entre médecins ou officiers. Néanmoins, lors d'une première entrevue, mieux valait rester formel.

— Je suis ravie de faire votre connaissance, docteur Turner.

Elle jeta un coup d'œil à la main tendue avant de la serrer. On lui avait dit que les poignées de main n'étaient pas recommandées à bord. Étant de la vieille école, le Dr Turner devait peu se soucier de ces règlements. Isla éprouva un sentiment de triomphe lorsqu'il lui adressa un signe de tête approbateur.

Elle se tourna vers les autres infirmières auxquelles elle ne s'était pas encore présentée.

— Je m'appelle Lisa, dit une infirmière australienne.

— Et moi Gerd, fit une infirmière allemande.

— Je propose qu'on prenne un thé ensemble pour nous présenter mutuellement, déclara Reginald en souriant largement.

— Bonne idée ! répondit Gerd.

Quittant le premier la pièce, il les entraîna dans une belle salle de réception fleurie. Un instant plus tard, ils étaient tous attablés.

Heureuse d'avoir réussi les tests auxquels elle avait subtilement été soumise, Isla ne s'inquiétait pas moins de la réaction de Nikhil. Mais après tout, ce n'était pas sa faute si on lui avait demandé d'embarquer sur le *Cassiopée* !

D'ailleurs, elle n'avait pas pensé une seconde à Nikhil.

Menteuse, murmura une petite voix dans sa tête. *C'est la première chose à laquelle tu as pensé quand tu as reçu ce coup de fil.*

Son cœur se mit à battre la chamade. Il allait être furieux. Il lui avait clairement fait comprendre qu'il ne couchait pas avec ses collègues et qu'il ne s'était intéressé à elle que parce qu'elle embarquait sur un autre navire.

Et maintenant, elle était le nouveau médecin junior du *Cassiopée.*

Elle n'était pas à l'origine de cette affectation, mais elle se réjouissait d'échanger deux semaines de croisière sur le *Joyau d'Hestia* contre un tour du monde sur l'extraordinaire *Reine Cassiopée.*

Du moins, elle tentait de s'en convaincre, car c'était aussi le paquebot de Nikhil. Et tout au fond de son cœur, il y avait le minuscule espoir qu'il serait un tout petit peu content de la voir.

Reginald l'arracha à ses pensées :

— Avez-vous fait le tour de nos installations ?

— J'ai montré à Isla nos salles de consultation, les salles de soins réservées au personnel et les chambres privées des passagers, ainsi que les urgences, répondit aussitôt Jordanna, ne voulant clairement pas être prise en faute.

— C'est plus luxueux que tous les centres médicaux dans lesquels j'ai travaillé auparavant, dit Isla en riant.

Le médecin chef sourit avec fierté.

— N'est-ce pas ? Sans compter que nous voyageons à travers le monde. Je n'ai peut-être pas de patientèle privée, comme certains de mes anciens camarades d'université, mais combien peuvent visiter les pyramides d'Égypte, l'Opéra de Sydney et les fjords norvégiens entre deux opérations ?

— Nous allons voir tous ces endroits ?

— Oui.

— C'est un mode de vie extraordinaire ! s'exclamèrent les trois infirmières en chœur.

— C'est ce qui est indiqué dans le document qu'on m'a remis, dit Isla, mais je ne savais pas si c'était réellement le cas dans la pratique.

— Ça l'est, répondit Reginald. Normalement, au début de chaque croisière, les équipes se réunissent et chacun indique les lieux qu'il souhaite vraiment visiter. Comme vous arrivez en cours de route, vous héritez des choix du Dr Morris, mais je suis certain que vous en serez satisfaite.

— Je ne me rappelle pas toute sa sélection, dit Gerd, mais je crois qu'il y a une plantation de bananes en Équateur et une excursion en hors-bord au Mexique, ainsi qu'un dîner dans un restaurant de luxe à Los Angeles.

— Vous avez de la chance, Isla, lança Lisa en riant. L'Équateur n'est pas loin.

— De mon côté, dit Reginald, j'ai un musée au Pérou et le canal du Panama. Bien entendu, il y a toujours un médecin qui reste à bord quand les autres débarquent.

— Ainsi qu'une infirmière ou un infirmier, dit Lisa avec une petite grimace. En tout cas, c'est plutôt une façon agréable de visiter le monde.

— Tout à fait d'accord, approuva Isla.

— Lisa et moi, nous allons prendre notre pause, annonça

Jordanna. Vous voulez vous joindre à nous ? Il n'y a pas de consultation avant deux heures et c'est Gerd qui est de service jusque-là.

— Très volontiers ! répondit Isla.

Cette invitation prouvait que les infirmières commençaient à l'apprécier, ce qui lui faisait énormément plaisir.

— Vous vous joignez à nous, docteur Turner ?

— Non merci, ma chère. Mais c'est très gentil de votre part de me le proposer.

Isla se rappela que, sur un paquebot, la hiérarchie était très importante. Elle n'imaginait pas le Dr Reginald Turner fréquentant les bars de l'équipage ni s'adonnant aux plans drague que Nikhil avait évoqués.

Quant à elle, elle avait beau être célibataire, elle ne comptait pas y participer non plus. La nuit qu'elle venait de passer avec Nikhil serait sa seule infraction à ce code.

— Est-ce que vous avez rencontré le capitaine ? demanda Lisa tandis qu'elles remontaient l'un des nombreux couloirs.

— Oui. Il a l'air plutôt bien.

— C'est vrai, confirma Jordanna. Mais attendez d'avoir vu son bras droit.

Les deux infirmières poussèrent un long sifflement admiratif. Comment Isla parvint-elle à rester debout sur ses jambes ? Ses deux nouvelles amies parlaient sans aucun doute de Nikhil.

— Il est absolument canon, fit Jordanna comme si elle allait tomber en pâmoison.

Lisa hocha vigoureusement la tête.

— Pratiquement toutes les femmes, sur ce bateau, se sont jetées à son cou à un moment ou un autre, continua l'Américaine. Des membres de l'équipage, du personnel, et des passagères.

Isla ne voulait pas se laisser entraîner dans des potins, pourtant elle ne put s'empêcher de demander :

— C'est un séducteur, si je comprends bien ?

Lisa fit la grimace.

— On pourrait le penser, mais ce type n'a jamais cédé à la tentation.

— Peut-être en cachette ?

Les deux infirmières éclatèrent de rire.

— Impossible d'avoir des secrets, sur un bateau, répondit Jordanna. On vit les uns sur les autres et, même si on est très discret, il y a toujours quelqu'un pour vous démasquer.

— Et parler, dit Lisa. Vous êtes prévenue.

— C'est noté, répliqua Isla. Si je comprends bien, il n'a jamais couché avec personne.

— En tout cas, pas à bord, confirma Lisa. Mais, vu son physique, il doit bien avoir des aventures.

— Vous comprendrez mieux quand vous le verrez, fit Jordanna. Les gens adorent les potins mais, depuis cinq ans qu'il est à bord, personne n'a jamais rien dit à son sujet.

— Il y a bien eu des rumeurs selon lesquelles il aurait dragué une collègue qui quittait le bateau pour s'installer en Espagne, dit Lisa. Mais comme elle est partie, personne n'en est certain.

— Vous n'imaginez pas le nombre de filles qui ont demandé leur transfert sur le *Cassiopée* dans l'espoir qu'il leur accorderait un peu d'attention, déclara Jordanna.

— Et ça a marché ?

— Non. Elles étaient stupides de croire ça.

Isla haussa les épaules avec une indifférence feinte.

— De toute façon, je croiserai rarement son chemin.

Jordanna fronça le nez.

— Pas assez souvent, c'est sûr. Une partie de son travail inclut la sécurité, si bien qu'il descend nous voir de temps en temps, mais c'est rare.

— On aimerait toutes que ces visites soient plus fréquentes, si vous voyez ce que je veux dire, fit Lisa.

Jordanna leva les yeux au ciel.

— On sait toutes ce que tu veux dire. Le Chili tout entier le sait probablement.

— Dit la fille qui s'est jetée sur lui la première nuit où elle était à bord.

Intriguée, Isla regarda la ravissante Américaine, qui rougissait légèrement.

— Oui, eh bien, il m'a mis un vent dans la seconde.

En signe de solidarité, Lisa passa un bras autour des épaules de son amie.

— Le seul type au monde qui ait osé faire ça. Si ça peut te consoler, il ne m'a jamais accordé non plus la moindre attention. S'il peut repousser Miss USA elle-même, je ne vois pas comment l'une de nous parviendrait à le séduire. Bien que vous soyez éblouissante, Isla. À côté de vous deux, j'ai l'impression d'être un laideron.

— Vous êtes très belle ! répondit Isla.

Les deux infirmières lui sourirent.

— Vous allez faire l'affaire, doc. Nous vous préférons déjà clairement à votre prédécesseur. Il était tellement condescendant.

— Merci, dit Isla en riant. J'espère en tout cas que nous ferons du bon travail ensemble.

Le médecin qu'elle remplaçait n'était apparemment pas très apprécié par le personnel médical. Cela la faisait appréhender un peu moins la confrontation avec Nikhil.

Avec un peu de chance, il n'y en aurait même pas.

Les odeurs et les bruits lui parvinrent bien avant qu'elle ne franchisse les portes du bar. Pourtant, elle n'était pas préparée au spectacle qui s'offrit à elle.

On aurait dit qu'une centaine de membres de l'équipage et du personnel se pressaient dans la salle, riant aux éclats, alors qu'il y en avait vraisemblablement moitié moins. L'endroit était immense. Il y avait des écrans de télévision, des jeux d'arcade, une rangée d'ordinateurs d'un côté et une piste de bowling de l'autre, ainsi que des tables de billard, d'autres de hockey et aussi des baby-foots. Et il restait encore de la place…

Isla suivit docilement les deux infirmières jusqu'à une table libre.

— Impressionnant, dit-elle.

— C'est votre première croisière ? demanda Jordanna.

— Oui. J'étais censée embarquer sur le *Joyau d'Hestia* demain, mais…

— Dieu merci, vous êtes avec nous, la coupa Jordanna.

Si vous faites bien votre boulot, vous pourrez probablement demander une affectation permanente. Et si j'en crois ce que j'ai vu, on vous soutiendra tous dans cette démarche. Et Reginald a beaucoup d'influence.

— Mon prédécesseur était si mauvais ?

— Pire que ça. Pas avec les passagers, bien sûr. Avec eux, il incarnait le médecin attentif, mais avec nous… Il était odieux.

Isla hésita à poursuivre cette conversation, n'étant pas du genre à critiquer quelqu'un qu'elle ne connaissait pas. Elle préféra donc changer de sujet :

— Comment sont les patients ?

Tout naturellement, elles évoquèrent la vie quotidienne d'une équipe médicale sur un paquebot de croisière. Et quand Lisa rapporta les boissons, la conversation se fit plus animée.

Soudain, les deux infirmières se turent. Levant les yeux, Isla vit Nikhil qui la fixait avec désapprobation.

— On a déjà commencé à boire, docteur Sinclair ?

Isla, partagée entre l'excitation et l'indignation d'être accusée aussi injustement, passa du chaud au froid.

— Je ne pense pas que…

— Je ne vous demande pas ce que vous pensez, docteur Sinclair. J'ai deux mots à vous dire, s'il vous plaît. Maintenant.

6.

Sans attendre qu'Isla le suive, Nikhil sortit du bar à grandes enjambées. Il longea le couloir menant à l'ascenseur, s'efforçant de ne pas penser à la dernière fois qu'ils en avaient pris un ensemble.

Ce n'était d'ailleurs pas le problème.

La voir au bar, tellement à l'aise en compagnie de ses collègues, avait été comme un coup de poing dans le plexus. Si encore il n'avait pas été content de la voir !

Lui qui n'avait jamais mêlé vie professionnelle et vie privée, il n'avait qu'une seule envie : reprendre les choses là où ils les avaient laissées le matin même à l'hôtel.

Cette femme avait tout d'une drogue. Il aurait pu s'écarter sans rien dire, mais il avait fallu qu'il lui fasse une scène en public !

Tout cela parce qu'il désirait Isla Sinclair comme il n'avait jamais désiré aucune femme auparavant.

Une fois dans l'ascenseur, elle croisa les bras sur sa poitrine et arbora une moue aussi butée qu'adorable.

— Je n'ai pas demandé ce transfert, dit-elle.

— Pas ici, s'il vous plaît, l'interrompit-t-il vivement.

— Vous craignez qu'on nous entende ?

— Pas ici, répéta-t-il simplement.

Ce n'était pas une requête, mais un ordre éventuellement destiné à réprimer les émotions qui bouillonnaient en lui. Il n'aurait pas été étonné qu'Isla se rebelle, mais elle inspira profondément et garda le silence.

Quelques heures auparavant, il avait reçu un appel de la

direction l'informant que le Dr Sinclair savait été affectée sur le *Cassiopée*, puisqu'elle se trouvait au Chili.

Isla ne lui avait pas dit son nom de famille, mais il avait immédiatement su que c'était elle…

Il avait parfaitement conscience qu'elle n'était pour rien dans ce transfert. Elle se trouvait au Chili, attendant d'embarquer sur l'*Hestia*. Mais dans la mesure où le nouveau médecin était encore dans son avion, la logique de la compagnie exigeait que la croisière ne prenne pas de retard.

Nikhil n'avait que faire de toutes ces bonnes raisons. Ce qui le préoccupait davantage, c'était un élément bien plus dangereux. L'arrivée d'Isla faisait naître en lui un sentiment qui ressemblait beaucoup trop à du plaisir. La savoir sur *son* bateau l'emplissait d'une exaltation suspecte.

La nuit précédente, quand ils avaient fait l'amour, il avait instantanément su qu'il s'aventurait en terrain dangereux. Il l'avait désirée avec une sauvagerie qu'il ne pouvait expliquer. Et lorsqu'il l'avait quittée, au matin, il lui avait fallu toute la force de sa volonté pour ne pas revenir sur ses pas et rester un peu plus longtemps avec elle.

En cet instant même, il résistait à l'envie forcenée de l'attirer dans ses bras et de reprendre les choses là où ils les avaient laissées.

Serrant les poings, il les enfonça dans les poches de son uniforme. Il émanait des cheveux d'Isla une légère odeur de noix de coco qui taquinait ses narines et suscitait des images qu'il s'efforçait désespérément de repousser. Comment ne pas entendre les gémissements de plaisir qu'elle avait poussés alors qu'il la menait à l'orgasme avec sa langue ?

Que ferait-elle, maintenant, s'il la plaquait contre la paroi et glissait les doigts sous sa ceinture, jusqu'à cette moiteur chaude ? Rien qu'à cette idée, il sentit son sexe durcir.

J'ai envie d'elle.

Serrant les dents jusqu'à en avoir mal, il fixa un point imaginaire sur les portes métalliques, qui à son grand soulagement s'écartèrent bientôt devant lui.

Il emprunta le couloir sans même s'assurer qu'Isla le suivait. Après avoir ouvert la porte de son bureau, il lui fit signe d'entrer.

— Comme je le disais, fit-elle immédiatement, je n'ai pas demandé ce transfert. Qu'étais-je supposée répondre quand on m'a contactée ? « Non, désolée, je viens juste de coucher avec le premier officier, et il ne sera pas content. »

— Donc, tu savais que je désapprouverais ta nomination ?

— En fait, je n'y ai même pas pensé.

Un bref instant, leurs regards se croisèrent. Elle mentait, et ils le savaient tous les deux.

— On va devoir prendre une décision, dit-il.

— Je ne démissionnerai pas, répondit-elle en levant le menton.

— Ce n'est pas ce que je te demande. J'ai bien conscience que la décision vient de la direction.

— Ah bon ? Parce que tu te comportes comme si j'avais une part de responsabilité.

Il se força à s'asseoir derrière son bureau.

— On ne peut rien y changer, mais je veux qu'on établisse clairement les règles, à partir de maintenant.

Pour lui autant que pour elle. Depuis qu'elle se tenait devant lui, dans son uniforme immaculé, il brûlait d'envie de le lui retirer.

Il avait l'impression d'être un adolescent dominé par ses hormones. Pire encore… il aimait cela.

Elle lui lança un regard perçant.

— Je comprends. Tu préfères qu'on te voie comme un célibataire disponible.

Elle était bien loin de la vérité, mais mieux valait l'entretenir dans cette illusion.

— Je ne t'ai jamais promis l'exclusivité, Isla, répondit-il.

— En effet, et je ne me rappelle pas te l'avoir demandée.

D'ordinaire, les femmes se montraient plus manipulatrices, ce qui lui permettait de s'éloigner sans regret.

— Tu imaginais que tu étais la seule ? Que tu as quelque chose de spécial ? Que nous allions reprendre les choses où nous les avions laissées, maintenant que nous travaillons sur le même bateau ?

Il avait voulu marquer un point mais, lorsqu'il la vit blêmir, il éprouva une douleur quasi physique. Il eut envie de s'excuser, mais quelque chose l'en empêcha.

Elle le toisa avec mépris.

— Voir ton coup d'un soir se présenter sur ton bateau a dû être un choc mais, crois-moi, ça ne m'enchante pas plus que toi.

— Parfait, tant que tu n'espères pas une grande histoire d'amour sous prétexte que nous travaillons sur le même bateau.

Il se comportait comme un parfait salaud, ce qui ne lui ressemblait pas. C'était une nouvelle preuve de l'impact qu'elle avait sur lui.

— Je t'ai dit qu'une nouvelle page se tournait, pour moi, répondit-elle. Je n'ai pas besoin de m'embarrasser d'imbéciles. Quant à l'amour, ça n'existe pas.

Il en était lui-même convaincu, mais il aurait juré que son cœur s'emballait… S'il en avait un, du moins. Son cœur avait été détruit des années auparavant, quand il avait poignardé son monstre de père.

Pourtant, il ne parvenait pas à s'en souvenir, sans doute à cause de la culpabilité.

— Pourquoi est-on là, Nikhil ? demanda brusquement Isla. Aucune clarification n'est nécessaire. Nous n'avons qu'à rester à distance l'un de l'autre.

— Je suis premier officier sur ce bateau, et toi, grâce aux petites magouilles de la compagnie, tu es mon médecin junior. Nos chemins se croiseront immanquablement et régulièrement. J'ai travaillé dur pour réussir ma carrière, et je suis toujours parvenu à ne pas mêler vie privée et vie professionnelle.

— Et alors ? fit-elle, les yeux brillants de colère. Tu imagines que je vais étaler notre liaison sur la place publique ?

— Certaines femmes dans ta position le feraient.

Elle le toisa avec mépris.

— Tu es tellement égocentrique que pas un seul instant tu n'envisages que moi aussi je souhaite préserver ma vie privée.

Et ma carrière compte autant pour moi que la tienne pour toi. Peut-être davantage, parce qu'on me surveillera certainement plus que toi pour savoir avec qui je dors.

— Je ne me rappelle pas avoir beaucoup dormi.

Elle poussa une exclamation frustrée.

— Je suis sérieuse, Nikhil.

À quel moment s'était-il déplacé ? Soudain, il fut à quelques centimètres d'elle.

— Il n'y a pas plus sérieux que moi.

Du moins d'habitude. Mais cette femme avait le don de lui faire perdre toute mesure.

Il approcha plus près.

— Qu'est-ce que tu fais, Nikhil ? demanda-t-elle.

Mais sa voix avait changé. Elle était tremblante, hésitante. Elle le regardait avec cette expression qui provoquait immédiatement une érection en lui… tout en l'attendrissant.

— Je ne sais pas ce que tu attends de moi, dit-elle.

— Tu sais exactement ce que je veux… parce que tu le veux aussi.

— Je… je ne vois pas de quoi tu parles.

— En ce cas, je n'ai pas d'autre choix que de te le montrer, *pyar*.

Sur ces mots, il pencha la tête et l'embrassa.

Isla eut l'impression de glisser dans un abîme, sans avoir la moindre idée de ce qui l'attendait au fond. Mais comment s'en soucier ?

Elle tentait de rester connectée au réel, qui la fuyait inexorablement. Le baiser de Nikhil était encore plus ardent que ceux qu'ils avaient échangés la nuit précédente.

Plus intense, d'une certaine façon.

Comme si ni lui ni elle ne voulaient céder à la tentation, mais qu'en même temps ils n'auraient voulu être nulle part ailleurs.

C'était une erreur… Ne venaient-ils pas tous les deux d'affirmer que leur carrière passait avant tout ? Pourtant, elle ne pouvait s'empêcher de vouloir davantage.

C'était la sensation la plus terrifiante qu'elle ait jamais éprouvée. Une perte de contrôle absolue, sans qu'elle s'en soucie le moins du monde.

Plus rien d'autre n'existait que la langue de Nikhil qui écartait ses lèvres et plongeait dans sa bouche, que ses mains qui caressaient son dos, que leurs deux corps si bien accordés.

C'était pire que du feu, pire que l'enfer… Elle dansait dans les flammes.

Elle émit un petit bruit de gorge. Voluptueux, passionné, impatient. Elle avait faim de lui plus que de n'importe quoi d'autre, et même de son travail sur le bateau.

Elle en avait conscience, pourtant cela ne l'arrêtait pas.

Les mains de Nikhil glissèrent le long de son torse, traçant leur chemin brûlant lentement, trop lentement. Enfin, il tira sur les pans de son chemisier et les sortit de son pantalon.

Elle trembla de désir, et le diable d'homme s'en aperçut puisqu'elle sentit son sourire contre sa gorge, puis derrière son oreille.

— Nikhil…

— Patience, *pyar.*

À en croire la voix tendue de Nikhil, il avait lui-même du mal à se contenir. Isla ne put s'empêcher de plaquer son bassin contre lui, et elle exulta lorsqu'il poussa un grognement.

Glissant un bras autour de la taille d'Isla, il caressa ses seins de sa main libre. Aussitôt, instinctivement, elle se cambra contre lui.

— Ça m'a manqué, fit-il d'une voix rauque.

Comme s'il n'avait pas quitté son lit le matin même !

Comme si une éternité s'était écoulée depuis qu'il l'avait quittée !

Ce fut un bruit dans le couloire qui creva finalement leur minuscule bulle, aussi fragile que fictive. Ce ne pouvait être que des officiers qui discutaient, rappelant à Isla et Nikhil où ils se trouvaient, et ce qu'ils étaient censés faire.

Ou plus exactement, ce qu'ils n'étaient pas censés faire.

D'un mouvement souple, Nikhil repoussa Isla. Il retourna

de l'autre côté de son bureau tandis qu'elle remettait de l'ordre dans ses vêtements et tentait de recouvrer ses esprits.

— C'était une erreur, dit-il.

Ces mots fendirent l'air et elle fut presque surprise de ne pas être physiquement blessée.

— Quel cliché ! Pour tout dire, c'est un peu décevant.

— Est-ce que vous prenez tout à la légère, docteur Sinclair ?

— Docteur Sinclair ! Tu penses que ce ton formel effacera ce qui vient de se passer entre nous ?

— Nous avons clairement besoin d'établir des frontières à ne pas franchir.

— Des frontières ?

— Je t'avais avertie que rien ne pouvait se passer entre nous, et voilà où nous en sommes.

Isla s'abstint de répondre. Comment cela avait-il pu arriver ? Elle avait toujours été très prudente, mais depuis sa rencontre avec Nikhil, elle avait perdu toute retenue.

Et maintenant, elle était dans le bureau d'un homme qui était son patron, et en proie à un désir ardent, les jambes flageolantes.

C'était insupportable !

— Tu t'exprimes comme si c'était ma faute ! dit-elle enfin. À moins que je me trompe ?

Nikhil n'en revenait pas. Il avait appelé Isla « *pyar* ».

Mon amour.

Bien sûr, il avait été fou de l'amener dans cette pièce. Mais il ne savait pas comment il avait trouvé la force de s'arracher à elle. Et encore moins comment il parvenait à rester de l'autre côté de son bureau, comme si c'était une barrière infranchissable.

Comme si Isla n'était pas une sirène et lui un marin inexorablement attiré par elle.

Cette image laissait penser qu'elle le séduisait délibérément, alors qu'en vérité ils étaient tous les deux victimes de cet ensorcellement. Mais dans l'état de fureur où il se trouvait, il n'était pas prêt à l'admettre.

— Tu es une distraction, Isla. Et je ne cède pas aux distractions.

Il sut aussitôt qu'il aurait mieux fait de se taire. Ces mots en révélaient bien plus sur lui qu'il ne l'aurait souhaité.

Elle écarquilla les yeux.

— C'est très flatteur ! Je n'aurais jamais pensé que la détermination féroce de Nikhil Dara pouvait être ébranlée par quoi que ce soit.

— Je n'ai pas dit que je me laisserais ébranler.

— Pourtant tu as pris le temps de m'entraîner dans ton bureau pour m'embrasser et me dire… quoi, au juste ? Que tu ne voulais pas perdre ton temps à être distrait par moi ?

Elle marquait un point. Mais ce n'était pas le pire…

Le pire, c'était qu'il se retenait difficilement de la réduire au silence en l'embrassant et de la déshabiller pour faire ce dont il rêvait depuis le matin.

Et elle en avait autant envie que lui. Il connaissait suffisamment les femmes pour décrypter la crispation de son corps, son regard et sa respiration chaque fois qu'elle passait la langue sur ses lèvres.

Cela ne faisait qu'attiser le feu qui brûlait en lui.

C'était absurde !

En quoi différait-elle des autres femmes avec qui il avait fait l'amour auparavant ? Pas un nombre astronomique de fois, d'ailleurs. Il ne faisait pas partie de ces officiers incapables de maîtriser leur libido. Quoi qu'il en fût, il poursuivait rarement l'expérience avec ces dernières, considérant que cela n'en valait pas la peine.

Ne pas pouvoir chasser celle-ci de sa tête était d'autant plus exaspérant.

Il la voulait.

Son corps avait *besoin* d'elle, et c'était une chose tout simplement impossible à satisfaire. Il se tiendrait éloigné du Dr Isla Sinclair, même si cela devait le tuer.

7.

La plantation de bananes était vaste et grouillait de visiteurs. Isla suivait les explications de la guide avec intérêt.

— Tu savais que le bananier est une plante, pas un arbre ?

Le cœur battant la chamade, Isla se retourna lentement pour se retrouver face à face avec Nikhil.

Une semaine s'était écoulée depuis qu'il l'avait littéralement convoquée dans son bureau, et elle se félicitait d'avoir réussi à l'éviter depuis.

— Monsieur Dara, quelle surprise ! J'avais cru comprendre que nous devions garder nos distances. Ou plus précisément, que je devais m'abstenir de croiser votre chemin puisque, si l'on en croit vos propos, je suis une distraction.

— C'est le cas, répondit-il, sinon comment expliquer que je te parle au lieu de me concentrer sur la visite ?

— Peut-être parce que tu as la capacité d'attention d'un papillon ? Il se trouve que j'ai hérité des choix de visites de mon prédécesseur. Je suis là dans l'éventualité d'un accident. Et toi ?

— Tu n'as pas pu choisir tes excursions ?

— Désolée de froisser ton ego monumental, mais non.

Si elle avait espéré le vexer, c'était raté. Il semblait amusé, s'il était du moins capable de l'être.

— Je trouverai bien quelqu'un pour réparer mon ego meurtri, s'il le faut.

Elle ressentit un pincement qui s'apparentait fort à de la jalousie.

— Je n'en doute pas, marmonna-t-elle. Mais prends garde

à ce que tu récoltes. Je viens juste de traiter une bonne partie de l'équipage pour maladies vénériennes.

— Je suis au courant, je lis les rapports. Merci de t'inquiéter pour moi.

— Je ne m'inquiète pas.

— Ah bon ? On aurait dit, pourtant.

— Tu t'es trompé.

Pas moyen de l'énerver, il s'amusait bien trop de la situation.

Quel besoin as-tu de l'énerver ?

— J'ai appris aussi que tu avais eu droit à deux crises cardiaques, une entorse, une grossesse inattendue et de multiples allergies à la nourriture.

— En effet…

Elle se tut, ne sachant plus que dire ni que faire. Un cri perçant venant du groupe, qui se trouvait à une centaine de mètres devant eux, créa un certain émoi parmi les visiteurs. Nikhil et Isla se mirent à courir vers le passager qui l'avait poussé.

L'homme semblait en proie à la panique.

— J'ai été mordu ! C'est une araignée ? Je pense que je l'ai tuée, mais elle est encore dans ma chemise.

Isla l'examina. Elle ne vit aucun signe de morsure, mais il y avait bien une araignée morte. Deux employés de la plantation accoururent, tandis que le passager commençait à hyperventiler.

— Je vais mourir ici.

L'un des employés secoua la tête en signe de dénégation.

— Elle n'est pas dangereuse.

— *Irritado,* ajouta l'autre en faisant mine de se gratter. *Nos* es *venenoso.*

Le groupe poussa un soupir collectif de soulagement, à l'exception d'un couple qui parut déçu que le spectacle ne soit pas plus excitant. Nikhil réclama l'attention des passagers et leur demanda de reprendre la visite avec leur guide.

Isla s'accroupit près de son patient.

— Vous avez des allergies, monsieur… ?

— Camberwell. Vous êtes certaine qu'elle n'est pas venimeuse ? Je ne me sens pas très bien. Je crois que je vais mourir.

— Peut-on le transporter jusqu'à l'usine de traitement des bananes ? demanda Isla. J'aurais besoin d'une chaise et d'un peu de glace, si possible.

Nikhil donna en espagnol quelques instructions à deux ouvriers. Il était ferme, sans pour autant utiliser un ton autoritaire.

Typique de Nikhil, comme elle commençait à s'en apercevoir.

— *Si, si.*

Les deux hommes firent un siège de leurs mains et transportèrent le pauvre M. Camberwell jusqu'au bâtiment.

Isla et Nikhil les suivaient.

— Je veux qu'il soit examiné, déclara celui-ci à voix basse.

— Bien sûr.

Bientôt, les employés installèrent le patient sur une chaise bancale.

— *Gracias,* leur dit Isla avec un sourire.

— *De nada.*

Se tournant vers M. Camberwell, elle posa son sac à dos par terre et en sortit son matériel d'urgence.

— Très bien, monsieur, je vais voir exactement ce qu'il en est. Pour commencer, je prends votre pouls.

Tandis qu'elle l'examinait méthodiquement, on lui apporta une poche de glace qu'elle appliqua immédiatement sur la poitrine de son patient.

La tension de M. Camberwell était bonne et le choc initial semblait s'être atténué. Elle souleva délicatement la poche de glace pour examiner la zone. Il y avait peut-être le commencement d'une rougeur et d'un gonflement.

— Ça gratte, dit-il sur le ton de la plainte.

Isla lui adressa son plus beau sourire.

— C'est normal, mais essayez de ne pas y toucher, ça ne ferait qu'empirer les choses. Je vais nettoyer la zone et appliquer une pommade antibiotique. Ensuite, il vaudrait mieux retourner au bateau, au centre médical, où l'on vous examinera de nouveau.

— Oui, oui ! répondit M. Camberwell avec enthousiasme.

— Très bien. Pour le moment, je vais vous donner un antihistaminique, ça va vous soulager.

Elle était de plus en plus certaine qu'il n'y aurait pas d'infection ni rien de bien sérieux. Finalement, elle se releva et attira Nikhil de côté.

— Je peux retourner sur le bateau avec lui ?

— Il y a un risque que ça s'aggrave ?

Elle fronça le nez.

— Je ne peux pas l'affirmer avec une certitude absolue, mais je crois que ce n'est qu'une morsure qui va lui faire un peu mal et causer des démangeaisons pendant quelques jours. Je préfère le garder en observation au centre médical durant vingt-quatre heures.

— Tu vas rester avec le groupe, au cas où il y aurait une autre alerte, dit Nikhil.

— D'accord, mais M. Camberwell devra être raccompagné.

— Compris.

Retournant vers le reste des passagers qui attendaient à quelques pas de là, Nikhil fit signe à une employée du *Cassiopée* qui parut trop contente de se précipiter vers lui. Elle écarquillait des yeux de biche pendant qu'il donnait ses instructions.

J'espère que je n'ai pas l'air aussi niaise quand je lui parle !

Fâchée contre elle-même, Isla s'efforça de se concentrer sur le toujours inquiet M. Camberwell. Mais savoir qu'elle allait rester encore deux heures en compagnie de Nikhil ne l'aidait pas à conserver son calme.

Qu'est-ce qui n'allait pas, chez elle ?

Qu'est-ce qui l'attirait tellement, chez lui ?

Il fallait bien que ce soit très fort, puisque même maintenant elle ne pouvait s'empêcher d'admirer la façon dont il gérait n'importe quelle situation, avec une autorité sereine.

Et bien sûr, tout le monde l'adorait : les hommes, les femmes, les passagers et l'équipage. Et encore... Aucun d'entre eux n'avait couché avec lui.

Alors, quelles chances avait-elle de lui résister ?

— Très bien, monsieur Camberwell, on va vous ramener au bateau.

La voix de Nikhil, énergique et ferme, rassura immédiatement le patient, dont le visage s'éclaira. Prenant le bras que le premier officier lui tendait, il se leva et marcha avec lui vers le véhicule qui l'attendait. L'y ayant installé en compagnie de l'employée, Nikhil claqua la portière.

Un instant plus tard, la jeep se dirigeait vers la sortie de la plantation. Mais quand Isla se retourna, le groupe avait disparu parmi les bananiers. À l'exception des employés de l'usine de traitement, trop occupés par leurs tâches pour leur prêter la moindre attention, elle se retrouvait donc seule avec Nikhil.

— Beau boulot, dit-il doucement.

Sous son regard intense, elle eut l'impression qu'une lave brûlante se répandait en elle.

Isla eut un rire forcé.

— Je n'ai fait que mon travail.

— Oui, mais si tranquillement que les autres visiteurs n'ont perçu aucune panique. Ils auraient pu vouloir repartir au bateau avec M. Camberwell mais, grâce à toi, il ne s'est rien passé de ce genre.

— Oh ! parvint-elle seulement à articuler.

— Tu es toujours extrêmement calme, Isla, dit-il. Et c'est une qualité rare, sur un paquebot de croisière comme le nôtre.

Surprise, elle ne dit mot pendant un moment.

— Attention, Nikhil, ça ressemble à un compliment.

— Peut-être parce que c'en est un. Je constate avec plaisir que tu te dispenses du « monsieur Dara » dont tu m'avais affublé.

Elle ouvrit la bouche pour répondre mais, au lieu de cela, éclata de rire. C'était inattendu, mais le moyen parfait d'atténuer la tension qui régnait entre eux.

— J'aurais pu t'appeler *sir*. Tu es premier officier, après tout.

À son tour, il laissa échapper un rire grave.

— Je doute que tu le fasses, même si tu le devais.

— Exact. Surtout pas si tu me l'ordonnais.

Une lueur affamée passa dans les yeux de Nikhil, reflétant tout ce qu'elle refoulait elle-même très profondément.

— Et à quel ordre venant de moi obéirais-tu, Isla ?

— Aucun.

Elle avait la voix plus rauque que d'habitude… Un fait dont ils avaient tous les deux conscience.

Elle n'avait pas l'intention d'en rajouter, mais les mots sortirent tout seuls :

— Et toi, Nikhil, auquel de mes ordres obéirais-tu ?

Il fit un pas dans sa direction et, soudain, ce fut comme si le monde entier s'évaporait pour les laisser face à face. La plantation, les ouvriers, le groupe des passagers… Tout avait disparu.

— Tu veux vraiment le savoir ?

Un incendie se diffusa en elle, se concentrant entre ses jambes, la faisant fondre en quelques secondes.

— Oui, murmura-t-elle.

Autour d'elle, ce n'était bizarrement que bruit et silence. Elle entendait les singes s'appeler, les oiseaux émettre des chants merveilleux et les insectes crisser. Et en même temps, elle avait l'impression qu'aucun son n'aurait pu dominer le grondement dans ses oreilles.

Combien de temps continuèrent-ils à se fixer ainsi, attachés l'un à l'autre par un lien invisible de plus en plus serré, au point qu'elle ne pouvait plus bouger ?

Ou ne le voulait pas.

Il ne répondit pas, mais elle percevait clairement ses pensées, les mêmes qui tourbillonnaient en elle : toutes les choses qu'il voulait lui faire, ici et maintenant ; toutes les choses qu'elle voulait aussi.

Au moment où elle commençait à penser qu'il ne répliquerait pas, il prononça doucement des mots qu'elle fut seule à entendre :

— Tu pourrais essayer de le découvrir ?

Elle ne se le fit pas dire deux fois. Se dressant sur la pointe des pieds, Isla l'embrassa comme elle avait rêvé de le faire pendant toute la semaine.

Nikhil répondit à son baiser. Ses lèvres caressaient les siennes, sa langue remuait langoureusement tandis qu'il la goûtait… encore et encore.

Il ne semblait pas pressé, comme s'ils avaient des heures devant eux. Des jours. Peut-être une vie entière.

Du bout des doigts, il caressa la joue d'Isla, traçant au passage un sillon brûlant sur sa peau. Elle se sentait infiniment précieuse et désirée.

Durant la nuit qu'ils avaient partagée à l'hôtel, il avait réveillé en elle quelque chose dont elle ignorait l'existence. Pourtant, elle s'était crue capable de maîtriser la passion qu'il suscitait en elle. Mais maintenant, elle était bien obligée d'admettre qu'elle ne contrôlait rien du tout.

Parce que c'était lui, Nikhil.

Elle doutait qu'un autre inconnu, même grand, sombre et beau comme lui-même l'était, aurait pu lui faire cet effet. *Il* lui avait fait éprouver des sensations inconnues, *il* l'avait révélée à elle-même.

Et le pire, c'était qu'elle en voulait encore.

Je suis fou !

Nikhil frappa à la porte d'Isla.

Il ne prit conscience qu'il retenait son souffle que lorsqu'elle lui ouvrit.

— Nikhil ?

— Je peux entrer ? J'aimerais ne pas rester dans le couloir plus longtemps que nécessaire.

Elle lui jeta un regard méfiant.

— Si c'est pour m'insulter encore, il vaudrait mieux s'abstenir. Je n'ai pas besoin d'entendre que tu regrettes de m'avoir embrassée. Je préfère que tu surmontes ta culpabilité tout seul, dans ta cabine.

Il ne lui répondit pas qu'il regrettait seulement d'avoir dû s'écarter d'elle avant le retour du groupe. Ou qu'il n'avait pas réussi à profiter de la visite de la plantation, tant une seule idée l'obsédait : la rejoindre le soir même dans sa chambre.

Il ne dit rien de tout cela. Il avait déjà assez de mal à l'admettre, sans devoir en plus l'avouer à autrui.

Même à Isla.

Surtout à Isla.

— Je peux entrer ? répéta-t-il simplement.

Elle lui jeta un regard noir avant de pousser un gros soupir.

— Je n'ai apparemment pas le choix.

Sans répondre, il la suivit à l'intérieur et referma derrière lui.

— Pourquoi es-tu là, Nikhil ? Il me semble que tu m'as déjà clairement fait comprendre que nous devions éviter toute proximité.

Il se tut. En réalité, il ignorait ce qu'il faisait là, comme si ses jambes avaient décidé toutes seules de l'emmener jusqu'à la cabine d'Isla sans lui demander son avis.

Il se rappelait seulement qu'il s'était juré de ne plus croiser le chemin de cette femme, même si cela devait le tuer.

Combien de fois l'avait-il aperçue s'enfuir à sa vue ?

Combien de fois avait-il cru sentir son parfum floral flotter dans l'air, alors qu'il remontait un couloir ?

Combien de fois avait-il trouvé un prétexte pour s'approcher du centre médical ?

— Écoute, Nikhil, j'ai fait une erreur, tout à l'heure. Je ne voulais pas te distraire, te mettre la tête à l'envers ou gâcher ta carrière.

— C'est déjà une vraie pagaille, s'entendit-il dire, sans toutefois préciser exactement de quoi il parlait.

Sans doute parce qu'il n'en savait rien lui-même…

Isla le rendait fou, mais en même temps il avait parfois l'impression que le « vrai Nikhil » n'émergeait que lorsqu'il était avec elle.

Il laissa échapper un grognement. Ce n'était pas le moment

d'y penser. Il devait seulement combattre cette envie irrésistible de l'attirer à lui et de s'emparer de cette bouche rose et parfaite.

Les règles qu'il s'était imposées pendant tant d'années s'étaient évaporées à partir du moment où elle avait posé le pied sur son bateau.

Ou même avant, quand il avait dû intervenir dans la bagarre entre ses deux hommes d'équipage.

— Je suis venu m'excuser, dit-il.

C'était un énorme mensonge, mais peu importait.

— T'excuser ? fit-elle en haussant les sourcils.

Elle ne le connaissait déjà que trop bien !

— Tu as raison. Je t'ai traitée de « distraction », mais cela ne m'a pas empêché de t'embrasser aujourd'hui. Et c'est moi qui te sollicite maintenant, pour tenter d'alléger un peu la situation entre nous. Je ne voudrais pas que, après ce qui s'est passé à la plantation, tu te fasses des illusions.

Elle le fixa avec incrédulité.

— Des illusions ?

— Tu aurais pu croire que nous allions répéter nos ébats de l'autre nuit.

— Nos ébats… C'était du *sexe*, tu peux utiliser le mot exact. Je ne suis pas prude.

Elle ne l'était pas, en effet. Des images érotiques se pressèrent dans l'esprit de Nikhil. Il avait tellement adoré son abandon, la façon dont elle réagissait sous sa langue !

Ces souvenirs l'échauffèrent et son cœur se mit à battre le tambour dans sa poitrine, tel un appel à l'action.

Elle était si près qu'il sentait l'odeur de son shampoing. Ainsi, elle sortait à peine de sa douche… L'idée mit sa fragile résistance à l'épreuve.

— Du sexe, alors, grommela-t-il.

— Oui, et c'était… pas mal.

— Pas mal !

— Bien, alors, concéda-t-elle. Mais tu fais erreur si tu crois que je passe mes journées à en vouloir davantage.

— Vraiment ?

Sans réellement savoir ce qu’il faisait, il s’approcha davantage, ignorant la voix qui hurlait dans sa tête que c’était là l’occasion d’opérer une sage retraite. Cela permettrait à Isla de sauver la face tout en lui accordant ce qu’il voulait – du moins, ce qu’il avait prétendu qu’il voulait. Il ne devait pas prendre ce qu’elle déclarait comme un défi !

— Tu n’en penses rien, dit-il d’une voix qu’il reconnut à peine.

— Bien sûr que si.

Il se pencha pour lui murmurer à l’oreille :

— Menteuse. Tu veux bien plus.

— Non. Tu n’es pas le seul à refuser les relations intimes entre collègues.

— Je ne te parle pas de collègues, Isla, je te parle de toi et moi.

— Il n’y a pas de toi et moi. Et je ne veux pas qu’il y en ait.

— Ah bon ?

Il eut besoin de toute la force de sa volonté pour ne pas la balancer sur son épaule et leur prouver à tous les deux combien cette déclaration était peu crédible.

Mais il ne le voulait pas, et il ne le ferait pas.

Il aurait mieux fait d’aller à la salle de sport faire un sort au punching-ball, ou courir un marathon sur le tapis de marche, ou encore nager trois kilomètres dans la piscine.

N’importe quoi, pour tarir son énergie – et sa frustration – et s’empêcher de venir la trouver.

Il aurait dû partir, sauf qu’il ne le faisait pas. Il restait planté là, s’efforçant d’ignorer que le contrôle qu’il avait sur lui-même diminuait rapidement.

Et plus il regardait Isla, moins cela s’arrangeait. Il voyait bien le pouls qui battait follement à la base de son cou, cette lueur affamée dans ses yeux magnifiques, et il percevait aussi sa respiration accélérée.

Elle le voulait autant qu’il la désirait.

Le sang afflua dans son sexe, lui faisant clairement savoir

ce que voulait son corps. Mais son cerveau continuait de lutter, lui répétant qu'il ne s'agissait que d'attirance, rien d'autre.

— Qu'est-ce que tu attends de moi, Nikhil ? demanda-t-elle soudain.

— Rien… et trop.

Sur ces mots, il la plaqua contre le mur de la cabine et s'empara de sa bouche. Elle eut un faible cri de protestation, mais noua immédiatement les bras autour de son cou. Ses seins ronds, aux pointes déjà dressées, se pressèrent contre le torse de Nikhil.

Elle le rendait fou !

Lui prenant le visage entre ses paumes, il glissa sa langue entre ses lèvres et l'embrassa comme il en avait envie depuis… une éternité.

Emprisonnant ensuite ses poignets dans l'une de ses mains, il les immobilisa contre la paroi, au-dessus de sa tête. Aussitôt, elle se cambra contre lui. Il entreprit alors de réapprendre les traits de son visage de sa main libre, puis la pente douce de son dos et le creux de sa taille.

Le corps d'Isla lui semblait aussi familier que s'il l'avait caressé des milliers de fois, plutôt qu'une seule nuit.

À moins qu'il ne le connaisse d'instinct.

Le même instinct qui lui ordonna de poser les doigts sous son sein, là où battait follement le cœur d'Isla, la trahissant et lui disant, à lui, tout ce qu'il savait déjà.

Remontant, il caressa du pouce un mamelon qui pointait à travers le tissu de l'uniforme. La respiration d'Isla s'accéléra, enflammant encore davantage Nikhil. Elle rejeta la tête en arrière, lui accordant du même coup l'accès à sa gorge. Et il en profita…

Il était impossible de résister plus longtemps. Le monstre en lui voulait s'exprimer, il réclamait de prendre ce qu'il voulait, et c'était Isla qu'il voulait.

Tant pis pour les règles, qu'il avait enfreintes dès l'instant où elle avait croisé son chemin.

Nikhil lui caressa le ventre avant de descendre plus bas. Il déboutonna le pantalon blanc et fit glisser la fermeture Éclair.

— Qu'est-ce… Qu'est-ce que tu fais ?

La voix tremblante d'Isla l'emplissait de délice mais, mû par un désir sauvage, il ne prit pas le temps de répondre. Tout en mordillant la peau tendre de sa gorge, il glissa les doigts dans son intimité chaude.

Il pouvait à peine penser, et encore moins parler.

— Je te donne ce que tu veux, parvint-il à articuler.

— Et toi ?

— C'est exactement ce que je veux, dit-il d'une voix rauque.

Ce qu'il entreprit aussitôt de lui démontrer.

8.

En proie à une explosion de sensations, Isla sentit toutes les fibres de son corps se tendre de plaisir.

C'était… parfait.

— Tu es si chaude, murmura Nikhil, si humide…

Elle s'abandonna à la fournaise voluptueuse qui se refermait sur eux. Tandis qu'il caressait son clitoris, lentement au début, prenant son temps pour trouver le bon rythme, elle perdit toute notion du moment et du lieu. Et plus elle se cabrait contre sa main, plus il riait, d'un rire de gorge grave et bas. Mais ses doigts ne cessaient pas de bouger à l'endroit où elle en avait le plus besoin, là où cette pression devenait peu à peu addictive.

Emportée dans une spirale délicieuse, Isla poussa un gémissement rauque. En dix ans avec Bradley, elle n'avait jamais éprouvé l'impression qu'elle allait chavirer dans un abîme inconnu, et jamais elle ne s'était sentie aussi désirée.

Nikhil continuait de jouer avec elle. Et soudain la vague se mua en tsunami, si vif et si puissant qu'elle eut juste le temps de s'agripper aux épaules de Nikhil avant que tout ne bascule.

Tout ce qu'elle entendait, alors qu'elle était balayée par le raz-de-marée le plus parfait qu'elle avait jamais connu, c'étaient ses propres cris.

Combien de temps lui fallut-il pour revenir à elle ? Elle s'en souciait peu, en réalité. Tout ce qu'elle savait, c'était que Nikhil la tenait toujours.

Elle aurait tant voulu qu'il éprouve ne fût-ce qu'une fraction de ce qu'elle venait de ressentir !

Elle voulait l'entendre crier son nom tout comme elle avait crié le sien. Cette prise de conscience aurait sans doute dû l'effrayer mais, à cet instant précis, aucune préoccupation de ce genre ne l'effleurait.

— À moi, maintenant, fit-elle d'une voix tremblante.

Se tenant toujours d'une main à son épaule, elle posa l'autre sur le renflement qui gonflait le pantalon de Nikhil.

Il était dur et prêt… juste pour elle.

Les coups frappés à la porte n'auraient pas pu tomber à un pire moment. L'atmosphère, dans la cabine, changea en une fraction de seconde. Nikhil s'arracha à elle, la laissant lutter pour garder son équilibre sur ses jambes flageolantes. Isla eut le temps de voir son regard se durcir et sut qu'il la repoussait.

— Docteur Sinclair ? fit une voix dans le couloir.

— Réponds, ordonna tranquillement Nikhil.

Il contenait pourtant à peine sa colère, mais elle savait qu'il était surtout furieux contre lui-même. Cela ne rendait pas pour autant la situation plus facile.

— Et je dis quoi ? demanda-t-elle, soulagée que sa voix ne tremble pas autant qu'elle aurait pu le craindre.

— Prends le temps d'arranger ton uniforme et ouvre.

Sur ces mots, il gagna rapidement le petit espace salon où se trouvait le canapé.

— Je… Un moment, s'il vous plaît, lança Isla.

Elle se rhabilla en hâte, espérant que Nikhil ne verrait pas à quel point ses mains manquaient d'assurance. C'était absurde, vu la façon dont elle venait de trembler de tous ses membres sous ses caresses.

Mais cela n'avait aucune importance puisqu'il lui tournait le dos, cherchant apparemment quelque chose.

Avançant d'un pas, elle ouvrit la porte. Une jeune femme de l'équipage, qu'elle ne connaissait pas, la fixait.

— Je suis le Dr Sinclair.

— Je… Je viens pour mon ami, dit-elle dans un anglais haché. Il est… malade.

— Pourquoi ne pas prévenir le centre médical ? demanda gentiment Isla.

— Non… Non ! Pas le centre médical, s'il vous plaît.

Aussitôt, une sonnette d'alarme retentit dans le cerveau d'Isla. Si cette jeune femme ne voulait pas alerter le centre, il y avait de grandes chances pour qu'il s'agisse d'un problème de drogue. L'équipage espérait sans doute que le nouveau médecin serait le maillon faible de la chaîne.

— Entrez, je vous prie, ordonna Nikhil, les faisant toutes les deux sursauter. Inutile d'avoir cette conversation dans le couloir.

La jeune femme pâlit, puis elles se tournèrent avec un ensemble parfait vers le canapé sur lequel Nikhil était assis, une pile de papiers posés devant lui sur la table basse. On aurait cru qu'il venait d'être surpris en pleine réunion de travail.

La jeune employée ignorait visiblement que ces dernières avaient rarement lieu dans les cabines. Ou peut-être était-elle trop préoccupée pour y penser.

Elle s'écarta de la porte.

— Non ! Pas besoin de médecin. C'est une erreur, dit-elle très vite.

Nikhil la rejoignit en une enjambée.

— Ce n'est pas une erreur, dit-il fermement. Si quelqu'un est malade, quelles que soient les circonstances, il doit être soigné. Vous allez immédiatement nous conduire auprès de lui.

— Non… Je…

— Vous êtes prête, docteur Sinclair ?

Isla prit sa sacoche et, une seconde plus tard, elle refermait la porte derrière eux.

— Prête, confirma-t-elle.

Elle attendit que la jeune femme, visiblement terrifiée, les précède dans le couloir pour murmurer à Nikhil d'aller prévenir le centre médical.

Ils savaient tous les deux que, s'il y avait un problème de drogue sur le bateau, la sécurité devait être prévenue. Par ailleurs, Isla était persuadée que la présence du premier officier auprès du malade serait contre-productive.

Les autres membres d'équipage risquaient de s'éparpiller sans révéler à Isla ce que leur ami avait pris.

Par bonheur, Nikhil ne protesta pas et bifurqua très vite

dans un autre couloir, ce qui soulagea manifestement la jeune femme venue prévenir Isla.

Guidée à travers un labyrinthe de couloirs, Isla mit quelques minutes à arriver au chevet de son patient. Lorsqu'elle vit l'attroupement devant la porte de la cabine, sa crainte de voir tous ces gens s'enfuir s'accrut.

— Là…, fit l'un d'entre eux.

Elle se fraya un chemin dans le minuscule espace. L'homme, allongé sur le côté, respirait difficilement. Bien qu'en proie à des convulsions, il était inconscient. Isla lui prit rapidement le pouls, qui était faible. Un examen des yeux confirma que les pupilles étaient dilatées. Au moins, quelqu'un avait eu l'intelligence de le placer en position latérale de sécurité.

— Qu'est-ce qu'il a pris ?

Sans surprise, personne ne répondit.

— Plus j'aurai d'informations, plus je serai en mesure de le soigner, continua-t-elle calmement. Votre loyauté envers lui n'aura servi à rien, s'il meurt.

— De l'héroïne, fit une voix masculine. Juste un peu d'héroïne.

Isla réprima une soudaine bouffée de colère. Mais au moins, elle connaissait la meilleure façon de traiter cet homme.

— Vous pouvez le soigner ? demanda quelqu'un.

L'accent était si prononcé qu'elle mit un moment à comprendre la question.

— J'ai besoin de médicaments. Il faut prévenir le centre médical.

Personne ne discuta, mais personne n'esquissa non plus un mouvement.

— Je ne suis pas là pour juger, mais pour aider votre ami.

— D'accord, fit la même voix. J'y vais.

Il y eut soudain une grande agitation dans le couloir.

— Inutile, dit Jordanna en surgissant au côté d'Isla. Je suis là.

Soulagée, celle-ci jeta un coup d'œil à la bouteille d'oxygène et au masque.

— Vous avez fait vite, dit-elle.

— Ah bon ? J'ai eu l'impression de tourner en rond pendant

un bon moment. J'ai dû demander à une centaine de personnes si elles savaient quelque chose.

— Les gens n'ont pas envie d'être associés à ce genre de problème. Vous avez apporté de la naloxone ?

— Ah ? C'est ça ? Oui, j'en ai.

— Très bien.

Pendant qu'Isla préparait l'injection, Jordanna posait le masque sur le visage du patient. Elles allaient devoir le ventiler manuellement avant de lui administrer l'antidote.

— Je croyais que vous lui donneriez de la naltrexone, fit une voix masculine.

Isla leva la tête.

— Non. On l'utilise contre la dépendance aux opioïdes et à l'alcool, mais elle ne traite pas une overdose. En revanche, la naloxone traite l'overdose, mais pas le manque. Très bien… On va commencer par 0,04 milligramme, dit-elle en préparant la seringue. On verra si ça marche. Tenez-vous prêts.

Dès que le remède parviendrait au cerveau et commencerait à combattre les effets de la drogue, le patient risquait de se débattre.

Sur ces mots, elle injecta soigneusement la dose.

— Qu'est-ce qui t'est arrivé ? demanda Gerd un instant plus tard à la vue de Jordanna, étendue sur le canapé du centre médical avec une poche de glace sur l'œil.

— Elle a été frappée par un patient ingrat.

L'infirmière en chef hocha la tête.

— Ah ! j'en ai entendu parler.

Jordanna souleva la poche de glace en faisant la grimace.

— Déjà ?

Prenant la main de la jeune femme, Isla replaça la poche sur son œil.

— Vous savez comme les nouvelles vont vite, et celles de ce genre-là encore plus vite.

— Ce garçon sera évacué dès la prochaine escale, dit Gerd avec satisfaction. Il ne travaillera plus jamais pour la compagnie. La sécurité devrait arriver d'un moment à l'autre pour faire le point.

— Quand on parle du loup…, dit Jordanna en entendant des voix dans le couloir.

L'une d'elles n'était que trop familière aux oreilles d'Isla. Elle se figea, partagée entre l'envie de fuir et la nécessité de faire son rapport.

Elle n'osait pas regarder les deux infirmières, et s'attendait à ce que son cœur jaillisse d'un moment à l'autre de sa poitrine. Mais les deux femmes ne dirent rien : la rumeur n'avait apparemment pas inclus la présence de Nikhil dans sa cabine au moment des faits.

Que le ciel en soit béni !

Puis, ce dernier ainsi que le représentant de la sécurité pénétrèrent dans le centre médical. Isla eut à peine le temps de plaquer un sourire chaleureux sur son visage.

— Comment va votre œil, mademoiselle Jordanna ? demanda aussitôt Nikhil.

Isla ne put s'empêcher de se sentir amusée à la vue du visage radieux de Jordanna.

— Je vais survivre.

— Ravi de l'apprendre. Vous êtes prête à faire votre rapport ?

— Bien sûr.

Malgré son œil au beurre noir, la ravissante Américaine arbora un sourire ravageur, mais Nikhil s'était déjà détourné, la laissant avec le représentant de la sécurité, tout aussi grand et brun mais loin d'être aussi beau.

Jordanna se rembrunit immédiatement, et Isla en fut presque désolée pour elle.

Presque.

Maintenant, le regard perçant de Nikhil se posait sur elle, et Isla feignit une décontraction qu'elle était loin d'éprouver.

— Docteur, commença-t-il sur un ton à la fois courtois et distant, j'aurais besoin de vous dire deux mots, s'il vous plaît.

— Bien sûr, fit Isla en se levant.

— La salle de consultation est libre ?

Un instant plus tard, ils se retrouvaient face à face.

— Combien sont-ils à avoir pris de la drogue ? demanda-t-il.

— Je n'en sais rien.

— Pas d'autre incident médical ?

— Il n'y avait que cet homme. J'ai supposé que vous alliez tester tous les membres de l'équipage.

— L'équipe de sécurité s'en occupe à l'instant où nous parlons. Mais je te serais reconnaissant de me fournir toutes les informations dont tu disposes.

— Je n'en ai aucune. J'étais bien trop occupée à maintenir mon patient en vie.

— Et je t'en remercie.

— Vraiment ? J'ai plutôt l'impression que tu es énervé parce que je n'ai pas de noms à te fournir.

— Nous appliquons une tolérance zéro, à bord de nos paquebots, quand il s'agit de drogues.

— Je suis médecin, Nikhil. Inutile de me faire un sermon sur la tolérance zéro.

Il se passa la main dans les cheveux… Un geste qu'elle ne l'avait jamais vu faire.

— Tu as raison. Tu es un bon médecin, Isla. Tu pourrais facilement obtenir ton transfert sur un autre navire.

Elle le fixa avec stupeur.

— Tu peux répéter ?

— Tu dois bien comprendre que nous ne pouvons pas cohabiter sur ce bateau.

— Pourquoi ? demanda-t-elle, avant d'émettre un rire trop aigu. Parce que je ne peux pas te dire si d'autres membres de l'équipage sont impliqués dans cette affaire de drogue ?

— Bien sûr que non !

— Alors quoi ?

— On s'est fait surprendre, Isla. Pour l'instant, cette fille est encore sous le choc, mais bientôt elle additionnera deux et deux.

— Je ne suis pas d'accord. Tu as bien géré la situation en faisant comme si nous étions en réunion de travail.

— Cette fois-ci, mais que se passera-t-il la prochaine fois ? Ou la fois suivante ?

Si Isla avait été en état de réfléchir, elle aurait relevé ce que ces propos impliquaient... à savoir qu'ils allaient recommencer. Mais pour le moment, elle en était incapable.

— Donc, qu'est-ce que tu attends de moi ? Que je demande mon transfert ?

Un lourd silence envahit la pièce.

— Si nous restons tous les deux sur ce bateau, dit finalement Nikhil, nous risquons de mettre en péril nos réputations respectives.

— Et c'est *moi* qui dois m'en aller.

— Tu n'aurais jamais dû être affectée sur le *Cassiopée*, pour commencer. Nous n'aurions jamais passé cette première nuit ensemble si j'avais su ce qui allait se produire.

— Ça ne serait jamais arrivé si j'avais su que nous nous retrouverions sur le même bateau, rétorqua-t-elle. Mais j'y suis et je ne vais aller nulle part.

— Je préférerais que nous nous séparions sans heurts, Isla.

— Tu me menaces ?

— Sûrement pas, mais je t'avertis. Si tu ne demandes pas ton transfert, c'est moi qui le ferai pour toi en tant que premier officier.

— Sous quel prétexte ? Je n'ai rien fait de mal.

— Je n'ai pas l'intention de t'accuser de quoi que ce soit.

— Mais cette démarche suffira à elle seule pour soulever des soupçons.

— C'est pourquoi je te suggère de le faire toi-même. Dis-leur que tu préférerais travailler sur un paquebot plus petit.

— C'est honteux ! Cela figurera dans mon dossier et affectera mes chances de promotion.

— Je rédigerai un rapport élogieux.

— Ce serait au Dr Turner de le faire, mais cela n'arrivera pas parce que je ne partirai pas, dit-elle en croisant les bras sur sa poitrine. Coucher avec le premier officier est peut-être répréhensible, mais ce n'est pas arrivé à bord et nous ignorions que nous allions être collègues.

— Ce qui s'est passé aujourd'hui a eu lieu à bord.

— Après que *tu* es venu dans *ma* cabine. Et si tu insistes pour me faire transférer, je n'aurai pas d'autre choix que de le dire.

— Tu me menaces ? Tu comptes prétendre que je t'ai harcelée ?

— Bien sûr que non ! répondit-elle sur un ton horrifié. Mais le fait est que rien ne serait arrivé si tu n'étais pas venu dans ma cabine. Et je ne vais pas torpiller ma carrière sous prétexte que cette… attraction entre nous est si forte que tu as cédé à la tentation une fois et abandonné tes grands principes.

— Deux fois.

— Quoi ?

— J'ai abandonné mes grands principes à deux reprises. La première, quand je t'ai embrassée dans le couloir.

Isla prit conscience qu'il se battait avant tout contre lui-même.

— Personne ne nous a vus.

— Mais ça aurait pu arriver.

En proie à une colère grandissante, elle martela :

— Je vais te dire une bonne chose, Nikhil Dara. Tiens-toi éloigné de moi et j'en ferai autant.

Sans le laisser répondre, elle ouvrit brutalement la porte et sortit de la pièce, les jambes si tremblantes qu'elle s'attendait à trébucher dans la seconde.

Si seulement se tenir éloignée de Nikhil avait été aussi simple !

Si seulement le désir qu'il lui inspirait ne coulait pas dans ses veines à la manière d'une drogue !

En tentant de l'intimider, il avait obtenu exactement le contraire de ce qu'il souhaitait. Il venait seulement de lui démontrer qu'il était tout aussi incapable qu'elle de résister à la tentation et qu'il ne se faisait pas confiance…

9.

Quelques heures plus tard, un coup frappé à sa porte fit bondir le cœur d'Isla dans sa poitrine.

Nikhil.

Elle s'efforça de ne pas se précipiter. Pour rien au monde elle ne se muerait en adolescente enamourée, folle de joie parce qu'il avait changé d'avis.

Elle gagna lentement la porte, posa la main sur la poignée et prit une profonde inspiration. Elle avait à peine tiré le verrou, qu'on s'introduisit dans sa cabine.

— Seigneur ! Ne me dis pas qu'on t'a attribué ce taudis !

Isla, horrifiée, se figea un instant.

— Qu'est-ce que tu fais là, maman ?

Marianna se tourna vers elle, les bras grands ouverts.

— Je suis venue te voir, ma chérie. Je devais m'assurer que tout se passait bien. Tu m'as manqué, ce dernier soir au Chili. Nous étions censées passer une bonne soirée ensemble, mais tu as été transférée sur ce paquebot et tu es partie bien plus tôt.

Pas la peine de discuter avec sa mère sur des points de détail, Isla le savait. Elle avait depuis longtemps appris à réserver son énergie pour des questions plus graves. Comme de savoir pourquoi sa mère était là.

— Si je comprends bien, tu as réservé une suite sur ce bateau à la dernière minute ?

Inutile de demander combien cela avait coûté. L'argent n'était pas un problème pour Marianna. Nul doute qu'elle était arrivée en hélicoptère et qu'elle avait été accueillie sur la zone d'atterrissage par un majordome. Sa mère avait l'art de faire des entrées remarquables.

— J'ai pensé que cela pouvait être amusant, ma petite fleur. Ne me dis pas que tu n'es pas contente de me voir.

Isla ouvrit la bouche et la referma, un léger sourire aux lèvres. Sa mère avait beau être énervante, on ne pouvait s'empêcher de tomber sous le charme d'une personnalité aussi charismatique.

— D'ailleurs, ajouta Marianna, tu sais combien j'apprécie les croisières. Et maintenant, viens m'embrasser.

Isla s'approcha docilement de sa mère, dont l'étreinte familière avait bizarrement quelque chose de réconfortant.

— Bien sûr, je suis contente de te voir. Mais ne te mêle pas de mon boulot.

Sa mère prit un air innocent qui ne trompa pas Isla.

— Jamais de la vie !

— Je suis sérieuse, maman.

Mais elle savait bien que ses mises en garde n'auraient aucun effet sur sa mère. Marianna avait toujours été têtue, et elle voulait le meilleur pour elle-même et pour sa fille.

Isla leva les yeux au ciel.

— Autant parler à un mur ! Et où est Leo, à propos ?

— Elle n'est pas là. Elle a rencontré quelqu'un.

— Attends ! Tu m'as l'air particulièrement contente de toi. Tu as encore joué les marieuses ? Oh ! maman !

— Je te jure que leur rencontre a été purement fortuite.

Soudain, Isla eut une révélation.

— Tu es là pour arranger un rendez-vous galant pour moi aussi ! C'est ça ?

— Bien sûr que non.

Cette fois encore, Isla n'en crut pas un mot.

— Je suis ici pour exercer mon métier, maman, pas pour me trouver un mari.

— Tu es ici pour panser tes plaies, après Bradley. Mais il n'en vaut tout simplement pas la peine.

— Je t'assure que je me fiche bien de cet abruti.

— Ravie de l'apprendre, ma chérie.

Marianna prit un air penaud.

Isla lui jeta un coup d'œil sceptique.

— Du moment que tu le comprends…

— Bien sûr.

C'était trop facile et trop beau pour qu'Isla se laisse berner.

— Mais si un homme digne de toi se présente, reprit Marianna, je t'ai toujours dit de saisir le taureau par les… cornes.

— Maman !

— J'ai eu connaissance du fait qu'il y a un premier officier tout à fait convenable, du nom de Nikhil Dara, sur ce bateau, continua Marianna d'un ton un peu trop neutre.

— Qu'est-ce que tu sais à son propos ?

Isla réalisa aussitôt qu'elle venait de faire une erreur. Sa mère la scruta avec attention.

— Comme c'est intéressant…

Isla aurait pu se gifler. Elle aurait dû suffisamment connaître sa mère pour savoir qu'elle ne devait pas réagir.

— Maman…

— J'ai appris que Leo sortait avec Daksh Dara, même si elle ignore que je le sais.

— Daksh Dara ?

— Il se fait appeler Dax, et c'est le frère aîné de ce Nikhil.

— Le frère de Nikhil est vivant ?

— Ça t'étonne ? Nikhil t'a dit le contraire ?

Isla s'aperçut que sa mère observait ses réactions de très près.

— Oui, parvint-elle à dire. Ou plutôt non, il m'a dit qu'il avait perdu un frère il y a longtemps, et j'en ai déduit qu'il était mort.

Marianna haussa ses sourcils parfaits.

— Eh bien, le frère de Nikhil était tout à fait vivant quand je l'ai rencontré. Mais d'après ce que j'ai pu comprendre, ils sont brouillés.

— D'après ce que tu as pu comprendre ?

— Leo a fait sa connaissance quand vous étiez au Chili. En fait, c'était avec lui que je t'avais arrangé un rendez-vous, le dernier soir.

Isla, profondément troublée, secoua la tête.

Au Chili ? Là où j'ai rencontré Nikhil ?

— Il n'a jamais dit… J'ignorais que son frère était vivant. C'est la raison de ta venue ? Tu veux en savoir davantage sur les deux frères ?

Marianna hésita un instant, puis elle haussa les épaules.

— Tu n'ignores pas que je considère Leo comme ma fille… Quoi qu'il en soit, je sais que ces deux hommes devaient se retrouver à l'occasion d'un anniversaire.

— Nikhil m'a dit que c'était son anniversaire pendant que nous dînions à la Tinca, mais il n'a jamais fait allusion à une entrevue avec son frère.

Isla pinça les lèvres. Pourvu que sa mère ne pose pas de questions sur cette soirée. À sa grande surprise, Marianna vint vers elle et prit son visage entre ses deux mains pour la regarder dans les yeux.

— Je suis sûre de ne pas me tromper, Isla. Tu viens de rougir, toi qui ne rougis jamais.

Inutile de nier quand l'adversaire avait l'avantage.

— Ce n'est pas ce que tu penses. On pourrait changer de sujet ?

— Écoute, ma chérie, laisse-moi te dire trois choses : premièrement, le capitaine m'a invitée au bal de gala et tu vas m'accompagner. Deuxièmement, ce Nikhil te fait rougir, ce dont cet abruti de Bradley aurait bien été incapable. Troisièmement, n'oublie jamais que tu es une Sinclair mais aussi une Raleigh, ce qui te donne un arsenal de gènes pratiquement parfaits, et que tu dois les utiliser.

Sur ces mots, Marianna tourna les talons et gagna la porte.

Nikhil n'aurait su dire comment il parvint à garder son calme lorsqu'il aperçut Isla, auréolée de rouge, à l'entrée de la salle de gala. Sa magnifique chevelure châtain doré était lâchée sur ses épaules et caressait sa peau, ce qui l'emplit du désir d'en faire autant.

Sans compter cette robe, qui lui dénudait une seule épaule et moulait avantageusement ses courbes avant de se terminer en une cascade pourpre tombant sur des talons vertigineux.

S'il en jugeait par les expressions faciales de ses collègues de sexe masculin, ils étaient sous le charme. Et lorsqu'elle chercha son regard, en entrant dans la salle, il éprouva un intense sentiment de triomphe.

À son côté, le capitaine toussota.

— Je gage que les rumeurs sont fondées, Nikhil.

Il eut le plus grand mal à détacher son regard d'Isla.

— Vous dites, sir ?

— Je ne les croyais pas, du moins jusqu'à maintenant. Mais il y a quelque chose entre ce docteur et vous, n'est-ce pas ?

Nikhil grinça des dents.

— Vous me connaissez, sir, je ne mélange jamais le travail et le plaisir.

— Ce qui vous a été profitable, reconnut le capitaine. Mais, laissez-moi vous donner un conseil… La dernière fois que j'ai vu quelqu'un avoir cette expression, c'était quand je me suis regardé dans la glace et que j'ai compris que j'étais amoureux de ma femme.

— Je ne suis sûrement pas amoureux du Dr Sinclair.

— C'était il y a trente ans, continua le capitaine comme s'il n'avait pas entendu, et elle reste la seule femme que j'ai jamais regardée ainsi. Même après sa mort, il n'y en a pas eu d'autre. Alors, si vous tenez à celle-ci, je vous suggère de faire quelque chose avant que tous ces types ne vous précèdent dans la course.

Nikhil serra les dents si fort que ce fut presque douloureux. Mais il refusait de laisser paraître que les mots de son vieux mentor l'avaient touché au cœur. Il refusait de montrer la moindre faiblesse. Et ces… *sentiments* qu'il éprouvait pour Isla Sinclair constituaient certainement une faiblesse.

— Sachez que le moment serait bien choisi, lui confia soudain le capitaine.

— Pourquoi ?

Nikhil n'avait pas vraiment envie de le savoir. Il voulait simplement mettre fin à cette conversation pour rejoindre Isla, la prendre dans ses bras et, d'une certaine façon, marquer son territoire.

— L'un des capitaines de la compagnie prend sa retraite à la fin de l'année. On nous a demandé de présenter d'éventuels candidats pour la promotion. Je souhaiterais vous citer.

— Quoi ?

— Je ne doute pas que vous êtes le meilleur officier pour le poste, Nikhil, mais la direction préfère que leurs capitaines soient mariés ou veufs. Ils n'apprécient pas les célibataires, même aussi investis et professionnels que vous.

À regret, Nikhil se détourna d'Isla pour regarder le capitaine.

— Ils refuseraient ma candidature, si je n'ai pas d'épouse ?

— Par une sorte d'ironie du sort, ce que vous avez refusé toute votre vie est ce qui pourrait vous valoir la promotion pour laquelle vous travaillez depuis toujours.

Nikhil suivait des yeux Isla, dont le corps souple ondoyait sous le tissu rouge pailleté, retenant l'attention des hommes, ainsi que d'autres parties de leur anatomie, sans aucun doute. Elle était sublime, incomparable, et apparemment aussi le moyen d'obtenir tout ce qu'il avait jamais désiré.

Son propre bateau.

Mais il n'avait pas besoin de réfléchir pour savoir qu'il n'utiliserait jamais Isla de cette façon.

D'un autre côté, pourquoi ne pas céder à la tentation et faire d'une pierre deux coups ?

Parce qu'elle mérite mieux que cela, fit une voix dans sa tête, et il n'essaya pas de la faire taire.

Isla faisait le tour de la salle, s'efforçant visiblement d'éviter l'endroit où il se trouvait. Maintenant, elle rejoignait cette femme qui avait déclaré être sa mère.

Elles se ressemblaient, si l'on s'en tenait aux pommettes hautes, au nez délicat et aux yeux expressifs. Mais la mère d'Isla était visiblement une mondaine, ce qu'elle-même n'était pas. Et bien qu'elles soient toutes les deux clairement intelligentes, il y avait dans le regard d'Isla une honnêteté totalement absente de celui de sa génitrice .

Pendant plus d'une heure, il la regarda évoluer parmi les invités et rire avec eux, se répétant qu'il n'était ni jaloux ni possessif.

Et soudain, elle fut devant lui, et toutes les cellules de son corps se mirent à crépiter.

— Nikhil, je veux vous présenter ma mère, Marianna Sinclair-Raleigh-Burton. Maman, voici Nikhil Dara.

Cette dernière lui tendit la main et il lui sourit poliment, absolument pas préparé au coup qu'il allait recevoir.

— Nikhil Dara… Vous n'êtes sûrement pas parent avec le charmant Daksh Dara, de DXD Industries ?

Isla retint son souffle tandis que sa mère et Nikhil se jaugeaient du regard.

D'un côté, Marianna, étincelante et charmante vue de l'extérieur, mais dont le sourire pouvait se révéler une arme mortelle. De l'autre, Nikhil, dont les traits avaient pris une dureté qu'elle ne lui connaissait pas.

— Vous ne ressemblez pas du tout à votre frère, dit Marianna.

— En effet, répondit sèchement Nikhil. L'un de nous est l'irréprochable, l'exemplaire frère Dara. L'autre est le frère Dara dont les valeurs morales sont réduites à néant. Il est impossible de nous confondre.

Isla aurait voulu dire quelque chose pour alléger l'atmosphère, mais tout ce qu'elle pouvait faire c'était assister à la scène avec une horreur croissante. Finalement, elle vit sa mère glisser son bras sous celui du capitaine, venu à la rescousse tel un parfait chevalier blanc dans son uniforme immaculé, puis ils s'éloignèrent tous les deux.

Elle attendit qu'ils soient hors de portée de voix.

— Qu'est-ce qui s'est passé ?

Nikhil se tourna vers elle, et elle aurait juré avoir vu une lueur de regret dans ses yeux.

— Je crois que ta mère a remarqué combien mon frère et moi sommes différents. Je suis d'accord avec elle.

Sans savoir pourquoi, Isla se sentit au bord des larmes.

Elle n'avait jamais rien ressenti de tel, même quand elle avait compris que Brad se servait d'elle, de ses relations et de son argent pour obtenir ce qu'il voulait. Bien sûr, c'était aussi ce que sa mère avait fait avec ses différents maris, mais elle n'avait jamais fait semblant d'être amoureuse.

Bradley, si, et elle avait eu la bêtise de le croire.

Ses yeux pleins de larmes étaient d'autant plus ridicules que, pour une fois, elle avait suivi les conseils de sa mère et s'était habillée pour la soirée en pensant à Nikhil.

Ce n'est pas pour lui, s'était-elle dit en se regardant dans le miroir. Mais quand même… il ne quittait pas ses pensées.

Et maintenant, elle avait l'impression d'être face à un inconnu.

— Tu t'es délibérément présenté à ma mère comme quelqu'un d'autre… Quelqu'un que je ne reconnais pas.

— Non, répondit-il d'une voix dure. Je ne me suis pas fait passer pour quelqu'un d'autre. C'est exactement ce que je suis, Isla. Simplement, tu ne me connais pas, pas du tout.

— Ce n'était pas toi ! dit-elle fermement.

— Tu n'en sais absolument rien.

— C'est parce qu'elle t'a interrogé à propos de ton frère ?

Elle avait lancé la question un peu au hasard. Mais le silence de Nikhil, ses mâchoires serrées et son regard froid constituaient une réponse suffisante. Il y avait aussi quelque chose de vulnérable, dans son expression, qui la poignarda en plein cœur.

Avant qu'elle ajoute quoi que ce soit, il la prit par le coude et l'entraîna hors de la salle de bal, dans le vestibule.

— Qu'est-ce que tu sais sur Daksh ? demanda-t-il. Est-ce que ton intrigante de mère a pensé que j'étais le meilleur chemin jusqu'à lui ? *Ton* chemin jusqu'à lui ?

— Je ne savais même pas qu'il existait jusqu'à aujourd'hui, réussit-elle à dire, luttant vaillamment contre le tremblement qui s'emparait de son corps à la manière d'un séisme.

— Je t'ai dit que j'avais un frère.

— D'une façon qui m'a fait croire qu'il était mort ! dit-elle, criant presque.

Le visage de Nikhil était comme taillé dans la pierre, sa voix encore plus implacable.

— C'est ta seule défense ?

— C'est la vérité. Et de toute façon, ma mère ignorait que nous nous étions rencontrés au Chili, et encore moins que j'avais passé la nuit avec toi.

— Et je suis censé te croire ?

Finalement, elle retrouva en elle la force qu'elle croyait avoir perdue. Elle fit face à Nikhil.

— Je me moque bien de ce que tu crois, s'entendit-elle répondre, bien qu'elle reconnaisse à peine sa propre voix.

Elle aurait été incapable de décrypter l'expression de Nikhil, qui la balaya du regard avant de grommeler :

— Tu avais raison tout à l'heure, Isla. On ferait mieux de se tenir le plus loin possible l'un de l'autre.

10.

L'embarcation glissait sous la voûte de la forêt tropicale. Isla n'avait jamais vécu expérience plus extraordinaire. Des paresseux étaient suspendus aux plus hautes branches, des chauves-souris et des oiseaux colorés apparaissaient sur fond de feuilles immenses. À un moment, Isla vit un singe qui sautait d'arbre en arbre comme s'il les suivait.

— … La diversité de l'écosystème tropical.

Isla se tourna vers le guide. C'était une honte, de ne pas l'avoir écouté. Mais comment ne pas être captivée par la beauté magique de cet endroit ?

— Nous découvrons encore de nouvelles espèces dans la forêt tropicale, disait ce dernier. En particulier des insectes. Et maintenant, c'est le moment de votre trajet aérien en tyrolienne.

— Pas pour moi ! dit-elle en riant. Je suis là en tant que médecin.

— Vous n'allez tout de même pas vous dégonfler, docteur Sinclair ?

Le cœur d'Isla s'emballa. Elle prit le temps de rassembler ses forces avant de se retourner. Elle allait revoir Nikhil pour la première fois depuis cette affreuse soirée de gala. Elle avait également passé la semaine à éviter sa mère, ce qui n'avait pas été trop difficile vu que cette dernière ne quittait plus le capitaine.

Ayant inspiré profondément, Isla pivota lentement vers lui.

— Je suis de service, dit-elle.

Elle se força à sourire. La plupart des passagers étaient déjà descendus pour emprunter la tyrolienne.

— S'il y a une urgence médicale, le guide sera immédiatement alerté par radio et nous serons avertis dans la seconde même.

Elle s'approcha de Nikhil, de façon à ce que personne ne les entende.

— Je n'ai pas demandé à participer à cette excursion.

— C'était un choix de ton prédécesseur, je sais. J'ai vérifié le planning.

— Évidemment ! Cela ne m'étonne pas.

— Je ne suis pas ici pour me disputer avec toi, Isla.

— Vraiment ? Pour quelle raison, alors ?

— Pour m'excuser.

Le cœur d'Isla manqua un battement. Elle devait avoir mal entendu.

— Pardon ?

— Ta carrière est en jeu au même titre que la mienne. Je n'aurais jamais dû te demander de te faire transférer.

— Pourquoi l'avoir fait, en ce cas ?

Il y eut un silence.

— C'était peut-être une excuse pour pouvoir te revoir.

— Comment cela ?

— Je me suis sans doute convaincu que, si tu travaillais sur l'*Hestia,* nous ne serions plus collègues et que nous pourrions céder à… notre attirance mutuelle.

— Les coucheries sont constantes, à bord du paquebot, mais tu ne t'inquiètes que de ce qui pourrait se passer entre nous ?

— Vous savez parfaitement que je ne me suis jamais permis ce genre d'écarts, *docteur.*

— Je n'en sais absolument rien parce que je ne te connais pas, Nikhil.

— Tu me connais probablement mieux que n'importe qui sur ce bateau.

— En ce cas, c'est bien triste. Je n'avais même pas compris que ton frère était encore vivant, et encore moins que tu devais le voir au Chili, le jour où nous nous sommes rencontrés.

Il se raidit, mais elle n'allait pas se laisser impressionner par son expression menaçante.

— Comment le sais-tu ?

Elle refusa de répondre à la question.

— Je note surtout que, lorsque je t'ai parlé de ma famille, tu n'as jamais rien livré sur la tienne.

— Ça ne te regardait pas. Ça ne regarde personne.

D'après Marianna, les deux frères étaient brouillés, mais Isla se garda bien d'y faire allusion. C'était à Nikhil de le lui dire, ou au moins de reconnaître l'existence de Dax.

Il se tut si longtemps qu'elle craignit qu'il ne réponde pas du tout.

— C'est peut-être une façon de me préserver, fit-il finalement, comme à regret.

— Tu ne te protèges pas particulièrement. C'est simplement un besoin de tout contrôler. C'est pour ça que tu as institué toutes ces espèces de précautions, ces barrières autour de toi. Personne ne doit savoir quoi que ce soit à ton propos.

— Je t'ai quand même dit que c'était mon anniversaire.

Elle hésita. Sur le coup, elle avait pris cela pour une manœuvre de séduction.

Il exploita aussitôt son avantage :

— Je ne t'ai pas parlé de mon frère parce que c'était hors de propos, voilà tout.

— Quand même, c'est plutôt inhabituel.

— Nombreuses sont les familles dont les membres ne se fréquentent plus. La proximité avec la tienne est plus inhabituelle que mon éloignement de la mienne.

— Tu digresses, comme d'habitude.

— Je ne suis pas d'accord.

— C'est exactement ce que tu fais. Tu dévies la conversation sur quelqu'un d'autre… quand tu ne congédies pas les gens.

À cet instant, le téléphone portable de Nikhil sonna. Isla en profita pour s'éloigner, et rejoindre le groupe des passagers qui attendaient leur tour devant la tyrolienne.

Nikhil la rattrapa.

— C'était l'équipe, à l'hôtel. Il y a un problème avec l'un de nos passagers qui avait choisi la visite de la Maison des Orchidées et des Papillons. On te réclame sur-le-champ.

Comme elle passait près de lui, il la prit par le bras.

— Où est-ce que tu vas ?

— Je rentre.

— Oui, mais pas de cette façon, dit-il en la poussant vers la tyrolienne. Ce sera plus rapide comme ça !

Elle eut du mal à se convaincre que ce contact ne lui faisait rien.

— Très bien. Allons-y.

Isla et Nikhil venaient d'arriver à l'hôtel quand on leur apprit que le patient allait mieux. Son entorse avait miraculeusement guéri dès qu'on lui avait offert un surclassement.

— Il y a une semaine, j'aurais été choquée, dit Isla en longeant avec Nikhil la belle allée bordée d'arbres tropicaux.

Elle ruisselait de sueur. Il faisait chaud et humide, mais ils avaient surtout couru à travers la forêt pour retourner à l'hôtel.

— Laisse-moi deviner, fit Nikhil. Lors de tes premiers jours à bord, tu as reçu plusieurs nouveaux arrivants qui se plaignaient de claustrophobie ?

— Et seule une cabine de luxe avec balcon pouvait les guérir. Je n'aurais jamais cru que des gens puissent utiliser de tels subterfuges. Mais il y a aussi de nombreux passagers très sympathiques.

— Passons par-derrière, répondit-il entre ses dents. Sinon les gentils passagers en question vont nous tomber dessus dès la porte du hall. Je dois d'abord prendre une douche.

Elle n'osa pas le regarder. Même vêtu d'un sweat trempé, il était l'incarnation de la perfection masculine. Avec les gouttelettes qui coulaient sur sa peau bronzée, on aurait dit un mannequin sur une affiche publicitaire.

Ils évitèrent l'entrée principale pour emprunter une porte latérale. Un bruit étouffé les arrêta immédiatement. Durant une fraction de seconde, Isla tenta de comprendre ce qu'elle avait sous les yeux, puis une sensation de nausée la gagna et elle se mit à courir, précédée de Nikhil.

Un grand jeune homme musclé avait coincé une employée

de l'hôtel contre un mur, et il soulevait sa jupe malgré les tentatives de la jeune femme pour lui échapper.

Posant les mains sur les épaules de l'homme, Nikhil le saisit et l'arracha à sa victime, qui sanglotait. Comme elle se mettait à hurler, Isla se précipita vers elle. La dernière chose dont ils avaient besoin, c'était qu'un troupeau de clients viennent voir ce qui se passait.

Comme dans un film au ralenti, elle vit le poing de Nikhil fendre l'air. Mais à la seconde suivante, le jeune homme sortit un couteau et blessa ce dernier à l'épaule. Isla sentit son sang se glacer à la vue du visage défait de Nikhil, mais cela ne dura qu'un bref instant. La cicatrice qu'elle avait aperçue sur son corps durant leur nuit au Chili lui revint en mémoire, mais ce n'était pas le moment de s'y attarder.

En quelques coups de poing, Nikhil fit tomber le couteau à terre et plaqua son adversaire contre le mur.

— Va chercher quelqu'un de la sécurité ! dit-il. Sois discrète et emmène la fille.

Isla n'hésita qu'une fraction de seconde avant d'obéir sans un mot.

— Il faut que je nettoie ta plaie, ça va piquer un peu, dit Isla une heure ou deux plus tard, lorsqu'ils se retrouvèrent dans la chambre de Nikhil, à l'hôtel.

D'après les rires et la musique provenant de la salle de bal, le personnel s'occupait des passagers du paquebot.

Isla tâchait de se concentrer sur sa tâche. Nikhil était assis en face d'elle, son corps athlétique plus tentant que jamais. Elle avait conscience que son état fébrile n'avait rien à voir avec la chaleur qui régnait à l'extérieur.

Tu es vraiment pathétique !

— Au moins, tu as tous tes vaccins contre le tétanos, maintenant. Ça fait pas mal d'injections, non ?

Nikhil émit un vague grognement.

— Tu garderas une cicatrice, annonça-t-elle, mais rien à voir avec celle que tu as déjà sur l'épaule.

Obéissant à une impulsion subite, elle poursuivit :

— Tu vas dire aux gens que c'est un autre accident ?

Aussitôt, il se raidit et un lourd silence s'abattit sur la pièce.

— Je ne dirai rien aux gens, répliqua-t-il finalement. Personne n'a rien vu.

Elle aurait pu se taire, mais elle insista :

— Moi, si.

— D'habitude, les femmes avec qui je couche sont un peu moins obnubilées par ces… imperfections. Je regrette que tu ne retiennes que cela de la nuit que nous avons passée ensemble. La prochaine fois, je ferai davantage attention.

Le cœur d'Isla battit plus vite. Elle savait bien qu'il ne faisait pas allusion à ce qui se passerait avec elle à l'avenir. Pourtant, elle ne pouvait s'empêcher d'espérer.

— Qu'est-ce qui t'est arrivé dans le passé, Nikhil ? J'ai bien vu ton visage, quand ce garçon a sorti son couteau. Ton expression…

— Laisse tomber, Isla.

Le ton menaçant ne pouvait pas être plus clair, pourtant elle ne comptait pas se taire.

— C'était Daksh ? C'est pour ça que ton frère et toi ne vous parlez plus ? Que tu prétends que l'un de vous est irréprochable et l'autre dépourvu de morale ? Lequel des deux es-tu, Nikhil ?

Elle attendit un instant, de plus en plus nerveuse à mesure que la mâchoire de Nikhil se contractait.

— J'ai besoin de savoir, Nikhil. Ma sœur sort apparemment avec lui. S'il est dangereux, il faut que je le sache.

Il braqua un regard furieux sur elle.

— Tu peux répéter ?

— Leo serait avec lui, d'après ce que ma mère m'a dit.

— Comment est-ce possible ?

— Ils se sont rencontrés au Chili, le jour où toi et moi…

Les émotions se succédèrent sur le visage de Nikhil, sans qu'aucune d'elles ne semble malheureusement prometteuse. La plus reconnaissable était la fureur.

— Et tu sais ça depuis le début ?

— Non. Je l'ai appris la semaine dernière par ma mère. S'il te plaît, Nikhil, Leo représente tout pour moi. Si elle est en danger, tu dois me le dire.

Il y eut de nouveau un long silence.

— Daksh n'est pas celui qui m'a blessé. Ta sœur n'est pas en danger, du moins pas physiquement.

— Qu'est-ce que tu veux dire par « du moins pas physiquement » ?

Il la regarda comme s'il n'allait pas répondre, puis il ouvrit la bouche :

— Je veux dire qu'il ne lui fera pas de mal physiquement, mais qu'il n'est pas plus que moi capable d'un engagement sentimental. Mon frère n'est certainement pas quelqu'un sur qui on peut compter.

Le ton était acide, mais il y avait autre chose de plus difficile à reconnaître.

De la souffrance.

Quoi qu'il se soit passé entre les deux frères, Nikhil en était sorti amer et blessé.

— Alors Leo ne court aucun risque physique avec Daksh ?

— Exact.

— Bon. C'est une grande fille, elle saura veiller sur elle-même.

Parlaient-ils encore vraiment de sa sœur ? Pendant quelques instants, ils partagèrent le même silence pesant. Le visage impassible, Nikhil la laissa poursuivre ses soins.

Elle aurait aimé le questionner plus avant, mais il lui avait clairement fait comprendre que cela ne la regardait pas. Elle devait respecter cette requête, même si cela faisait mal.

Travaillant avec efficacité et rapidité, elle termina de panser la plaie, dont elle avait rapproché les bords avec des Steri-Strip pour qu'elle ne se rouvre pas.

Satisfaite, Isla s'écarta.

— C'est bon.

Elle avait du mal à garder un ton chaleureux. Ce fut encore plus difficile quand il se leva et lui fit face.

— Et… Merci de m'avoir parlé de Daksh. Tu n'étais pas obligé, mais je t'en suis reconnaissante.

Il la fixa sans un mot et elle prit conscience qu'elle se balançait d'un pied sur l'autre.

— Nikhil…

— Tu t'inquiètes pour une personne que tu aimes, dit-il brusquement. Tu n'as pas à t'excuser. C'est très… touchant.

Cette déclaration n'appelait pas de réponse. Malgré la voix, dans sa tête, qui l'exhortait à se taire, elle ne put s'empêcher de demander :

— Tu es sûr de n'avoir personne qui tienne à toi ?

— Absolument.

— Et ton frère ? Tu es certain qu'il n'a aucune affection pour toi ?

— Absolument.

— En ce cas, pourquoi était-il au Chili ?

— Fais attention…

Les yeux de Nikhil brillaient dangereusement, mais elle avait besoin de savoir.

Ou peut-être avait-elle besoin que *lui* il sache. Qu'il affronte les fantômes, quels qu'ils soient, qui semblaient le hanter.

— Tu prétends que c'était une pure coïncidence, qu'il soit au Chili en même temps que toi ?

— C'est possible.

Il paraissait furieux mais, que cela lui plaise ou non, il répondait à ses questions, et elle sentit qu'elle devait poursuivre.

— Le jour de ton anniversaire ? J'ai l'impression qu'il se soucie bien plus de toi que tu ne veux l'admettre.

— Tu te trompes.

— Peut-être, parce que… comment le saurais-je ? Tu m'as déclaré que tu l'avais perdu depuis longtemps, comme s'il était mort. Et ne me dis pas que c'est mon interprétation, parce que nous connaissons tous les deux la vérité : il était au Chili le jour de ton anniversaire et il voulait te voir. Alors, arrête d'être sur la défensive et réfléchis un instant, admets que je vois peut-être quelque chose que tu ne vois pas.

Où avait-elle trouvé le courage de lui parler ainsi ? Elle n'en revenait pas elle-même.

— Tu ne comprends pas, dit-il comme pour lui seul.

Elle s'exprima d'une voix ferme, dissimulant les émotions qui tourbillonnaient en elle.

— Je suis certaine que c'est vrai.

— Attention à ne pas aller trop loin, Isla. Qu'est-ce que tu espères gagner ?

Elle avait la chair de poule ; pourtant, malgré son cœur qui battait à tout rompre, elle tint bon.

Elle aurait dû être terrifiée par l'importance que cette discussion prenait pour elle.

— Je veux mieux te comprendre, Nikhil.

— Pourquoi ? demanda-t-il sèchement.

Elle ne se laissa pas décourager. Relevant le menton, l'estomac noué et la gorge serrée, elle garda à sa grande surprise une apparence de profond calme.

— Pourquoi pas ? Parle-moi, Nikhil, ou je m'en irai.

11.

Nikhil cligna des yeux. Il suffisait de laisser Isla partir, cela résoudrait tous les problèmes… sauf le plus gros de tous, à savoir qu'il ne supportait pas l'idée qu'elle s'en aille.

Qu'avait-elle de spécial, pour se glisser si facilement sous sa peau ? Elle s'était introduite furtivement dans son esprit… ou plutôt non, elle y avait fait irruption. Une partie de lui souhaitait entendre les questions qu'elle voulait lui poser, et pire encore, y répondre.

Pourquoi pas ? Quelle meilleure façon de lui montrer le monstre que tu es ?

Il ne parvenait pas à faire taire cette voix insidieuse. S'il disait la vérité à Isla, elle s'enfuirait sûrement le plus loin de lui possible.

Et n'était-ce pas ce qu'il voulait ?

— Très bien, dit-il enfin. Tu veux me connaître, il ne faudra pas te plaindre après.

Loin de paraître effrayée, elle lui lança un coup d'œil presque méprisant.

— Tu vas jouer le rôle du Grand Méchant Nikhil ? Je te rappelle que je l'ai déjà vu et que ça ne me fait pas peur.

— Ça devrait, pourtant. Mais si tu as besoin d'être convaincue, tu vas être satisfaite… Quand Daksh était au Chili, il voulait me voir. Par pure coïncidence, certainement, c'était le jour de mon anniversaire. Quoi qu'il en soit, je ne l'avais pas vu depuis mes quinze ans, à l'occasion de l'enterrement de notre père.

Ça faisait presque vingt ans, mais cela lui pesait toujours autant sur le cœur.

— Qu'est-ce qu'il voulait ? demanda Isla.

— Je n'en sais rien et je m'en fous.

— Je crois que tu mens, dit-elle d'une voix douce, presque caressante.

Comment faisait-elle pour lire si facilement en lui ?

— Je mens quand je dis que je n'en sais rien ou quand je dis que je m'en fous ?

— Je suis persuadée que c'est important pour toi, bien plus que tu n'es prêt à l'admettre.

Il ne répondit pas, préférant s'agripper à la rage familière qui avait commencé à s'atténuer depuis qu'Isla était entrée dans sa vie.

Cette femme extraordinaire pouvait lui faire oublier l'espace d'un moment toute sa colère, sa rancune et son chagrin. Mais cela ne durerait pas. Un jour, elle s'en irait, et il redeviendrait l'homme sombre, tortueux et froid qu'il était.

Voilà pourquoi il ne pouvait pas la laisser approcher trop près de lui, car il l'aurait entraînée dans sa chute. Le plus sûr moyen de la faire fuir était de dire la vérité.

— Mon frère m'a laissé à la maison avec notre père alcoolique, violent et abusif.

— Ton père te frappait ?

Une fraction de seconde, elle parut choquée, puis elle remit son masque de docteur.

— Pour être honnête, notre mère avait été la cible favorite de notre père pendant notre petite enfance. Mais quand elle est morte, Daksh est devenu son nouveau punching-ball.

— Il… vous frappait tous les deux ?

— Daksh me protégeait. Il avait douze ans, moi dix. Il considérait que c'était son devoir en tant que grand frère.

Nikhil fit son possible pour réprimer les émotions qui bouillonnaient en lui.

— Pendant quatre ans, il a pris les coups chaque fois que le vieux n'avait pas assez d'argent pour picoler, ce qui arrivait toutes les fins de mois. Plus tard, au milieu du mois, et encore plus tard, tous les jours. Daksh gagnait un peu d'argent à l'époque. Il tâchait de le garder pour subvenir à nos besoins, mais notre père mettait la main dessus chaque fois qu'il le pouvait.

— Pour sa boisson, dit doucement Isla, comme pour encourager Nikhil à continuer.

Il hocha la tête, un goût âcre dans la gorge.

— Et puis un jour, Daksh a reçu une proposition, un emploi de deux mois sur un bateau de pêche. Il a saisi cette occasion de s'en aller.

— Et il t'a laissé seul avec ton père ?

— La source de revenus avait disparu. Mon père était furieux, il me rouait de coups avec sa ceinture… généralement du côté de la boucle. Le premier mois, je ne peux même pas me rappeler le nombre de fois où il m'a battu. Ensuite il a pris conscience que je pouvais reprendre le petit boulot de mon frère et lui rapporter de l'argent, alors il m'a laissé tranquille pendant un moment. Le soir de mes quinze ans, les autres matelots ont voulu fêter mon anniversaire. J'étais un homme, plus un enfant, ils ne m'ont pas laissé le choix. C'était juste un verre, et ils me l'offraient. Mais mon père se trouvait dans le bar et, à ses yeux, je dilapidais *son* argent.

— Il t'a battu ?

— Le vieux n'a rien dit dans le pub, mais en rentrant à la maison il était complètement ivre et il a ressorti sa ceinture.

— Tu ne l'as pas empêché ?

— Non. Il s'arrêtait plus vite quand je ne résistais pas. Mais ce soir-là, il ne s'est pas arrêté. Tout d'un coup, il est allé dans la cuisine et a pris un couteau.

Isla porta les mains à sa bouche, et il perçut un gémissement étouffé.

— Ta cicatrice…

Sa voix angoissée fit du bien à Nikhil. À quand remontait la dernière fois où quelqu'un avait eu du chagrin pour lui ? Il y avait eu Daksh, et avant lui sa mère. Mais autrement… il n'y avait eu personne.

— Mon père se tenait devant moi, vacillant. Je pensais

qu'il n'aurait pas la force ni la capacité de marcher droit ou de se servir de son arme.

Il eut un rire dépourvu de gaieté.

— Soudain, il s'est précipité sur moi et je n'ai pas réussi à m'écarter suffisamment vite. Je me suis retrouvé plaqué contre le mur. Ensuite il a levé le couteau et l'a planté dans mon épaule.

Il se souvenait de l'expression de son père. Une grimace haineuse et triomphante, alors que son fils était immobilisé contre le mur par le couteau. Il s'était écarté pour aller chercher sa ceinture et Nikhil savait déjà que, une fois qu'il aurait commencé, il ne s'arrêterait plus.

— Je ne sais pas comment, mais j'ai empoigné le manche du couteau et je l'ai dégagé de mon épaule.

Il détesta la façon dont Isla le fixait, avec un mélange d'horreur, d'angoisse, mais aussi de peur.

— Nikhil… Tu disais que la dernière fois que tu avais vu ton frère, c'était à l'enterrement de ton père, quand tu avais quinze ans ?

— Tu voulais savoir quel type d'homme je suis, répondit-il. Maintenant, tu le sais. Je suis un monstre.

— Que s'est-il passé ?

— Tu n'as pas besoin que je prononce les mots, *pyar,* dit-il avec un rire pire que le précédent. Tu le sais déjà.

Tu l'as appelée pyar, *mon amour. Comment est-ce possible ?*

— Je ne te crois pas !

— Je suis un monstre, c'est tout ce que tu as besoin de savoir. Tu voulais la vérité, tu l'as. Tu ne peux pas la changer sous prétexte qu'elle ne te plaît pas.

Elle secoua lentement la tête.

— C'était de la légitime défense. Comment est-ce arrivé ? Parle-moi, s'il te plaît.

— Il s'agit de la pire nuit de ma vie, tu crois que j'ai envie de la revivre ?

— Je crois que ça te fait peur.

Elle le fixait avec confiance.

— Même si je le voulais, je ne me souviens de rien de ce qui s'est passé après que j'ai retiré le couteau de mon épaule. Tout est flou.

— Et la police ? Quelqu'un a bien dû les appeler ?

— Oui.

— Qu'est-ce qu'ils ont dit ?

Il était clair qu'Isla ne le lâcherait pas. Il pouvait lui dire ce qu'elle voulait entendre, mais ça n'entraînerait pas que lui-même le crût. La honte menaçait de le submerger.

— La police m'a disculpé, énonça-t-il d'un ton morne. Une voisine leur avait apparemment rapporté les faits dont elle était témoin depuis des années sans oser rien dire. Quand elle a su qu'il était mort, elle a raconté tout ce que j'avais subi.

Isla poussa un petit cri.

— Dans leur rapport, les policiers disaient simplement qu'il était mort suite à une hémorragie, que je n'aurais pas eu la force de le tuer et que mon père s'était empalé lui-même sur le couteau.

— Donc tu es innocent !

— Je n'y crois pas. Si je n'ai rien fait, pourquoi n'ai-je aucun souvenir ?

Franchissant la distance qui les séparait, Isla prit le visage de Nikhil entre ses paumes.

— Parce que toi aussi tu avais perdu beaucoup de sang. Tu l'as dit toi-même.

— C'est un peu trop facile, dit-il entre ses dents. Je suis un monstre, *pyar.*

Encore ce mot d'amour, faisant allusion à quelque chose qu'il n'aurait jamais. Il la voulait beaucoup trop, même maintenant.

Surtout maintenant.

Il fallait mettre un terme à tout cela.

— Je suis un sauvage, Mini-Doc, un animal. Je l'ai toujours été. Il ne s'est pas tué en fonçant sur moi, ça n'a pas de sens. Je me rappelle son expression. C'était forcément moi, Isla. Toute autre explication est juste trop… simple.

Le cœur d'Isla battait à tout rompre… pour Nikhil.

Elle aurait pu le prendre dans ses bras et adoucir sa peine. Elle savait qu'il la désirait, elle lisait dans son regard une faim égale à la sienne.

Mais ce n'était que du sexe. Il en avait peut-être envie, mais il n'en avait pas besoin, pas maintenant. Il lui fallait quelque chose de totalement différent.

Refoulant son propre désir et le chagrin qu'elle éprouvait pour lui, elle durcit sa voix et le foudroya du regard.

— Tu es un pauvre idiot, Nikhil Dara.

Il sursauta, mais elle tint bon.

— Le problème n'est pas que tu n'aies aucun souvenir, mais que tu veuilles tout contrôler.

— Pardon ?

— Tu utilises ta carrière comme une excuse pratique, mais je ne parle pas seulement de ta vie professionnelle. Tu veux maîtriser tous les aspects de ta vie. Même quand nous avons couché ensemble, tu te contenais. Je comprends ça seulement maintenant.

— Tu tires trop de conclusions de trop peu d'éléments.

Elle ne se laissa pas détourner de son objectif.

— Je ne crois pas. C'est ce que tu fais, Nikhil. Tu préfères être coupable de la mort de ton père plutôt que d'admettre que tu ne contrôlais pas cette situation. Le contrôle te sert d'armure ou de carapace, comme tu voudras.

Il y eut un bref silence.

— Tu te trompes, dit-il en reculant d'un pas. Je vais prendre une douche et, quand j'en sortirai, je te suggère d'avoir quitté ma chambre.

Elle le regarda traverser la pièce, son corps magnifique tendu par les émotions qu'il contenait.

Pendant plusieurs longues minutes, elle réfléchit tout en écoutant l'eau ruisseler derrière la porte. Nikhil cherchait certainement à se reprendre, mais il était trop tard… elle avait vu la douleur et le désarroi, dans ses yeux.

Elle était vraiment tout près de découvrir le vrai Nikhil.

Lentement d'abord, puis prenant davantage confiance à chaque pas, elle se glissa dans la salle de bains, laissant la porte claquer derrière elle.

— Qu'est-ce que tu fais, Mini-Doc ?

— Je ne me trompe pas, dit-elle doucement. Tu portes une armure qui t'étouffe et tu ne le sais même pas.

Elle déboutonna sa chemise et la laissa glisser par terre, puis le reste de ses vêtements suivit et elle pénétra dans la cabine de douche.

— Encore une fois, dit-il, qu'est-ce que tu fais ? Tu ne veux pas me répondre, Mini-Doc, ou tu ne le peux pas ?

Elle pencha la tête de côté.

— Au début, je croyais que tu utilisais ce surnom par gentillesse. Je comprends maintenant que c'est une façon de te rappeler à toi-même mon job pour garder tes distances.

— Je n'ai pas besoin de surnom pour me maîtriser.

Sans répondre, elle s'approcha de lui, si près qu'il n'avait qu'à tendre la main pour l'attirer contre lui. Elle le connaissait suffisamment pour savoir qu'il en mourait d'envie.

— Laisse-toi aller, pour une fois, dit-elle enfin.

— On la joue comme ça ? demanda-t-il entre ses dents serrées.

— Absolument.

Puis elle se haussa sur la pointe des pieds et pressa ses lèvres contre celles de Nikhil.

12.

— Quel que soit le jeu auquel tu joues, Isla, ça ne marchera pas, grommela Nikhil.

— Et si je ne jouais pas ?

Aussitôt, le sang afflua dans son sexe et, bien sûr, Isla s'en aperçut. Seul le bruit de l'eau qui ruisselait sur leurs corps troublait le silence, lourd et moite. Il sembla à Nikhil qu'il ne pouvait plus respirer.

Puis Isla passa la langue sur ses lèvres.

À l'aide !

L'avait-il attirée contre lui ? Soudain elle fut dans ses bras et il l'embrassait comme s'il suffoquait et qu'elle était l'oxygène dont il avait besoin pour survivre.

Et c'était peut-être vrai.

Jamais il ne s'était senti aussi désespéré, aussi féroce et sauvage. Il lécha la langue d'Isla de la sienne, se délectant de la façon dont elle lui rendait caresse pour caresse, adorant qu'elle lui mordille la lèvre inférieure.

Un feu irrépressible s'empara de lui, réveillant la bête rugissante. Il voulait qu'elle hurle de nouveau son nom comme elle l'avait fait la première nuit.

Ce souvenir intensifia son désir. Il lui fallut toute la force de sa volonté pour ne pas la soulever dans ses bras et la porter jusqu'à son lit afin de réaliser tous les fantasmes érotiques qui hantaient son esprit.

Elle rejeta la tête en arrière.

— Ce soir, dit-elle, ce n'est pas moi qui perdrai le contrôle.

Il n'était pas prêt à éprouver un tel sentiment de défaite alors qu'elle le fixait, les yeux emplis de désir.

Il n'aurait su dire comment il résista, sans doute grâce au macho en lui qui voulait qu'elle vienne à lui, qu'elle le supplie.

— Alors quoi ?

Pour la première fois depuis vingt ans, ce n'était pas lui qui menait le jeu. Il se sentait plus nerveux à mesure que le silence se prolongeait, et elle le savait. Pire, elle s'en délectait.

Et au moment où il pensait qu'elle n'allait pas poursuivre, elle tendit la main vers lui et la fit courir le long de son corps, sur son torse, puis son ventre, sans jamais le lâcher des yeux. Ensuite, lentement et délibérément, elle prit le sexe de Nikhil entre ses longs doigts élégants et le caressa de la base au sommet.

Un instant, il cessa de respirer.

— Isla…

— Comme je te l'ai dit, je ne suis pas là pour perdre le contrôle, répéta-t-elle, mais pour que *toi* tu le perdes.

Et elle s'agenouilla devant lui.

À cet instant, il sut qu'il devait l'arrêter. De nombreuses femmes lui avaient procuré ce genre de plaisir, au cours des années, et il n'avait pas manqué de les y encourager. Mais c'était la première fois qu'il se sentait aussi vulnérable… Comme si elle lui demandait de rendre les armes.

Et cela, il ne le pouvait pas !

Puis elle leva un regard quasi diabolique vers lui avant de se pencher pour prendre son sexe dans sa bouche. Il sentit que ses jambes peinaient à le supporter, qu'il était incapable de faire quoi que ce fût, hormis la laisser faire.

Donner du plaisir à Nikhil était ce qu'Isla avait fait de plus sensuel de toute sa vie. Bien sûr, elle avait déjà fait des fellations auparavant, mais jamais elle ne s'était sentie aussi grisée, aussi victorieuse…

Nikhil était à sa merci.

À chaque coup de langue, à chaque pression de son poing, à chaque caresse de ses dents, elle l'entendait respirer plus fort, elle sentait ses cuisses d'acier trembler.

Après avoir léché l'extrémité douce et dure de son sexe, elle l'aspira profondément dans sa gorge. Sa bouche, sa langue, ses mains travaillaient en harmonie, unies dans le même but : obtenir que Nikhil s'abandonne totalement.

Il avait un goût… grisant, enivrant. Elle aurait voulu en jouir à jamais…

Tu t'engages sur une route dangereuse, et tu n'as même pas l'air de t'en soucier.

Elle eut un long gémissement venu du fond de sa gorge, qui courut le long du sexe de Nikhil. Jurant sourdement, il enfonça les doigts dans la chevelure d'Isla, comme s'il ne pouvait pas s'en empêcher.

Parcourue par un frisson d'excitation, elle resserra la pression de sa main tandis que sa bouche exerçait un pouvoir qu'elle ignorait posséder. Nikhil se mit à haleter, ses jambes tremblèrent. Devinant qu'elle le menait au bord de l'orgasme, elle fut gagnée par un délicieux sentiment de triomphe.

Pourtant, elle ne fut pas surprise quand il trouva la force de s'arracher à elle.

— Pas comme ça, dit-il d'une voix à peine reconnaissable.

La soulevant dans ses bras, il l'emporta dans la chambre, la jeta sur le lit et la regarda un long moment. S'agenouillant ensuite entre ses jambes, il se mit à la lécher voluptueusement.

Comment n'explosa-t-elle pas de plaisir dans l'instant ? Il ne se contenta pas de la lécher, il se régala d'elle, comme si elle était le dernier festin de sa vie et qu'il ne voulait pas en perdre un seul morceau.

Incapable de faire quoi que ce soit sauf de s'ouvrir à lui, elle fut prise de tremblements insurmontables et soulevait les hanches pour aller à sa rencontre.

Son impudeur ne faisait qu'exciter Nikhil davantage, elle le sentait. Lorsqu'il prit ses fesses dans ses grandes mains et pressa sa bouche sur son clitoris pour le sucer, elle cria son nom, submergée par le plaisir. Mais il ne cessa pas pour autant, la menant toujours plus haut.

Elle se cambra, s'agrippant aux cheveux de Nikhil, à ses épaules, aux draps, comme pour trouver un point d'appui, poursuivie par le rire grave qui vibrait en elle à la façon d'une nouvelle et exquise torture.

Et cette fois, elle n'atteignit pas seulement un nouveau sommet… Cette fois, elle fut propulsée dans l'espace. Restait à espérer que Nikhil serait son filet de sécurité, quand elle redescendrait sur terre.

Elle n'aurait su dire combien de temps il lui fallut pour revenir à elle mais, quand elle reprit conscience, Isla regarda autour d'elle pour voir où elle se trouvait… pour s'assurer que ce n'était pas juste un rêve.

Mais non. Elle était toujours dans la chambre de Nikhil, et dans son lit. Comment parvenait-il si facilement à mettre son univers sens dessus dessous, alors que la pièce n'avait pas changé ?

Puis il se plaça au-dessus d'elle.

Se rappelant qu'elle était censée prendre le contrôle, elle posa les mains sur ses épaules et le repoussa sur le dos pour le chevaucher.

Une lueur d'amusement dans les yeux, il demanda :

— Tu veux le faire comme ça ?

— Comme ça, oui, répondit-elle dans un souffle.

Se penchant vers lui, elle lui caressa la bouche du bout de sa langue. Ses seins frôlaient le torse recouvert d'une fine toison.

Il posa les mains sur ses hanches, légèrement, comme s'il résistait à l'envie de prendre les commandes. Elle apprécia qu'il fasse cet effort. Leurs regards se croisèrent, s'aimantèrent. Retenant son souffle, elle se souleva légèrement puis s'empala lentement… très lentement… sur le sexe de Nikhil.

C'était sans doute l'acte le plus provocateur qu'elle avait jamais fait. Et Nikhil semblait du même avis.

— Tu vois ce qui se passe quand tu cesses de tout contrôler, même pour un tout petit moment ? murmura-t-elle.

— Je sais juste que tu me tues, *pyar*.

Et soudain, le visage de Nikhil, habituellement sombre, s'éclaira et elle vit quelque chose qu'elle n'avait jamais anticipé… Quelque chose qui l'appelait haut et fort.

La petite pièce d'un puzzle éparpillé, comme ces éclats de bijoux qui sont les deux parties d'un tout. Elle ne s'en était pas aperçue auparavant, l'un des deux morceaux était profondément enfoui en elle.

Son cœur se gonfla dans sa poitrine, et puis elle perdit le contrôle. Les mains de Nikhil se crispèrent sur ses hanches et il mena le rythme. Lentement, inexorablement, il l'emporta vers les sommets.

— Nikhil…

— Oublie cette histoire de contrôle, *pyar*, murmura-t-il. Oublie tout et laisse-toi aller.

— Toi d'abord.

Son corps tout entier la démangeait et elle se mit à bouger, les conduisant tous les deux à l'orgasme. Soudain, peu importait qui avait joui le premier, lorsqu'ils basculèrent ensemble et entamèrent une chute vertigineuse dans un abîme sans fond.

Environ une heure plus tard, Isla s'assit au bord du lit dans lequel Nikhil dormait encore. Elle avait mal partout, mais c'était une douleur délicieuse qui lui rappelait chaque seconde de ce qu'ils venaient de vivre ensemble.

Posant les pieds sur le plancher de bois, elle hésita à se lever. Sa soif de Nikhil aurait dû être étanchée, au lieu de quoi elle semblait ne jamais être rassasiée de lui.

Mais il ne serait sans doute pas content qu'elle soit encore là à son réveil…

Posant ses poings sur le matelas, elle fit un effort pour soulever son corps courbatu.

— Tu vas où ?

Elle tourna vivement la tête vers Nikhil.

Comment peut-il être aussi beau ? Ce n'est vraiment pas juste !

— Ça va être l'heure du dîner. J'ai pensé qu'il était temps de me changer.

Il fronça les sourcils.

— Tu n'es pas obligée.

Le cœur d'Isla fit un bond dans sa poitrine. Voulait-il qu'elle reste ? Et même si c'était le cas, elle ne devrait pas. Dissocier le sexe des sentiments lui devenait de plus en plus difficile.

— Je suis le médecin de garde, dit-elle avant de se mordre la lèvre, effrayée à l'idée de trop en dire et de l'effrayer.

— Tu as ton biper ? demanda-t-il.

— Bien sûr.

Elle gagna la salle de bains pour réunir ses vêtements et revint dans la chambre en les maintenant devant son corps nu, comme si cela lui conférait davantage de dignité.

— Donc on peut t'appeler en cas de nécessité.

— Exact.

Il la regardait en silence, étendu sur le lit, les mains sous la nuque. Le drap recouvrait le bas de son corps…

Était-ce une invite ?

La défiait-il de le rejoindre pour répéter ce qu'ils venaient de faire ?

— Alors… je pourrais rester ?

Une lueur qu'elle ne put identifier passa dans les yeux de Nikhil.

— Tu attends une invitation ?

Qu'y avait-il dans son ton qui la rendit soudain tellement audacieuse ?

— Je ne voulais pas être trop présomptueuse, fit-elle, légère. J'ai appris que c'était souvent une erreur, avec toi.

— Et moi j'ai appris que, même si je tente de te résister, *pyar*, j'en suis incapable. Mais il y a quand même une leçon à en tirer.

— Laquelle ?

— Isla, tu as bien compris que je ne peux pas t'offrir plus que ça ?

— Je ne demande rien de plus. Tu as oublié que je ne crois pas en l'amour ?

— C'est bien ce que tu m'as dit.

Mais il ne semblait pas tout à fait convaincu.

— Nous ne sommes pas ensemble, mais…

— … Nous profitons mutuellement de notre compagnie, fit-elle.

Essayait-elle de s'en convaincre elle-même ou de le convaincre, lui ? Ce n'était pas clair, mais c'étaient les mots qu'il fallait prononcer. Que ce soit vrai ou non, c'était ce qui permettrait à cet homme têtu de continuer avec elle.

— Profiter mutuellement de la compagnie l'un de l'autre, répéta-t-il lentement.

L'attirant à lui, il s'empara de sa bouche comme s'il ne pouvait pas patienter une seconde de plus.

13.

Le buffet du paquebot offrait aux passagers les mets les plus variés, mais il y en avait toujours un pour manger quelque chose susceptible de le tuer. En l'occurrence, il s'agissait d'un jeune marié de cinquante-cinq ans, allergique au poisson, qui avait pourtant décidé d'expérimenter le pouvoir aphrodisiaque des huîtres avec sa nouvelle épouse.

D'une certaine façon, Isla pouvait le comprendre. Les dernières semaines qu'elle avait passées avec Nikhil, depuis cette soirée à l'hôtel de la forêt tropicale, avaient été incroyables. Combien de fois avaient-ils fait l'amour, cette nuit-là ?

Il avait acquiescé quand elle avait évoqué le fait de « profiter mutuellement de la compagnie l'un de l'autre ». Elle ne s'attendait pas à cela. Il lui avait même donné la clé de sa cabine pour qu'ils puissent se rejoindre chaque fois que ni lui ni elle n'étaient de service.

Il lui faisait donc confiance.

Parce que, si quelqu'un les voyait, cela ruinerait la réputation qu'il avait mis dix ans à bâtir.

Et il la risquait pour elle !

Aux yeux d'Isla, c'était une véritable déclaration, bien davantage que tous les mots qu'il faisait en sorte de ne pas prononcer. Et un jour, quand elle en aurait le courage, elle lui prouverait qu'il avait tort de se croire impossible à aimer.

Nikhil n'était pas le seul à avoir changé. Combien de fois s'était-elle sentie différente, plus audacieuse, plus ardente, simplement parce que cet homme merveilleux était entré dans sa vie ?

Elle devinait qu'elle mûrissait, sans véritablement encore savoir ce que cela recouvrait.

Alors, peut-être ce nouveau marié s'était-il senti invincible ? Elle pouvait le comprendre ! Montant les marches quatre à quatre, elle gagna le restaurant. Avec un peu de chance, cet homme aurait son injecteur d'épinéphrine sur lui, voire sa femme la lui aurait déjà administrée.

Mais lorsque Isla arriva sur les lieux, l'état du patient se détériorait rapidement. Son visage était bouffi, déformé et rouge. Il risquait d'une seconde à l'autre de ne plus pouvoir respirer. La main qui avait touché l'huître était elle-même gonflée.

Il fallut un instant à Isla pour calmer l'épouse affolée et apprendre que son mari s'appelait Stewart.

Écartant les gens qui s'étaient massés autour de lui, Isla sortit son propre injecteur d'épinéphrine de sa sacoche et lui administra le remède.

Par bonheur, Lisa arriva avec des antihistaminiques et un masque à oxygène. Un infirmier la suivait de près, poussant un brancard.

Isla sourit à son patient, la voyait-il seulement ?

— On vous emmène au centre médical, Stewart.

Elle entreprit ensuite de rassurer son épouse, ce qui n'était pas une mince affaire au milieu de la centaine de personnes qui se pressaient pour mieux jouir du spectacle.

Plusieurs heures plus tard, Isla termina ses rapports et passa le relais à Gerd, de service pour la nuit. Puis elle quitta le centre médical.

Elle remonta les nombreux corridors à toute vitesse. Heureusement, l'heure tardive lui permettait de rejoindre Nikhil sans se faire remarquer. En raison de leurs emplois du temps, ils ne passaient pas toutes les nuits ensemble, mais celles-ci n'en étaient que plus précieuses.

Dès qu'elle se glissa dans la cabine de Nikhil, il l'attira dans ses bras.

— Je ne savais pas si tu serais encore sur le pont, souffla-t-elle entre deux baisers.

— Je viens d'arriver. Il y a eu un drame avec un mangeur d'huîtres, à ce que j'ai entendu ?

— Il va bien.

— Rien que je doive savoir ?

— Rien qui ne puisse attendre le rapport du matin.

— Parfait.

Soulevant Isla de terre pour qu'elle puisse lui encercler la taille de ses jambes, il la porta à travers la pièce et la laissa tomber sur le lit. Tels deux adolescents excités, ils éclatèrent de rire.

Une heure ou deux plus tard, Isla sortait de la douche lorsqu'elle entendit frapper à la porte de Nikhil. Il y eut un bruit de voix et elle s'efforça de ne pas bouger pour ne pas trahir sa présence.

Quand la porte se referma, elle sortit de la salle de bains enveloppée dans une serviette de toilette. Blanc comme un linge, Nikhil se tenait au milieu de la pièce.

— Que se passe-t-il, Nikhil ?

Il la parcourut du regard, mais elle eut l'étrange impression qu'il ne la voyait pas vraiment.

— Ce n'est rien, dit-il finalement.

En réalité, il semblait tourmenté. L'estomac noué, elle réprima l'envie de se jeter dans ses bras pour tout arranger, mais elle savait que c'était impossible.

Elle n'était pas sa petite amie, à peine un peu plus qu'un plan cul. Il l'avait avertie qu'il ne pouvait rien lui offrir de plus, seulement « profiter mutuellement de la compagnie l'un de l'autre ». Elle avait accepté, sous prétexte qu'après Bradley elle ne voulait plus jamais souffrir.

Pourtant, elle commençait à admettre ce qu'elle avait sans doute toujours su : elle n'avait jamais aimé Bradley. Leur rupture l'avait certes humiliée, mais les sentiments qu'elle éprouvait en seulement quelques semaines pour Nikhil étaient mille fois plus intenses que ce qu'elle avait jamais ressenti pour Bradley.

Nikhil, au lieu de lui interdire l'accès à son intimité comme elle s'y attendait, lui tendit de ses doigts tremblants le morceau de papier qu'il tenait dans la main.

— On vient de me l'envoyer par radio, dit-il.

C'était totalement inattendu, mais elle n'hésita pas. Elle prit le papier et lut le message.

— Ton frère veut te voir ?

— Dans n'importe quel port que je lui indiquerai.

— Tu devrais peut-être accepter. Il est temps pour toi de savoir ce qu'il veut.

— Peut-être que je m'en fiche.

Elle devina qu'il était en colère, mais pas contre elle.

— Alors tâche de savoir ce que tu veux, ou plutôt ce dont tu as besoin.

— Je n'ai pas besoin de lui. Ça a été le cas il y a vingt ans, mais plus maintenant.

Le regard de Nikhil était si dur qu'elle eut le sentiment qu'il se gravait dans sa peau.

— Qu'est-ce qui s'est passé, Nikhil ?

Il secoua la tête.

— C'est une longue histoire, enterrée depuis longtemps. Je ne vois pas l'intérêt de la ressusciter.

— Pourtant tu m'en as parlé, alors que rien ne t'y obligeait.

Il réprimait ses émotions au prix d'un effort manifestement surhumain. Elle aurait certainement dû abandonner mais, qu'il le reconnaisse ou non, il avait besoin d'elle.

— Quelle est cette histoire avec ton frère, Nikhil ?

Elle vit son pouls battre plus vite, au niveau de sa mâchoire, mais il ne répondit pas. Au moment où elle allait renoncer, il ouvrit la bouche.

— Il m'a trahi, Isla. C'était mon grand frère et il m'a laissé au moment où j'avais le plus besoin de lui. C'est tout ce que tu as besoin de savoir.

Les mots franchirent ses lèvres avant qu'elle ne puisse les retenir.

— Tu le crois vraiment, Nikhil ? Tu crois être le seul à avoir été trahi par quelqu'un ? Les gens font ça couramment.

C'est l'un des aspects les plus moches de la nature humaine. Mais tu veux connaître les plus beaux ?

— Je suis certain que tu vas m'éclairer à ce sujet.

— On secoue la poussière de ses souliers, on se redresse et on repart.

— Et puis-je te demander qui t'a trahie ? Ta mère aimante ? La sœur qui t'adore ?

— Mon ex-fiancé.

Depuis que Nikhil connaissait Isla, il se demandait quel genre d'homme laissait une fille aussi extraordinaire qu'Isla Sinclair lui glisser entre les doigts.

— J'ai fait la connaissance de Bradley à l'école de médecine, lui dit-elle, et on a été ensemble pendant dix ans. Les trois dernières années, on était fiancés.

— Laisse-moi deviner… Il t'a trompée.

— Bien sûr, et même plusieurs fois. Je l'ai découvert la semaine de notre rupture. Mais tu veux savoir le pire ? Ce n'est même pas ce qui m'a fait le plus de mal.

— Ah bon ?

Il s'efforça de dissimuler la colère inattendue qui lui gonflait la poitrine. Il aurait voulu trouver cet imbécile de Bradley et le traiter comme il le méritait.

Exactement comme tu mérites de l'être, fit une voix dans sa tête.

— Le pire, continua Isla, c'est que je l'ai laissé me dicter ma conduite. Il avait décidé que j'abandonnerais la médecine une fois que nous serions mariés, pour devenir le genre de femme susceptible de servir sa carrière.

— Et tu as accepté ?

— En tout cas, je ne me suis pas rebellée. Du moins, pas au début. Il me répétait sans cesse tout ce que ma mère avait toujours souhaité pour sa fille, si bien que pendant une courte période je me suis perdue moi-même.

— Je n'arrive pas à y croire, venant de toi.

— Franchement, j'étais une idiote, mais je croyais que je

l'aimais… et aussi qu'il m'aimait. En réalité, il aimait surtout les relations de ma mère. J'étais à peine plus qu'un moyen pour parvenir à ses fins. Un trophée qu'il exhiberait à son bras.

— Je n'arrive toujours pas à t'imaginer ainsi.

— C'est toute la question. J'étais quelqu'un de différent, à l'époque. Cette rupture a été le catalyseur qui m'a permis de décider de ma vie, de choisir d'exercer la médecine sur un paquebot, de faire le tour du monde, et de mener la carrière que j'avais toujours voulue. Mais je n'imaginais pas rencontrer quelqu'un comme toi. J'ai changé, Nikhil. Je ne suis plus la fille que j'étais il y a un mois. Je ne m'en étais pas aperçue, mais ma mère l'a remarqué et, le soir du gala, elle a mis cela sur le compte de ma rencontre avec toi.

Dieu seul savait combien Nikhil avait envie de la croire, seulement il n'en avait pas le droit. Il avait ses propres démons mais, contrairement à Isla, il n'avait pas eu la force de les affronter.

— Je te rappelle que nous étions d'accord pour prendre du bon temps ensemble, mais sans engagement.

— Mais c'est arrivé quand même.

— Pas de mon côté.

— Tu mens.

— Tu peux répéter ?

— Je ne sais pas si tu ne mens qu'à moi, ou si tu te leurres toi-même. Mais, comme moi, tu as senti quelque chose s'épanouir entre nous.

— Tu te trompes.

— Non, et tu peux toujours me crier dessus, ça ne changera pas les faits.

— Je ne veux pas d'une histoire sur le long terme.

— C'était le cas avant, mais tu ne peux pas nier que quelque chose a changé entre nous, ces dernières semaines. Tu es plus ouvert, plus compatissant, et ce n'est pas une faiblesse.

Il avait l'horrible pressentiment qu'elle avait raison. Mais jamais il ne serait un autre, même en essayant. Il était qui il était, ce que le passé avait fait de lui. Ce n'était pas parce que son comportement avait changé que cela le rendait différent – le genre d'homme qui méritait une femme comme Isla.

Ses fêlures pouvaient disparaître temporairement, mais un jour ou l'autre elles émergeraient à la surface.

Pourtant, il aurait tant voulu croire Isla !

Ce qu'il éprouvait pour elle était plus proche de l'amour qu'il ne l'aurait jamais cru possible.

— Tu vois ce que tu veux voir, dit-il sèchement, comme pour lui rappeler – leur rappeler à tous les deux – le monstre qu'il était.

Elle eut un pauvre sourire.

— Je sais ce que tu prétends être, mais je te vois pour ce que tu es vraiment. Tu peux toujours te persuader du contraire, mais tu es quelqu'un de bien.

— Tu ne m'as pas écouté, gronda-t-il. Je ne suis pas quelqu'un de bien, quoi que tu en dises, et ça ne changera pas.

— Tu te trompes, Nikhil. Cette affreuse image de toi-même est gravée dans ton cerveau. À mon avis, c'est parce que tu t'es persuadé que c'est ce que ton frère a vu en toi le jour de l'enterrement. Mais ce prétendu monstre n'est pas l'homme que je connais. Il faut absolument que tu revoies Daksh et que tu écoutes ce qu'il a à te dire.

À cet instant, Nikhil prit conscience qu'il aurait donné n'importe quoi pour correspondre à l'idée qu'Isla se faisait de lui. Mais elle se trompait, et il n'y avait qu'un seul moyen de la protéger contre lui.

Après avoir enfilé son uniforme, il sortit de la cabine. Il fallait qu'il parle immédiatement au capitaine, avant de trop réfléchir aux conséquences de ce qu'il s'apprêtait à faire.

— Ferme la porte derrière toi en partant, Isla. Et ne reviens pas.

14.

Près d'une semaine plus tard, Isla traitait sa dernière patiente lorsqu'elle reçut une convocation du capitaine.

Mme Berridge-Jones, âgée de soixante-douze ans, avait raté les dernières marches de l'escalier du grand hall. Incapable de poser le pied par terre, elle avait été transportée au centre médical.

— Je n'ai pas l'intention de quitter le paquebot, déclara-t-elle sur un ton impérieux. J'attends cette croisière depuis deux ans et je refuse d'être renvoyée chez moi sous prétexte que mon talon s'est pris dans l'ourlet de ma robe.

Isla réprima un sourire, cette dame lui rappelait bizarrement sa mère. Isla l'aida à s'installer sur la table d'examen, remarquant au passage ses grimaces de douleur.

— Bonne nouvelle, dit-elle en lui montrant les radios. Vous n'avez pas de fracture, juste une entorse. Votre croisière ne sera pas gâchée.

— Ravie de l'apprendre. Vous allez me remettre sur pied en un clin d'œil, et je pourrai retourner à mon pot d'accueil.

— Je ferai le plus vite possible, répondit Isla, mais votre cheville est gonflée et douloureuse malgré les antalgiques. Vous ne pourrez peut-être pas descendre à temps pour profiter du verre de bienvenue.

Mme Berridge-Jones lui jeta un coup d'œil dédaigneux.

— Donnez-moi davantage de pilules pour les deux prochains jours, et je serai en pleine forme.

— Je dois vous avertir que les entorses requièrent des soins et peuvent être très douloureuses. Vous pouvez déchirer les ligaments qui maintiennent les os de votre cheville les uns avec les autres.

— Je n'ai tout de même pas besoin d'une attelle pour une simple entorse !

Réprimant de nouveau un sourire, Isla prit sa voix de médecin sévère :

— Si vous vous montrez négligente, cela pourrait finir par une douleur chronique de la cheville, une instabilité articulaire ou même de l'arthrite.

— Balivernes !

— Je veux voir cette cheville bandée et surélevée pour vous garder à bord, madame Berridge-Jones.

Et malgré ses fanfaronnades, la patiente se soumit à l'avis médical.

Moins d'une heure plus tard, Isla tambourina à la porte de Nikhil et, sans attendre d'y être invitée, l'écarta d'un coup d'épaule pour entrer.

— Je viens d'être convoquée par le capitaine. On m'offre un nouveau poste.

— Exact.

Il ne semblait ni surpris, ni affecté.

— Le médecin titulaire du poste veut reprendre sa place pour la nouvelle croisière, dit-elle.

— En effet.

— On m'a proposé d'embarquer sur un autre bateau plus important que l'*Hestia*, mais moins que le *Cassiopée*.

— C'est une belle promotion.

L'émotion serra la gorge d'Isla. Elle s'était reproché d'être paranoïaque en soupçonnant Nikhil d'être à l'origine de cette mutation. Mais elle le craignait désormais vraiment.

— Tu étais au courant !

— Le capitaine m'a demandé mon avis. Il semble que tu aies fait une grosse impression sur le Dr Turner, qui voulait te garder au détriment de l'autre médecin.

— Et tu as donné un avis contraire.

— J'ai simplement fait remarquer que nous pouvions être attaqués légalement par ton prédécesseur, tu n'étais censée le remplacer que temporairement.

Elle lutta contre la nausée qui menaçait de la gagner.

— Tu ne voulais pas de moi ici. Comme j'ai refusé de demander mon transfert, tu as trouvé un autre moyen pour que je quitte le *Cassiopée*.

— C'est une promotion. Tu vas travailler sur un paquebot plus prestigieux que celui sur lequel tu avais été affectée au départ.

Elle aurait dû lui être reconnaissante de ne pas tenter de mentir. Du moins, il était suffisamment intègre pour lui dire la vérité, mais cela n'en était pas moins douloureux.

— Reconnais au moins que ce n'est pas ma carrière qui te préoccupe, Nikhil. Simplement, personne ne doit pénétrer dans ton intimité, et mon arrivée a bouleversé toutes les petites règles que tu avais instaurées.

— J'ai considéré que c'était mieux pour la compagnie. C'est mon travail.

— Et grâce à Dieu, les intérêts de la compagnie coïncident avec les tiens. Dès le début, tu as voulu te débarrasser de moi, et tu te détestais parce que tu n'y parvenais pas.

— Tu te trompes sur toute la ligne. Il s'agit simplement de réintégrer le médecin titulaire.

— C'est l'excuse que tu as trouvée, mais ce n'est pas ta motivation première. Tu as des sentiments pour moi, mais tu n'es pas prêt à les admettre. Qu'est-ce qui te fait si peur, Nikhil ?

Il y eut un bref silence.

— Tu fais erreur, répondit-il froidement. Je n'ai pas peur. Je n'ai jamais peur de rien.

Nikhil savait pertinemment qu'il venait de proférer un énorme mensonge. Isla le fixait comme si elle pouvait lire chacune des sombres pensées gravées dans la pierre glaciale et dure qui lui tenait lieu de cœur.

— Tu as eu peur dès que ce message t'a été remis, dans ta

cabine, et qu'au lieu de le garder pour toi, comme tu l'aurais fait il y a une semaine, tu me l'as fait lire.

— Ce n'était qu'un message, Isla.

— On sait tous les deux que ce n'était pas que cela. Tu m'as laissée entrer dans ta vie, et maintenant tu le regrettes. C'est pour cette raison que tu t'es arrangé pour que je m'en aille.

— C'est pour ton bien, répondit-il d'une voix sourde.

— Parce que tu es un monstre ? demanda-t-elle avec mépris.

Malgré lui, il apprécia qu'elle se montre aussi violente *envers lui.*

— Parce que, dans ton esprit, continua-t-elle, c'est de ta faute si ton imbécile de frère t'a laissé tout supporter seul et n'est jamais revenu ?

Il aurait voulu la croire. Il la croyait presque… même si, contrairement à elle, il connaissait la vérité.

— Je t'ai dit qu'il était venu à l'enterrement ?

— À l'enterrement de ton père, oui.

— Il ne s'est pas approché de la tombe. Il est resté près d'un arbre et il a regardé de loin. J'ai vu le dégoût dans ses yeux, comme s'il pensait que j'aurais pu agir autrement.

— Tu n'as pas parlé à Daksh ?

— Pas plus qu'il ne m'a parlé. À un moment il était là, et quand je me suis tourné de nouveau vers lui, il avait disparu.

— Et c'est pour ça que tu penses être un monstre ?

— C'est ce que je suis. Même lui, il l'a vu.

— C'est faux. Tu es un homme bien, mais la partie la plus sombre de toi ne me croit pas parce que… je ne suis pas assez importante pour toi.

Il aurait voulu la détromper, mais il en fut incapable.

— Parle avec ton frère, Nikhil, dit-elle d'une voix désolée. Quoi qu'il ait à te dire, ça ne peut pas être pire que l'enfer que tu vis actuellement.

Sur ces mots, Isla déposa un baiser sur ses lèvres puis franchit la porte, sortant du même coup de sa vie.

Nikhil entra dans l'hôtel le plus luxueux de Rotterdam et parcourut du regard le lobby élégant qui respirait l'opulence.

Ces dix derniers jours, il avait vécu l'enfer.

Lorsque le capitaine lui avait annoncé la promotion qu'il espérait depuis dix ans, il s'était instinctivement dirigé vers le centre médical pour partager la nouvelle avec Isla.

Il ne savait même plus comment ni à quel instant il s'était arrêté en route. Il se rappelait seulement s'être retrouvé sur le pont, sous une pluie froide. Finalement, il avait admis qu'Isla avait raison et que sa rupture avec son frère le dévorait de l'intérieur depuis des années.

Sans plus réfléchir, il avait téléphoné à DXD Industries. Et aussitôt, son frère avait été à l'autre bout du fil. Il avait semblé à Nikhil que la voix d'Isla l'encourageait dans sa tête, lorsqu'il avait informé Dax que sa prochaine escale serait Rotterdam.

Et maintenant il était là, assis dans un fauteuil, attendant l'homme qu'il n'avait pas revu depuis son adolescence.

Soudain, il le vit.

Daksh Dara était visiblement un homme fortuné. Cela se voyait à son costume coûteux et à sa démarche assurée.

Les deux frères échangèrent un long regard à distance. L'espace de quelques secondes, Nikhil eut l'impression que ni l'un ni l'autre ne voulaient faire le premier pas.

Finalement, et à son grand étonnement, ce fut Daksh qui vint vers lui à grandes enjambées.

— Nikhil.

— Mon frère, répondit-il en appuyant sur chaque syllabe.

— Ça fait longtemps.

— Depuis la dernière fois que nous nous sommes parlé, ou la dernière fois que nous nous sommes vus ? demanda Nikhil d'une voix glaciale.

À sa grande surprise, il vit dans les yeux de son frère quelque chose qui ressemblait à du remords.

— J'ai été lâche de ne pas te parler le jour… de *son* enterrement, dit Daksh.

Nikhil ne trouva pas les mots pour répondre, tant il fut pris de court par les termes utilisés par Daksh. Il n'avait pas dit « l'enterrement de notre père ». Il y avait même une note de dégoût dans la façon dont il avait dit « son ». Comme s'il ne pouvait pas plus que Nikhil supporter le vieil homme.

— J'ai cru que tu étais parti parce que tu réprouvais mon acte, dit-il avec difficulté.

— C'était un monstre, et je ne pensais pas qu'il méritait d'être enterré dignement.

— Dans ce cas, pourquoi tu ne m'as pas adressé un mot ?

Il y eut un long silence.

— Si on se commandait à boire ? dit enfin Daksh en levant la main.

Un serveur se précipita aussitôt. Quelques minutes plus tard, ils avaient devant eux deux verres emplis d'un liquide ambré dont l'odeur épicée annonçait une qualité inconnue à la table du capitaine.

Nikhil en eut la confirmation à la première gorgée : le goût était à la fois fruité et piquant.

— J'avais honte, dit soudain son frère, et je me sentais coupable. C'est pour ça que je ne t'ai pas parlé, ce jour-là.

La confession était tellement inattendue que Nikhil en resta coi. Il était figé sur son siège, incapable de bouger. L'image d'Isla s'imposa à son esprit, lui apportant une sorte d'apaisement.

— Je n'aurais jamais dû te laisser seul avec lui, continua son frère.

Il parlait lentement, comme s'il avait passé des années à ressasser ses torts.

— Je savais de quoi il était capable. La plupart du temps, il parvenait à se contenir et je m'en sortais avec un œil au beurre noir ou des bleus qui mettaient deux semaines à disparaître. Mais souvent, je me suis retrouvé à l'hôpital à cause de lui. Une fois avec une jambe cassée, deux fois avec un bras fracturé, trois fois avec des côtes brisées. Il m'a aussi blessé avec un couteau et tailladé le pied.

Daksh laissa échapper un profond soupir, chargé de haine et de fureur contenue.

— Je pensais qu'il ne te toucherait pas, reprit-il. Du moins, je m'en étais convaincu. Je me disais qu'il s'en prenait à moi parce que je ressemblais trop à notre mère. C'était vraisemblablement ce que je voulais croire pour justifier mon départ. La seule fois où je suis revenu, il sortait de désintoxication et tu n'as rien dit. Mais j'aurais dû savoir qu'il s'en prendrait à toi dès mon départ.

— Au début, il n'a rien fait, répondit Nikhil. Et quand tu as remis les pieds à la maison, il ne m'avait pas encore maltraité. Après la désintoxication, il s'est calmé pendant quelques mois. Je croyais qu'il avait changé, mais en réalité je suppose qu'il avait juste peur des autorités. Elles n'ont pas fait grand-chose, d'ailleurs.

— J'aurais dû porter plainte, mais…

— Tu étais gêné d'avouer que ton père te brutalisait alors que tu étais déjà un jeune adulte. Je connais très bien ce sentiment.

— J'étais ton grand frère. J'aurais dû prendre soin de toi.

— Tu n'as que dix-huit mois de plus que moi, Daksh. À ta place, je ne pense pas que je serais revenu non plus, même si je t'en ai voulu.

C'était étrange comme les choses pouvaient changer en une fraction de seconde. Des années de frustration et d'amertume s'évaporaient en l'espace d'une conversation.

Grâce à Isla.

Nikhil fit taire cette voix. Isla méritait mieux que lui.

— Tu sais que je l'ai tué.

Les mots faisaient mal, mais une fois que Nikhil les eut prononcés, quelque chose en lui revint à la vie.

— Non, répondit durement Daksh. Tu ne l'as pas fait.

Pour la première fois depuis longtemps, Nikhil accepta de retourner dans le passé. À mesure que le brouillard se dissipait, des silhouettes émergeaient.

— Tu ne l'as pas fait, répéta Daksh.

Nikhil détesta son expression horrifiée. Après toutes ces années, il découvrait qu'il cherchait toujours l'approbation et l'amour de son frère.

— Bien sûr que si ! Il était fou de rage et il avait un couteau à la main. On s'est battus et j'ai réussi à le lui arracher, je m'en souviens très bien. J'étais très en colère et il continuait de m'attaquer… et soudain, il n'était plus là. J'ai baissé les yeux et j'ai vu son corps sur le mien, dans une mare de sang.

— Bon Dieu, Nikhil…

Daksh, clairement abasourdi, passa la main dans ses cheveux.

— C'était un monstre, dit Nikhil, mais il ne méritait pas la mort. En tout cas, pas de la main de son fils.

— Tu ne l'as pas tué, Nik.

Le surnom de son enfance suscita un flot de souvenirs en lui.

— C'est ce que tu as cru, pendant toutes ces années ? reprit Daksh.

— Parce que c'est vrai.

— Tu te trompes.

Daksh semblait si sûr de lui, tellement en colère, que Nikhil hésita. C'était comme s'il avait été au bord d'un précipice sans fond. Il voulait reculer, mais comment ?

— Tu n'étais pas là, Daksh.

— J'ai lu le rapport de police. Cela m'aurait été égal, si tu l'avais vraiment tué, parce qu'il le méritait. Mais tu ne t'es jamais demandé pourquoi tu n'avais pas été arrêté ?

— J'ai été épargné à cause de mon âge. En plus, il n'y avait pas de témoins.

— Non. Si tu n'as pas été incarcéré, c'est parce que tu n'étais pas coupable. Une voisine a entendu le bruit et elle a appelé la police. Quand ils ont enfoncé la porte, tu étais toujours dans la même position, affaissé contre le mur avec papa sur toi.

— Mais le couteau était dans ma main, enfoncé dans son corps.

— Exact, mais tu n'y étais pour rien. Il avait planté ce couteau dans ton épaule, non ? Il t'avait en quelque sorte épinglé au mur, qui était maculé de ton sang. Tous les éléments prouvant ton innocence concordaient.

— Oui…

Nikhil entendit sa voix mais il lui fallut un moment pour

comprendre que c'était la sienne. Il n'en avait jamais parlé à personne, sauf à Isla. Daksh avait donc forcément lu le rapport.

— Quand tu as glissé contre le mur, continua Daksh, le sang qui jaillissait de ton épaule a laissé une trace ininterrompue sur la paroi. Cela prouve que tu ne t'en es pas écarté pour poignarder notre père. C'est lui qui s'est précipité sur toi, après que tu as arraché le couteau de ta plaie. Il a dû trébucher et il s'est empalé lui-même.

Était-ce possible ? Nikhil déglutit. Avait-il porté le poids de sa culpabilité pendant toutes ces années alors qu'il n'était pour rien dans la mort de son père ?

— Je t'assure, petit frère, dit Daksh. D'après l'angle de ta main et la force que tu aurais dû déployer pour le blesser, tu n'as pas pu le tuer. Disons que tu étais juste au mauvais endroit, au mauvais moment.

Nikhil hocha lentement la tête. Il n'était pas le monstre qu'il avait cru être ? Avait-il écarté Isla pour des raisons qui n'existaient pas ?

— J'ai tué mon père, répéta-t-il avec obstination. Je suis un monstre.

D'un mouvement souple, Daksh s'accroupit devant Nikhil et lui posa la main sur la nuque, l'attirant vers lui jusqu'à ce qu'ils soient front contre front.

— Tu n'es pas un monstre, petit frère. C'est *lui* qui l'était. Et moi aussi, pour t'avoir laissé souffrir entre ses mains.

— C'est faux ! Et même si c'était vrai, je te pardonnerais.

Nikhil savait qu'une seule conversation ne suffirait pas à effacer des années de dégoût de soi. Il sentait pourtant qu'une étape cruciale venait d'être franchie.

Le processus de guérison avait débuté… comme Isla le lui avait prédit. Et cela ne serait jamais arrivé sans elle. C'était elle qui avait commencé à le changer, à l'aider à faire ce premier pas qui lui permettrait finalement de se débarrasser du passé.

Comment ne l'avait-il pas compris auparavant ?

Il était un imbécile.

— Pendant des années, je me suis dit que je laissais passer

trop de temps, que je devais combler le fossé qui nous séparait, dit Daksh. Je suis content qu'il ne soit pas trop tard.

— Ça va prendre du temps, s'entendit dire Nikhil, pourtant il n'est pas trop tard.

Mais était-il trop tard pour réparer ses fautes envers Isla ?

15.

— Qu'est-ce que tu fais là, Nikhil ?

Le cœur d'Isla battait la chamade, mais elle ne voulait pas qu'il s'en aperçoive.

— Je te dois des excuses, Isla.

Il ne l'appelait pas Mini-Doc, elle aurait dû s'en réjouir mais ce n'était pas le cas. Elle aurait aussi dû se moquer de son apparence, mais elle le buvait des yeux. Il avait quitté son uniforme pour un jean noir et un T-shirt assorti.

Elle pouvait toujours feindre l'indifférence, mais elle tenait à peine sur ses jambes.

— Ce n'est pas nécessaire, dit-elle.

— Bien au contraire, et j'ai mis trop de temps à le faire.

— Ça m'est égal. Je n'ai pas envie de t'entendre.

— J'ai discuté avec Dax, comme tu me l'avais suggéré.

Elle n'aurait su dire ce qui l'ébranlait le plus : qu'il ait parlé avec son frère, ou qu'il l'ait fait parce qu'elle le lui avait conseillé.

Une petite voix intérieure avait beau lui hurler de ne pas écouter cet homme, elle ne pouvait pas prétendre ne pas en avoir envie. Elle s'appuya à son bureau et, laissant tomber ses bras le long de son corps, elle s'agrippa au rebord de bois.

— Très bien, je t'écoute.

— J'aurais dû te dire que le capitaine m'avait prévenu de ton éventuel transfert. J'aurais même dû t'informer qu'une relation stable avec une femme aurait favorisé mes chances de promotion.

Elle ouvrit de grands yeux.

— Mais tu ne l'as pas fait… En tout cas, je te remercie de te montrer enfin honnête.

— Si j'avais voulu t'utiliser, il m'aurait suffi de rendre notre relation publique. Mais ce que nous avions était trop précieux, trop intime, pour que je laisse la rumeur s'en emparer.

Les tempes bourdonnantes, elle se refusait à *espérer.*

Et pourtant, l'espoir fleurissait en elle.

— Tu sais que j'ai toujours refusé de mêler vie professionnelle et vie privée, dit-il.

— Je suis au courant. Ta carrière passe avant tout, répondit-elle avec une certaine amertume.

La réponse de Nikhil la prit par surprise.

— Je n'ai jamais voulu rentrer dans la marine, c'était même le dernier métier que j'envisageais. Mon père avait travaillé à bord de bateaux, dans la salle des machines. Je ne voulais rien faire qui puisse avoir un rapport avec lui, pour des raisons évidentes.

Rien d'étonnant à ce qu'il n'ait pas voulu suivre les traces d'un père alcoolique et violent, source de tant de douleur.

— Pourquoi l'avoir fait, alors ? demanda-t-elle.

— Parce que, là d'où je venais, je ne disposais pas d'une multitude de choix. Je me suis dit que, au moins, je pourrais être le marin qu'il n'avait jamais été. Je serais officier, ce qu'il n'aurait jamais rêvé d'être.

Elle comprenait mieux son investissement dans sa carrière, d'autant qu'il se reprochait la mort de son père. Mais elle se demandait ce que son frère lui avait dit d'assez important pour qu'il revienne vers elle.

— Finalement, il t'aura influencé jusqu'au bout, dit-elle sur le ton du constat. Tu es devenu officier à cause de lui et tu l'as laissé te hanter pendant toutes ces années.

Il se tut un instant.

— Auparavant, je ne serais jamais allé voir Dax.

— Auparavant ?

— Avant de te rencontrer, Isla. Mais tu as tout changé. Tu m'as changé, et je ne veux pas redevenir l'homme que j'étais avant toi.

Cette fois, le cœur d'Isla fit des bonds sauvages dans sa poitrine.

Il *l'aimait*.

Il n'était peut-être pas capable de prononcer ces mots, mais tout ce qu'il venait de dire le prouvait. Pourtant, elle voulait en entendre davantage.

Pour être sûre.

— Qu'est-ce que ton frère t'a dit ?

— Le jour de l'enterrement, quand j'ai vu l'expression dégoûtée de Dax, ma vie a basculé. Chaque fois que je me regardais dans la glace, je voyais un monstre. Mais maintenant que j'ai discuté avec mon frère…

Il secoua la tête, comme s'il ne parvenait pas encore à y croire. Cette fois, Isla ne put s'empêcher de combler la distance qui les séparait pour poser ses mains sur le torse de Nikhil et sentir les battements de son cœur. Il cognait sous ses paumes, au même rythme que le sien.

Comme s'ils ne faisaient plus qu'un.

— Il ne t'a fait aucun reproche, c'est ça ?

Jamais elle n'avait vu les yeux de Nikhil étinceler de cette façon.

— Non. Il s'est blâmé lui-même de m'avoir laissé seul avec cet homme.

— Il était à peine sorti de l'adolescence. Tu m'as dit qu'il avait dix-sept ans.

Un petit sourire aux lèvres, il posa la main sur la joue d'Isla.

— Je le sais, *pyar*. Ne crains rien, je ne lui en veux plus. Il y a eu trop de rancune entre nous pendant trop longtemps, alors que le seul coupable avait disparu.

— Dax et toi, vous avez fait la paix ?

— En tout cas, nous sommes sur la bonne voie.

Elle ouvrit la bouche pour parler, mais rien ne vint. Le chaos régnait dans son esprit. Elle avait beau être soulagée pour Nikhil, il ne lui avait toujours pas dit ce qui l'avait amené devant sa porte.

— C'est tout ce que tu voulais me dire ? demanda-t-elle après un bref silence.

— Non. Je suis venu te dire que je t'aime.

Un instant, elle fut réduite au silence.

Nikhil l'aimait, tout comme elle l'aimait. Il le disait enfin !

— En fait, continua-t-il, je crois que je suis tombé amoureux dès le premier jour, sur ce quai.

— Peut-être pas à cet instant précis, répondit-elle en rougissant.

Il lui saisit les deux bras et les serra.

— Si. Dès la première seconde, quand tu m'as dit de dégager. Je crois qu'une partie de moi a su que tu étais la femme de ma vie.

Comme elle ne disait rien, il reprit :

— Je veux passer le reste de mon existence avec toi, me réveiller auprès de toi, aller au lit avec toi, et profiter de tout ce qu'il y a entre les deux à tes côtés.

Où trouva-t-elle la force de s'arracher à son étreinte ?

— Je suis contente pour ton frère et toi, et même davantage que tu ne peux l'imaginer. Mais je te rappelle que j'ai un poste de médecin sur un nouveau bateau et que toi, si j'ai bien compris, tu es capitaine sur le tien. C'est peut-être ce qui t'amène. Dans la mesure où nos vies ont pris des cours différents, tu peux te permettre de dire ce que tu craignais tant de reconnaître auparavant ?

— Tu te trompes sur toute la ligne… J'ai parlé à la direction de la compagnie, ce matin.

— Si tu m'as encore fait affecter sur un autre poste…

— Je n'ai pas parlé de ton poste, Isla. J'ai uniquement mentionné ma carrière à moi, et j'ai laissé entendre que je préférais partir pour une nouvelle croisière en tant que premier officier avant d'accepter un poste de capitaine. Cette fois, je suis affecté sur l'*Étoile d'Hermione*.

— C'est mon bateau !

— Exact.

Cela signifiait qu'il l'aimait vraiment ! Elle secoua la tête, refusant encore d'admettre l'évidence.

— Tu refuses une promotion pareille, juste pour être avec moi ? Pour que notre liaison reste cachée, comme nous l'avons fait pendant ces dernières semaines ?

— Tu ne comprends pas. Je ne veux plus que nous nous cachions. Au contraire, je veux que nous nous présentions en tant que couple.

— En tant que couple ? fit-elle, incrédule.

— La direction sera au courant de notre relation et nous aurons notre propre cabine. Tu m'appartiens, tout comme je t'appartiens. Je veux que tout le monde le sache.

— Tu n'as pas à faire ça, Nikhil.

— Je t'aime, Isla. C'est aussi simple que ça. Et peut-être qu'un jour tu pourras me dire que tu m'aimes aussi.

— Je t'aime déjà.

Les mots avaient jailli… si facilement !

— Isla…

— Je t'aime, Nikhil, répéta-t-elle. Je suis à toi et tu es à moi.

À la seconde suivante, elle était dans ses bras.

— Plus il y aura de gens au courant, mieux ce sera, dit-elle.

Se haussant sur la pointe des pieds, elle pressa ses lèvres contre les siennes.

— Pourquoi pas le monde entier ? murmura-t-il.

— C'est un début.

Le début le plus magnifique qu'elle ait jamais imaginé.

Épilogue

Isla, tournant le dos au soleil levant, se tenait à l'avant de l'*Étoile d'Hermione*. Les sept derniers mois passés avec Nikhil avaient été les plus heureux de sa vie.

Mais à présent elle attendait, le cœur serré, le retour de ce dernier, qui avait été convoqué par le capitaine. Elle se réjouissait à l'idée qu'on offrait sans doute à Nikhil un commandement, mais en même temps cette perspective la terrifiait.

Quelle que soit la proposition qu'on allait lui faire, il ne pouvait pas la décliner une seconde fois. Et ce serait la fin de leur parfaite petite idylle.

Percevant un bruit de pas sur le pont, elle regarda dans cette direction.

Nikhil venait vers elle.

— Quel bateau ? demanda-t-elle sans préambule.

Il la fixa un instant sans répondre, mais elle devina à son expression que l'offre qu'on venait de lui faire dépassait toutes ses espérances.

Elle avait beau être fière de lui, comment leur relation allait-elle survivre à une nouvelle affectation ? Contrairement à Bradley, Nikhil ne la tromperait jamais, mais elle craignait que la distance ne rende la situation invivable.

Elle se força pourtant à sourire.

— Quel bateau, Nikhil ? répéta-t-elle.

— C'est difficile à croire…, commença-t-il.

— Ce n'est pas l'*Hestia* ?

— Non.

— Lequel, alors ?

— Le *Cassiopée*.

Un instant incrédule, Isla fut submergée par la fierté. Nouant ses bras autour du cou de Nikhil, elle l'embrassa passionnément.

— C'est extraordinaire ! Je suis vraiment contente pour toi.

— Il y a autre chose...

Prenant le visage d'Isla entre ses paumes, il l'immobilisa pour la regarder dans les yeux.

— Le Dr Turner ne cesse de réclamer ton retour, depuis que tu es partie. Le capitaine m'a demandé si tu serais intéressée. Je lui ai répondu que tu ne le serais vraisemblablement pas, mais que j'allais t'en parler.

— Tu as dit quoi ?

D'abord très déçue, elle comprit qu'il la taquinait.

— Ce n'est pas drôle !

— Pour moi si, *pyar.*

— Qu'est-ce que tu as dit, en vrai ?

— J'ai dit que tu lui donnerais toi-même ta réponse.

— Mais ce n'est pas ce que tu veux ? demanda-t-elle, consternée.

Ne souhaitait-il pas qu'elle le rejoigne sur le *Cassiopée* ?

— J'ai depuis longtemps appris ma leçon et je sais que je ne dois pas interférer dans ta carrière.

— Mais tu veux que j'accepte ?

Elle s'efforça de masquer son anxiété. L'attitude de Nikhil l'inquiétait de plus en plus.

Il se tut un instant.

— Je voulais attendre, mais...

— Nikhil ?

Il plongea la main dans sa poche et en sortit un petit écrin de cuir orné d'un filigrane doré. Cela ne pouvait signifier qu'une seule chose...

— Nikhil !

— Je voulais te l'offrir demain, à Hambourg, mais je ne pense pas pouvoir attendre ta réponse aussi longtemps.

Lorsqu'il ouvrit la boîte, Isla ne put retenir un cri à la vue de la bague, un magnifique rubis entouré de diamants. Le bijou étincelait, semblant même concurrencer les rayons du soleil levant.

— Tu m'as sauvé la vie, docteur Sinclair. Je n'aurais jamais cru qu'elle deviendrait aussi merveilleuse, et c'est grâce à toi. Chaque jour je t'aime davantage, et je ne veux pas en passer un seul sans toi. Tu as chassé tous mes cauchemars, *pyar*, alors épouse-moi et comble pour toujours mon existence. Il m'est impossible de l'imaginer sans toi.

Après lui avoir passé la bague au doigt, Nikhil embrassa passionnément Isla. Ensuite, il la tourna vers la proue. Le dos appuyé contre le torse solide et rassurant de Nikhil, elle contempla avec lui la splendeur du soleil levant.

Ce n'était pas seulement l'aube d'un jour nouveau. C'était celle d'une vie entière, et elle serait magnifique.

Ensemble.

SUSANNE HAMPTON

Docteur et prince

BLANCHE

HARLEQUIN

Titre original :
REUNITED WITH HER SECRET PRINCE

Prologue

Assise sur le bord de son lit, le corps penché vers l'avant, Libby McDonald inspira lentement pour tenter de maîtriser les émotions qui la submergeaient.

C'était une belle matinée d'été, le 12 juin. Un jour qu'elle n'oublierait probablement jamais, car il marquait un tournant radical dans son existence. Sa vie lui semblait soudain échapper à tout contrôle.

Une réaction à l'exact opposé de son caractère. Elle se montrait toujours d'un grand calme, même dans les moments les plus stressants. Mais là, elle n'était pas en cardiologie ni aux urgences, et il ne s'agissait pas de gérer des patients. Elle essayait de dominer sa peur, et elle y échouait lamentablement.

Son regard ne cessait de se fixer sur la bandelette réactive qui gisait sur le sol puis de s'en détourner, avant d'y revenir pour s'en détourner à nouveau, comme si le fait de ne pas la regarder lui déniait toute réalité. Mais elle était bel et bien réelle. Les résultats du test étaient sans ambiguïté : elle allait avoir un bébé d'un homme qui avait disparu de sa vie aussi rapidement qu'il y était entré. Et la vue de cette bandelette lui rappelait à quel point elle avait manqué de jugement en tombant amoureuse de quelqu'un qu'elle connaissait à peine.

Elle s'était toujours imaginé rencontrer l'homme de sa vie, se marier avec lui et connaître le bonheur dans une petite maison près de l'océan, où ils verraient grandir leurs enfants. La réalité était tout autre : elle attendait bien un bébé, mais elle vivait dans un appartement de location, elle était encore en train de rembourser son prêt étudiant tout en économisant pour remplacer le vieux tacot garé dans l'allée et, surtout, elle était seule.

Seule.

Deux mois plus tôt, elle avait cru que s'offrait à elle la vie idéale, celle dont rêve toute femme. L'élu de son cœur était un beau médecin, brun, grand et charismatique. Ils travaillaient ensemble depuis presque un mois lorsqu'elle l'avait invité chez elle un soir, faisant de lui son amant.

Ce n'était pas dans ses habitudes de se comporter ainsi lors d'un premier rendez-vous, mais ce soir-là cela lui avait paru naturel. Jusqu'alors, ils avaient passé des heures à s'affairer côte à côte aux urgences, à déjeuner ensemble aussi souvent que possible et à avoir de longues conversations sur la médecine devant un café, tard le soir à la cafétéria, quand le calme relatif du service leur permettait de faire une pause. Lorsqu'elle lui avait parlé de son attirance pour la cardiologie, il lui avait conseillé de se spécialiser dans cette branche et lui avait même trouvé un stage de formation.

Libby avait essayé de réprimer les sentiments qu'elle éprouvait pour lui, mais ceux-ci n'avaient cessé de croître. Elle admirait sa gentillesse, l'attention qu'il portait aux patients, et sa grande compétence qui lui permettait de sauver bien des vies. Le respect qu'elle avait pour le professionnel s'était mué en quelque chose de plus fort.

Elle avait remarqué qu'il avait parfois l'air sombre et distant, mais son humeur semblait s'améliorer lorsqu'il la voyait, et elle-même avait l'impression d'être sur un petit nuage dès qu'il se trouvait dans les parages.

Avant lui, elle n'avait eu que deux liaisons. La première, juste après le lycée, avait duré un an et avait pris fin quand son partenaire et elle avaient compris que leur relation était fondée plutôt sur l'amitié. Elle était ensuite sortie pendant six mois avec un étudiant en médecine et, lorsqu'ils s'étaient séparés, ni l'un ni l'autre n'avaient eu le cœur brisé. Ces deux histoires n'avaient rien eu de passionné, et Libby avait décidé de se concentrer désormais sur ses études et sa carrière.

Mais cette nuit fatale où elle avait finalement cédé à son attirance pour cet homme, celui-ci s'était comporté comme si elle avait été pour lui l'unique femme au monde. La façon dont il l'avait tenue dans ses bras et lui avait fait l'amour l'avait naïvement amenée à croire qu'il l'aimerait sa vie durant. Elle s'était imaginé avoir trouvé son âme sœur.

Mais, lorsqu'elle s'était réveillée le lendemain, il n'était plus là, et elle n'avait pas tardé à apprendre qu'il avait quitté la ville. Il avait envoyé le matin même un courriel à l'hôpital pour informer la direction de son départ et n'était jamais revenu.

Elle devait s'incliner devant la triste réalité : elle n'avait pas rencontré l'homme de ses rêves. Huit semaines plus tard, elle se trouvait face à une autre réalité : à vingt-neuf ans, elle attendait un enfant, et sa vie serait désormais celle d'une mère célibataire. Elle n'aurait personne auprès d'elle pour l'aider. Pas de partenaire avec qui partager ses joies et ses peines.

Se laissant tomber en arrière sur le lit, elle regarda fixement le ventilateur qui tournait lentement au plafond, brassant l'air chaud.

Elle était bien décidée à ne plus jamais laisser ses émotions obscurcir son jugement. Ni les élans de son cœur dominer la voix de la raison.

À vrai dire, le résultat du test de grossesse qu'elle avait acheté cet après-midi à la pharmacie n'était pas une surprise. Il ne faisait que confirmer ce qu'elle ressentait au fond d'elle-même. Depuis près de six semaines, elle avait des nausées et dévorait plus d'olives, de poisson et de pain qu'elle n'en avait jamais mangé de toute sa vie. C'était d'autant plus étrange qu'elle avait toujours détesté les olives et l'odeur du poisson frais.

Ses fringales concernaient des produits méditerranéens. Le père de son bébé, l'homme qui lui avait brisé le cœur et avait anéanti sa confiance en elle, était originaire de cette région.

Elle fut soudain arrachée à ses sombres pensées par des coups frappés à la porte de son appartement.

— Coucou ! Y a-t-il une créature de rêve par ici ? cria quelqu'un. Je veux dire : à part moi, bien sûr !

Elle reconnut la voix chantante de Bradley, son meilleur ami. Ils se connaissaient depuis l'époque où elle faisait ses études d'infirmière. Elle s'était demandé comment il réagirait quand il apprendrait qu'elle était enceinte, d'autant plus qu'elle ne lui avait pas parlé de son aventure d'un soir, elle qui ne lui cachait jamais rien d'habitude.

Elle s'assit au bord du lit puis se leva lentement, les jambes flageolantes et les idées confuses.

— C'est ouvert, Bradley, et je suis dans ma chambre… J'ai quelque chose à te dire.

Une demi-heure plus tard, ils se tenaient tous deux autour de la table, silencieux, contemplant le fond de leur verre de thé glacé vide.

Bradley l'avait entraînée dans la cuisine, où il l'avait poussée à prendre une boisson fraîche et à manger quelque chose. Il avait rapporté de la pâtisserie du coin de la rue deux petits gâteaux dont il ne restait que quelques miettes dans les assiettes.

Elle soupçonnait qu'il avait autant besoin qu'elle de retrouver son calme. Apprendre sa grossesse avait été pour lui un vrai choc.

— Quel sale type, dit-il en soupirant.

— Je me sens tellement stupide. En fait, je ne le connaissais pas du tout en dehors du travail. Mais nous nous entendions si bien ! Nous pouvions parler pendant des heures, et j'ai cru… J'ai cru que c'était sérieux. Mais je me suis trompée. J'avoue que j'ai peu d'expérience dans ce domaine. Je suis une idiote, voilà tout.

Bradley lui tapota la main.

— Tu n'es pas une idiote, Libby. L'amour nous fait faire des choses bizarres. Dieu sait combien de fois je suis tombé amoureux de types qui n'en valaient pas la peine.

Elle hocha la tête, lasse de parler de l'homme qui lui avait brisé le cœur.

Elle ne voulait plus pleurer à cause de lui. À présent, elle avait besoin de se focaliser sur elle et sur son bébé.

— Nous surmonterons tout cela ensemble, dit Bradley en lui relevant le menton. Je suis là, tu le sais.

— C'est si gentil à toi, Bradley ! Mais je suis responsable de tout ce gâchis. Il n'y a aucune raison que tu te sacrifies pour moi et pour mon enfant, dit-elle en baissant les yeux sur son ventre.

— Quel ami abandonnerait sa meilleure amie et son bébé ? Certainement pas moi !

Il se leva pour aller mettre les verres vides dans le lave-vaisselle. Puis, pivotant sur ses talons, il la regarda, l'air décidé.

— Tu vas être la plus merveilleuse des mamans, et moi le plus élégant des tontons. Ah ! je me demande si cet enfant va avoir tes magnifiques cheveux roux. Je l'espère. J'imagine déjà les tons de sa garde-robe : du vert, du cuivre, du jaune. Seigneur, nous allons avoir tellement de choix !

— Que ferais-je sans toi ? dit Libby en souriant malgré elle.

— Tu ne le sauras jamais, pour la bonne raison que je serai toujours là. Ce bébé va être aimé et choyé, et il aura tout ce qu'il veut dans la vie.

Tout, sauf un père, songea-t-elle, le cœur gros.

— Nous lui organiserons les plus belles fêtes d'anniversaire qui soient, poursuivait Bradley, tout excité. Des mini-fêtes foraines, avec un manège, de la barbe à papa…

Elle ne put s'empêcher de rire.

— Tu penses déjà à gâter outrageusement cet enfant alors que nous avons encore sept mois à attendre avant de faire sa connaissance.

— C'est normal. En tant qu'oncle Bradley, je me sens responsable. Désormais, je ferai partie de sa vie.

Elle ressentit comme un coup de poignard en plein cœur.

Elle aurait tant voulu que le père du bébé fasse lui aussi partie de son existence ! Mais cela n'arriverait pas. Elle n'avait aucune idée de l'endroit où il se trouvait aujourd'hui. Elle ne pouvait pas avoir son adresse par le biais de l'hôpital, et il n'avait parlé à personne de son départ, avant de soudain présenter sa démission dans un courriel des plus brefs.

De toute évidence, elle ne comptait pas pour lui. Le temps qu'ils avaient passé ensemble n'était pas aussi génial qu'elle l'avait cru. Tout cela avait été le fruit de son imagination. Elle ne saurait jamais quelle réaction il aurait eue en apprenant qu'ils avaient conçu un enfant, car elle n'avait aucun moyen de lui annoncer la nouvelle.

Le regard fixé sur la mer d'un bleu éblouissant, Daniel Dimosa songeait à Libby, la ravissante infirmière rousse qui, quelques mois auparavant, lui avait fait oublier durant quelques semaines à quel point son avenir était incertain.

Elle était douce, gentille, et il aurait voulu la garder avec lui pour toujours. Jamais il n'avait vu une infirmière montrer une telle compétence professionnelle et une telle empathie naturelle. Elle n'hésitait pas à prolonger sa journée de travail pour calmer les peurs d'un patient, ni à faire des kilomètres pour transmettre son savoir-faire à des étudiants inexpérimentés. Elle réussissait aussi à insuffler à l'équipe médicale un sentiment de cohésion ainsi que celui de jouer un rôle important…

Il avait lutté contre l'attirance qu'il éprouvait pour elle en travaillant à son côté aux urgences. Il s'était efforcé de conserver à leur relation un caractère strictement professionnel, mais il avait échoué. Malgré tout ce qu'il s'était promis, il n'avait pu ignorer ses sentiments pour elle. Il cherchait des prétextes pour passer du temps avec elle, allant jusqu'à boire un dernier café en sa compagnie au petit matin, à la cafétéria de l'hôpital. Mais il avait réussi à garder à leurs conversations un tour léger. Jamais ils n'avaient évoqué leur passé, ou de l'avenir.

Il ne pouvait pas se permettre de faire des promesses qu'il

ne pourrait pas tenir. Il savait qu'il devrait bientôt partir. L'impossibilité pour lui de s'engager sérieusement avec une femme l'avait conduit à ne connaître jusque-là que de brèves aventures avec des partenaires qui n'en attendaient pas davantage.

C'était pour cette raison qu'il était parti cette nuit-là sans lui fournir d'explication. Il avait fui sans la réveiller, et chaque pas qui l'éloignait d'elle le faisait souffrir, sachant que jamais plus il ne la reverrait ni ne lui ferait l'amour.

Il était conscient d'avoir commis une erreur en passant du statut de collègue à celui d'amant, mais ils s'étaient laissé emporter tous les deux par la passion. Il n'avait pu résister au besoin de la serrer dans ses bras, même une seule nuit. Puis il était parti, sachant qu'il n'avait pas d'autre choix.

En refermant la porte derrière lui, il avait su qu'il n'oublierait jamais Libby. Il faisait cela pour la protéger... Et pourtant, il devait tout faire pour l'oublier, et il espérait qu'elle ferait de même de son côté.

1.

— Je t'aime, Billy, dit Libby.

— Ze t'aime, maman.

— Il faut que tu sois gentil avec mamie pendant mon absence, ajouta-t-elle en caressant l'épaisse chevelure noire de son fils. Je ne pars que quelques jours, et tu vas beaucoup me manquer.

— Ze serai gentil, maman, c'est promis, répondit Billy en lui passant ses bras autour du cou.

— Papy m'attend dans la voiture pour m'emmener à l'aéroport. Je dois partir, maintenant, mais je serai bientôt de retour.

— Mamie a dit dans sept dodos.

— C'est bien ça. Je t'aime jusqu'à la lune aller et retour.

— Ze t'aime encore plus, répondit le petit garçon en s'accrochant à son cou.

Elle se redressa, passa affectueusement la main dans les cheveux de son fils puis se tourna vers sa mère.

— Si tu as besoin, maman, n'hésite pas à m'appeler, de jour comme de nuit. Mon portable restera toujours allumé. Je te téléphonerai tous les soirs, mais si Billy attrape un petit rhume ou s'il a mal au ventre ou s'il a simplement envie de me parler, appelle-moi, à n'importe quel moment.

— Je le ferai, c'est promis, dit sa mère. Billy sera bien avec nous. Maintenant, file, ou tu vas rater ton avion.

Libby se dirigea vers la voiture garée dans l'allée. Son père était au volant et les bagages déjà rangés dans le coffre.

Une fois installée, elle jeta un dernier regard à son fils, qui tenait la main de sa grand-mère.

Il lui manquait déjà.

— Ne t'inquiète pas, ma chérie, lui dit son père alors qu'ils roulaient vers l'aéroport. Nous prendrons bien soin de notre petit-fils.

— Je le sais, papa, mais je ne me suis encore jamais séparée de Billy, et c'est… c'est…

— C'est dur, je le sais. Mais, crois-moi, ça l'est plus pour toi que pour lui. En tant que parent, on se fait nécessairement du souci pour son enfant et on éprouve toujours un manque quand il n'est pas avec nous. Mais nous nous occuperons bien de lui. Ta mère a déjà prévu toute une liste d'activités pour le distraire. Demain, nous l'emmènerons au zoo, et après-demain nous irons au parc de loisirs. Jeudi, Bradley doit l'emmener manger une glace et faire une promenade sur la plage. Vendredi, il ira au cinéma avec sa grand-mère voir un dessin animé, et samedi, il est invité à aller jouer avec les petits-enfants de nos voisins. Tu vois, le programme est chargé. Cette semaine, je suis sûr que nous allons tous bien dormir, car nous serons morts de fatigue !

Libby hocha la tête, silencieuse.

Si elle appréciait tout ce que ses parents avaient planifié pour Billy, elle n'en éprouvait pas moins un véritable déchirement à se séparer de son fils durant toute une semaine. À trente-trois ans, elle était la maman d'un adorable bambin de trois ans qu'elle élevait seule et aimait plus que tout au monde. Être loin de lui représentait une vraie souffrance.

— Tu vas sûrement passer de bons moments dans les Caraïbes, poursuivit son père. Ce n'est pas tous les jours qu'on t'offre l'occasion de passer une semaine sur un yacht luxueux pour prendre soin d'un richissime patient. Comment s'appelle-t-il, déjà ?

— Sir Walter Lansbury.

— Ah oui, c'est vrai. C'est un philanthrope et un bienfaiteur du Northern Bay General Hospital. Il y a même une aile de l'hôpital qui porte son nom, m'a dit ta mère.

— Oui, il est très généreux. C'est pourquoi la direction de l'hôpital a cédé à sa requête lorsqu'il a demandé que je l'accompagne pour veiller sur lui durant cette croisière dans les Caraïbes. Je trouve cela vraiment ridicule. À soixante-dix-neuf ans, il ferait mieux de rester chez lui pour se remettre tranquillement de son opération, au lieu de naviguer sur son yacht cinq semaines après avoir subi un triple pontage coronarien !

— Il m'a l'air d'avoir le goût de l'aventure.

— C'est surtout un casse-cou qui se met bêtement en danger.

— Sans aucun doute, c'est un casse-cou, mais s'il était bête, il n'aurait pas amassé une telle fortune.

Libby ne répondit pas.

Elle détestait les prises de risque et trouvait stupide que Sir Walter se montre aussi imprudent avec sa santé. Elle-même avait pris de gros risques en tombant amoureuse, et elle avait décidé de fuir les situations hasardeuses. Désormais, son existence très organisée lui semblait parfaite, sauf les nuits où elle se mettait à penser au père de Billy. Mais ça lui arrivait de plus en plus rarement, et elle espérait que, avec le temps, elle finirait par oublier cet homme.

— Nous ne savons jamais ce que l'avenir nous réserve, reprit son père. Cette expérience changera peut-être le cours de ta vie. En tout cas, je suis sûr d'une chose, c'est que Sir Walter a engagé la meilleure infirmière en cardiologie de tout le pays pour veiller sur lui.

Libby lui sourit, sans pour autant valider ces propos.

Selon elle, bon nombre d'infirmières auraient pu remplir cette mission, mais la direction de l'hôpital avait insisté pour la lui confier, et quand une décision était prise en haut lieu, il était hors de question de la contester. En moins de huit jours, l'affaire avait été réglée, et elle était maintenant en route pour s'occuper de la santé du généreux bienfaiteur dont elle avait pris soin après son opération du cœur.

Comme elle regrettait, à présent, d'avoir fait partie de l'équipe de cardiologie plutôt que de travailler aux urgences !

À l'aéroport de Miami, Libby prit un taxi qui l'emmena au *Four Seasons,* où l'assistante de Sir Walter lui avait réservé une chambre. Le soleil était déjà couché. Après avoir téléphoné à Billy et lui avoir souhaité bonne nuit, elle se fit servir un dîner dans sa chambre, puis elle prit un bain chaud. Ayant peu dormi la nuit précédente, elle était proche de l'épuisement lorsqu'elle se glissa enfin entre les draps pour sombrer aussitôt dans un sommeil profond.

Le lendemain matin, elle fit une courte promenade avant de revenir prendre son petit déjeuner dans sa chambre, puis elle se rendit en taxi à la marina, où elle était attendue pour 11 heures.

À mesure qu'elle approchait du port, elle se sentait de plus en plus nerveuse.

Comment avait-elle pu accepter de partir toute une semaine en mer ? Billy allait terriblement lui manquer. Il était sa raison de vivre, le moteur qui la poussait à tenir.

— Nous voilà arrivés à destination, mademoiselle, dit le chauffeur du taxi.

— Merci, répondit-elle en le gratifiant d'un sourire.

Rajustant ses lunettes de soleil sur son nez, elle contempla, fascinée, le superbe yacht amarré devant elle.

Il paraissait gigantesque et d'un luxe incroyable. Jamais elle n'avait vu un bateau aussi impressionnant. À vrai dire, son expérience en la matière se limitait aux reportages télévisés, mais jamais elle n'aurait imaginé voir de ses yeux un yacht si grand et si… *majestueux*.

Le magnifique bâtiment portait le nom de *Coral Contessa*, qui s'étalait en caractères géants sur son flanc. Elle avait entendu dire que Sir Walter Lansbury avait nommé ainsi le bateau en hommage à son épouse bien-aimée aujourd'hui disparue, Lady Contessa.

Et dire que ce yacht serait pendant huit jours à la fois son espace de travail et son lieu de vie !

Elle sentit son estomac se nouer.

Cela faisait près de sept ans qu'elle exerçait comme infirmière aux urgences et en cardiologie, mais elle ne connaissait rien à la façon de pratiquer son métier sur un bateau. Cela la préoccupait. Quelques jours avant son départ, elle avait eu un entretien avec le cardiologue : leur patient avait une tension artérielle élevée et une surcharge pondérale. Il devait perdre au moins dix kilos. Au grand désespoir de son médecin, Sir Walter adorait manger, fumer des cigares et boire des alcools forts. Il attachait moins d'importance à sa santé qu'au marché financier.

Libby se focaliserait sur son patient et aurait peut-être à traiter de manière occasionnelle les autres passagers. Elle avait demandé combien il y aurait de personnes à bord et si elle était censée prendre tout le monde en charge. On lui avait répondu qu'il y aurait douze à quatorze participants, auxquels il fallait ajouter onze membres d'équipage, dont deux soignants. La plupart d'entre eux arriveraient très certainement en bonne santé et le resteraient, mis à part d'éventuelles nausées, insolations, abus d'alcool, claquages musculaires ou chevilles foulées. Il existait toujours un risque qu'un cas plus grave apparaisse, mais la croisière se déroulerait probablement sans incident, surtout si son patient principal se montrait raisonnable.

Tout le monde s'accordait à dire que Sir Walter aurait mieux fait de ne pas prendre la mer cinq semaines seulement après son opération du cœur, mais le vieil homme était trop têtu pour écouter ces sages avis. Elle espérait juste que le médecin qui serait à bord se montrerait aussi têtu que Sir Walter et que, à eux deux, ils parviendraient à le gérer…

Ce qui l'avait poussée à accepter cette mission, c'était l'enthousiasme contagieux manifesté par Bradley, ainsi que les conseils bienveillants de ses parents qui voyaient dans cette croisière l'occasion pour Libby de sortir de sa routine et de vivre d'autres expériences. Elle était encore jeune, ne cessaient-ils de lui répéter, et Billy devait grandir en sachant qu'elle était non seulement la meilleure maman du monde, mais aussi une femme solide et indépendante, qui avait une carrière et une vie à elle.

Le simple fait de penser à son fils la poussa à toucher, à

son cou, le médaillon qui renfermait la photographie de son beau petit garçon aux yeux bleus et aux cheveux noirs, comme son père.

Ce père qu'il ne connaîtrait jamais, se dit-elle, luttant contre les larmes. Arriverait-elle à supporter cette séparation ? Certes, elle ne s'éloignait que pour une semaine, mais ils ne s'étaient encore jamais quittés plus d'une journée depuis sa naissance.

Ils avaient fêté l'anniversaire de Billy deux jours avant qu'elle ne s'envole pour Miami. Comme chaque année, Bradley s'était chargé de tout organiser. Il avait invité famille et amis, et tous avaient couvert Billy de cadeaux. Cela avait été une débauche de gâteaux, de bonbons, de ballons. Tout le monde avait passé une excellente journée – sauf elle, qui s'angoissait à la pensée de quitter son enfant pour cette croisière dont tout son entourage se réjouissait pour elle.

Ce soir-là, Bradley avait insisté pour l'aider à faire ses bagages. Il y avait ajouté un maillot de bain, un combishort en jean et une ravissante robe vert émeraude tombant aux chevilles, son cadeau pour le départ de Libby.

Après avoir ouvert la boîte, celle-ci avait regardé Bradley en fronçant les sourcils.

Avec son décolleté plongeant, cette tenue ne ressemblait en rien aux vêtements qu'elle portait d'habitude !

— Lance-toi, pour une fois ! lui avait-il dit. Tu as le corps idéal pour porter ce genre de robe, alors montre-le. Elle est parfaite pour toi. À quoi cela te sert-il d'avoir comme meilleur ami un styliste si tu n'écoutes pas ses conseils ? Et puis, cette robe est de la couleur de tes yeux, alors il *faut* que tu la prennes !

Libby avait ri et l'avait serré dans ses bras.

Elle n'était pas sûre de porter cette robe car, même si elle était assez courageuse pour la revêtir, il n'était pas dit qu'elle en ait l'occasion. Mais Bradley avait insisté et s'était mis à fouiller dans ses placards pour trouver les chaussures ad hoc.

— Regardons les choses en face, avait-il déclaré en soupirant. Presque toutes les jolies choses que tu possèdes sont des cadeaux que je t'ai faits.

Il avait alors sorti de l'armoire une paire d'escarpins dorés qu'elle n'avait jamais mis, puis il avait choisi une autre robe, un sarong et un chapeau de paille à large bord, et rangé le tout dans la valise.

— Laisse donc ici tes tenues trop classiques. Je refuse que ma meilleure amie devienne une maman poule qui renonce à toute coquetterie. Tu es trop jeune pour cela.

Elle sourit au souvenir de cette réflexion de Bradley.

Il n'avait pas tout à fait tort. Elle savait qu'elle ne porterait sans doute jamais la plupart des vêtements qu'il avait sélectionnés pour elle, mais elle l'avait laissé faire, puis elle avait choisi à son tour quelques shorts, des T-shirts, des vestes légères et une robe d'été plus conformes à son style habituel.

Bradley n'avait guère montré d'enthousiasme devant ces différentes tenues mais il n'avait pas fait d'objection, dans la mesure où elle conservait celles qu'il lui avait choisies.

Il était très excité par cette croisière. Beaucoup plus que Libby ne l'était elle-même. Il s'était renseigné et lui avait parlé des plages de sable fin, des eaux translucides et des îles de rêve qu'elle allait découvrir. Il avait appris que le yacht disposait d'une piscine, d'une salle de cinéma et même d'un mur d'escalade. Et il n'avait eu de cesse de lui rappeler que, puisque Billy serait dorloté par ses grands-parents et par le fabuleux oncle Bradley si attentionné, elle devait profiter au maximum de cette semaine en mer.

— C'est un bateau magnifique, dit le chauffeur de taxi en sortant ses bagages du coffre.

— Oui, c'est vrai.

— Désolé si je suis un peu maladroit avec vos valises, mes doigts sont déformés. Je pense que c'est de l'arthrite.

— Me permettez-vous de voir cela ?

— Oui, pourquoi pas… Vous êtes médecin ?

— Non, infirmière.

L'homme lui montra ses mains et les garda immobiles pendant qu'elle les examinait.

Les deux annulaires et les deux auriculaires étaient presque complètement repliés vers la paume.

— Depuis quand avez-vous ces problèmes ?

— Cela fait déjà plusieurs années, mais depuis quelque temps j'ai l'impression que ça s'aggrave. J'ai peur de ne plus pouvoir tenir un volant, ce qui serait une catastrophe pour ma famille. J'ai cinquante-deux ans, et j'aimerais pouvoir conduire encore une dizaine d'années. Ma fille doit se marier l'an prochain, et elle veut faire une grande fête avec tout le tralala, alors je ne peux pas me permettre d'arrêter de travailler.

— Je ne suis pas une spécialiste, mais je pense que vous souffrez de ce qu'on appelle la maladie de Dupuytren.

— Et ça se soigne ?

— S'il s'agit bien de ce que je crois, oui, il existe des traitements. Cela vaudrait vraiment la peine que vous voyiez un médecin. Vous devriez consulter un spécialiste. Mon père a souffert de cette maladie, c'est pour cela que je peux en reconnaître les symptômes.

— Ma mère m'a dit que c'était de l'arthrite et qu'il n'y avait aucun remède pour cela. Elle m'a expliqué que c'était génétique. Mon père a eu la même chose, mais c'est le diabète qui a causé sa mort, il y a presque vingt ans maintenant.

— Je vous le répète, je ne suis pas une spécialiste, mais si vous prenez rendez-vous avec votre généraliste…

— Cela fait plus de dix ans que je n'ai pas vu de médecin, la coupa l'homme. Je n'en avais pas besoin, car j'ai une santé de fer.

Elle savait qu'il existait une prédisposition génétique à la maladie de Dupuytren, mais celle-ci pouvait être aggravée par une cirrhose ou par la présence d'autres pathologies comme le diabète. Une visite chez le médecin s'imposait. Cela permettrait peut-être de découvrir une maladie restée ignorée jusqu'alors. Les mains de cet homme pouvaient être le signe qu'il souffrait de quelque chose de plus sérieux.

— À votre place, je demanderais qu'on me fasse un check-up complet et une analyse de sang. Nous devrions tous faire cela chaque année. Je suis sûre que vous avez envie d'être en pleine forme pour pouvoir danser au mariage de votre fille.

— Oui, bien sûr. Je prendrai le temps d'aller chez le médecin la semaine prochaine. Promis, je le ferai.

Elle lui sourit et paya sa course en y ajoutant un bon pourboire, puis elle empoigna ses bagages.

— Merci d'avoir bien voulu me parler, ajouta l'homme. Peu de gens le font, de nos jours. Tout le monde est pressé. C'était vraiment très gentil à vous. Vous êtes une princesse, et je pense que vous devez être une excellente infirmière.

— Prenez bien soin de vous, répondit-elle en lui adressant encore un sourire.

— Et vous, faites un beau voyage. J'espère que vous allez rencontrer un prince sur ce yacht.

Cette remarque la déstabilisa.

Elle n'avait aucune envie de rencontrer un prince, ni aucun homme d'ailleurs. Tout ce qu'elle voulait, c'était que cette semaine se termine au plus vite pour retrouver son fils, le seul homme qui comptait pour elle.

Respirant un grand coup, elle saisit sa valise et, armée de son sac en bandoulière et de la mallette de son ordinateur portable accrochée à l'épaule, elle se dirigea vers la passerelle menant au yacht. Le soleil brillait dans un ciel sans nuages, et elle en sentait la chaleur à travers son T-shirt. Une fois à bord, elle parcourut des yeux le pont rutilant, luxueusement aménagé avec ses sièges en osier couverts de coussins de couleurs vives.

En d'autres circonstances, un tel spectacle l'aurait réjouie, mais elle était ici pour travailler. Ensuite, elle rentrerait chez elle. Elle n'avait nullement l'intention de se distraire. Durant ce séjour, elle ne ferait rien d'autre que veiller sur la santé de Sir Walter.

Tout en recoiffant quelques mèches échappées de sa queue-de-cheval, elle formula le vœu que cette semaine passe le plus rapidement possible.

Daniel Dimosa se tenait debout à la proue du *Coral Contessa*, le regard braqué sur la mer bleu azur parfaitement calme, remuant des idées sombres.

C'était aujourd'hui le début de son ultime mission en mer. Après cela, il retournerait auprès de sa famille. Le moment était venu de remplir ses obligations.

Il sortit son téléphone de sa poche et relut le dernier message de sa mère.

Mon cher fils,

L'état de santé de ton père s'est encore détérioré depuis que nous nous sommes parlé. La semaine dernière, il n'a pas pu faire d'apparition en public. Certains jours, il a du mal à se souvenir du nom de ses conseillers, et il devra très bientôt abdiquer. Par bonheur, il sait encore qui je suis, et je prie le ciel que l'amour qui nous lie soit assez fort pour nous aider à supporter les temps difficiles qui nous attendent.

La population de Chezlovinka sera enchantée de te voir endosser ton rôle de prince régnant à la suite de ton père et de ton grand-père. Sans toi, je sais qu'il y aurait ici des troubles et de l'instabilité, et j'ai peur de ce que pourrait devenir notre pays et de ce qu'il adviendrait de ces gens qui comptent sur nous. Merci infiniment d'avoir accepté de revenir.

Ta mère qui t'aime.

Daniel était conscient de n'avoir pas d'autre choix que de cesser de fuir son passé et de s'imaginer une autre destinée. Beaucoup de questions se posaient encore quant à l'avenir, mais il réglerait cela plus tard, le moment venu. Au fond de lui, il savait qu'il était destiné à suivre les traces de son père, et peut-être pas seulement en ce qui concernait la gouvernance du pays. La démence précoce était une maladie génétique, et il n'était pas certain de pouvoir y échapper.

Il était conscient aussi de tout ce dont il allait être privé : les embruns sur son visage, la sérénité procurée par l'infini de l'horizon. Mais ce qui lui manquerait le plus, c'était la liberté d'exercer la médecine. Pour son plus grand malheur, son histoire d'amour avec la mer et celle qu'il vivait avec la médecine allaient prendre fin en même temps.

C'en était fini de ce mode de vie-là, et il n'y pouvait rien changer. Il était réaliste : dès le jour de sa naissance, son destin était tout tracé, et à présent il n'avait plus d'autre choix que de regagner sa patrie. Il lui restait sept jours à vivre en tant que *docteur* Daniel Dimosa. Après quoi, il redeviendrait le prince héritier Daniel Edwardo Dimosa.

La brise s'était levée, et il frissonna.

Il avait grandi en s'habituant à mener une existence sans attaches, mais cela ne l'empêchait pas de désirer autre chose. Il avait envie d'éprouver de nouveau ce qu'il avait ressenti à San Francisco. Mais pour rien au monde il ne voulait faire subir à la femme qu'il aimait l'épreuve que vivait sa mère depuis que le diagnostic concernant l'état de santé de son mari était tombé, cinq ans plus tôt. Depuis lors, la douleur de savoir que cet homme avec lequel elle avait passé toute sa vie la regarderait un jour comme une étrangère ne la quittait plus.

Au cours des quatre dernières années, Daniel avait connu de brèves aventures avec des femmes qui ne cherchaient qu'à profiter d'un bon moment en sa compagnie, mais c'était juste dans l'espoir d'oublier la jolie rousse dont il était tombé amoureux malgré lui. Il n'avait passé qu'une seule nuit avec elle… Pourtant, depuis, il ne cessait de le regretter. En vérité, il aurait mieux fait de résister à la tentation. Il aurait tant voulu pouvoir tout lui expliquer !

Mais il avait juré de garder le secret, et il était un homme de parole.

Il avait adoré voyager. Il regrettait d'avoir à renoncer à cette vie-là, cependant le devoir l'obligeait à rentrer chez lui. Pendant des années, son père avait porté sur ses épaules tout le poids des responsabilités royales. Il n'avait que soixante ans, mais sa santé s'était déjà profondément dégradée. Il s'enfermait peu à peu dans une démence dont il ne guérirait jamais.

Daniel ne voulait pas trahir la confiance de cet homme qu'il aimait et admirait. En montant sur le trône, il lui permettrait de conserver sa dignité et de vivre ses derniers jours à l'abri des regards. Et il était d'une importance capitale de garder le secret sur cette maladie afin de préserver la sécurité économique et politique de la principauté.

Le jeune homme chargé de la conciergerie vint interrompre le cours de ses pensées.

— Docteur Dimosa ? Je vous signale que l'infirmière affectée au navire vient de monter à bord. Vous m'aviez demandé de vous avertir.

— Merci, dit Daniel en détournant le regard de l'horizon.

La question ne se posait même pas : il se devait d'être là pour son père et pour la petite principauté de Chezlovinka. Sa vie serait désormais consacrée à remplir ses devoirs envers le pays qu'il était destiné à gouverner. Ce serait une vie privée de liberté.

Et sans amour.

2.

Libby s'arrêta devant la porte de sa cabine et sortit la carte magnétique que lui avait donnée l'un des trois stewards.

Tous trois lui avaient proposé de porter ses bagages, mais elle avait décliné leur offre, préférant faire connaissance seule avec son nouvel environnement et retrouver un peu de calme.

L'angoisse ne la quittait pas. Que faisait-elle ici ? Pourquoi ne s'était-elle pas opposée à la décision prise par la direction de l'hôpital ? Et pourquoi avait-elle laissé Bradley entasser autant de vêtements dans sa valise ? Il avait fait ses bagages comme si elle partait en vacances un mois !

Elle devrait être auprès de son petit garçon au lieu de se trouver à l'autre extrémité du pays, sur un yacht qui allait l'emmener encore plus loin. Elle avait l'impression de partir au bout du monde alors que, son monde à elle, c'était son fils. Elle ne voulait aller nulle part sans lui.

— Bonjour !

Elle se retourna et vit une jeune femme blonde qui venait vers elle en affichant un grand sourire.

Arrivée à sa hauteur, l'inconnue s'arrêta brusquement.

— Oh ! mon Dieu, ce n'est pas possible ! Libby McDonald ? C'est bien toi ?

— Georgie ! Georgie Longbottom ! s'exclama Libby. Je n'arrive pas à croire que ce soit toi.

Toutes deux s'étaient rencontrées au collège et avaient été des amies très proches.

Elles se jetèrent dans les bras l'une de l'autre, enchantées de ces retrouvailles.

— Cela fait combien de temps qu'on ne s'est pas vues ? demanda Libby. Presque douze ans, non ?

— En fait, treize. Je m'en souviens parce que je suis retournée à Londres à la fin de ma deuxième année. Celle que nous avons passée à Seaview High a été pour moi la plus belle de toute ma scolarité… Et peut-être même de toute ma vie, ajouta Georgie avec un sourire mélancolique. Nous étions libres comme l'air et n'avions aucune idée de la dureté du monde réel.

Libby hocha la tête.

Pour elle aussi, cette époque d'insouciance avait été l'une des meilleures de son existence. Mais cela appartenait au passé. Maintenant, elles n'étaient plus des adolescentes de dix-sept ans avides d'aventures. Celle qu'elle s'apprêtait à vivre dans les Caraïbes ne provoquait en elle aucune excitation.

La vie qu'elle menait aujourd'hui était bien différente de celle qu'elle avait imaginée à cette époque. Et Georgie aussi semblait avoir perdu beaucoup de ses illusions.

Mais Libby n'avait pas l'intention de se plaindre, ni de poser de questions à cette amie qu'elle avait perdue de vue depuis tant d'années. Pour l'instant, elle voulait juste profiter du plaisir qu'elle éprouvait à la retrouver.

— Nous avons vécu une merveilleuse année, pas vrai ?

— Absolument ! Mais que fais-tu à bord de ce yacht ?

— Je suis l'infirmière de Sir Walter. Et toi ?

— Walter m'a engagée à nouveau comme chef cuisinier. C'est un homme adorable, j'aime travailler pour lui. J'ai déjà fait plusieurs fois cette croisière dans les Caraïbes, et il m'arrive aussi de m'occuper du buffet pour les grandes réceptions qu'il organise chez lui en Angleterre. Il a une résidence à Miami, une autre à San Francisco et une autre encore à Londres, où j'ai moi-même un restaurant proche de chez lui. Il me dit souvent pour flatter mon ego que mon restaurant est l'un de ceux qu'il préfère au monde. Là, il m'a invitée à le suivre dans les Caraïbes avec pour mission de superviser l'équipe en cuisine et de préparer quelques fabuleux desserts. Je ne pouvais pas refuser.

— C'est merveilleux ! Je ne savais pas que tu voulais devenir chef. J'ignorais même que tu cuisinais.

— Oh ! c'est une longue histoire ! Je me suis découvert cette passion après avoir quitté l'école. Mais assez parlé de moi. Je veux tout savoir de ta vie ! Comme ta cabine est voisine de la mienne, nous allons avoir des occasions de tout nous raconter. Si je t'aidais à défaire tes bagages ?

— Je crois que j'ai apporté trop d'affaires, avoua Libby.

Georgie sourit.

— Alors, tu as bien changé ! D'après mes souvenirs, autrefois c'était toujours moi qui me chargeais trop quand nous partions assister à un festival de musique. Toi, tu prenais juste le strict nécessaire, et cela tenait dans un sac à dos.

— Mon ami Bradley m'a fait emporter…

— *Bradley* ? coupa Georgie en la regardant avec un grand sourire. Serait-ce ta moitié d'orange ?

— Non ! La moitié d'orange de Bradley s'appelle Tom. C'est un garçon adorable. Je te raconterai tout sur lui quand nous serons dans ma cabine, si toutefois je parviens à y faire entrer mes bagages.

— On y arrivera. La cabine est toute petite, mais nous pourrons mettre ta valise sous la couchette du bas.

— La couchette du bas ?

— Oui, ce sont des lits superposés, mais comme il n'y a pas trop de personnel à bord, tu auras la cabine pour toi toute seule, et tu pourras choisir la couchette que tu préfères. Ce n'est pas aussi luxueux que les cabines des invités, mais c'est assez mignon, tu vas voir.

Libby sourit, essayant de se rappeler la dernière fois où elle avait dormi dans des lits superposés.

— C'est comme au camp de Big Bear ?

— Oui, sauf que, là, tu as un hublot. Voir le mouvement des vagues donne un peu le tournis, mais on finit par s'y habituer, ajouta Georgie avec un petit sourire tandis qu'elles entraient dans la cabine.

Le fait d'avoir retrouvé Georgie sur le yacht permettait à

Libby de mieux accepter la situation. Cela lui rappelait une époque où tout paraissait simple et facile. Une époque où elle pouvait faire confiance aux gens. Comme elle aurait voulu avoir encore cette innocence et cette naïveté !

— Cette semaine va me paraître beaucoup plus agréable avec toi à bord. As-tu été souvent sur d'autres navires que celui-ci ?

Tout en parlant, elle examinait la cabine, qui disposait d'une salle d'eau équipée de toilettes, d'un lavabo et d'une douche.

— Non, répondit Georgie. Je ne connais que le yacht de Walter. Mon restaurant m'accapare beaucoup, et je n'ai guère le temps de travailler pour d'autres personnes.

— Comme tu as accepté de refaire cette croisière, j'imagine que tu y as pris plaisir la première fois.

— Oui, en effet. Parfois, c'est assez stressant, mais aussi très amusant. Et l'on finit par se lier d'amitié avec les autres membres de l'équipage. Et même plus, quelquefois.

— Une amourette en pleine mer, quelle banalité ! se récria Libby avec dédain.

— Ça m'est déjà arrivé. Et le médecin qui a embarqué avec nous est absolument magnifique – un grand brun, célibataire… Mais trop distant à mon goût. Tout l'équipage dit que c'est un type génial, mais ce n'est pas vraiment le genre d'homme que j'apprécie. Peut-être que toi…

— C'est hors de question, coupa Libby. Je n'ai aucune envie de me lancer dans une histoire sentimentale.

— Il ne faut jamais dire jamais.

— Moi, si. Crois-moi, la seule chose qui m'intéresse, c'est de veiller sur mon patient, de voir quelques beaux paysages et de rentrer chez moi pour retrouver…

Elle se tut brusquement.

Elle avait failli parler de Billy, mais mieux valait garder cette conversation pour plus tard. Elle était déjà assez tendue comme cela. Si elle mentionnait le nom de son fils, elle risquait de fondre en larmes.

— Qui donc ? s'enquit Georgie.

— Ma famille. C'est la première fois que je pars aussi longtemps.

— Parfois, sortir de sa zone de confort fait du bien.

— Eh bien, l'avenir le dira.

Daniel n'aurait su dire pourquoi, mais il se sentait anxieux. Peut-être parce qu'il savait que c'était là son dernier voyage en mer ?

La réunion avec le capitaine commençait dans une demi-heure, et la plupart des membres d'équipage étaient déjà sur le pont, mais il n'avait toujours pas rencontré l'infirmière qui venait d'arriver.

Soucieux de la santé de Sir Walter, il avait demandé qu'une cabine voisine de la suite du vieux milliardaire soit aménagée en chambre médicalisée. Elle était équipée de tout ce dont l'infirmière et lui pourraient avoir besoin en cas de complications postopératoires. Cela faisait seulement cinq semaines que Sir Walter avait été opéré du cœur, et Daniel aurait préféré voir le départ de cette croisière repoussé d'autant.

Il se passa les doigts dans les cheveux et se mit à arpenter le pont, mélancolique à l'idée de devoir bientôt renoncer à ces missions en mer. À quarante et un ans, il avait passé une décennie à travailler dans divers hôpitaux à travers le monde, et presque quatre ans à s'occuper des passagers voyageant sur des yachts privés ou des navires de croisière.

Il poussa un soupir en repensant aux bons et moins bons moments de ces années. Il avait connu des hauts et des bas, mais jamais il n'avait regretté sa décision de quitter Chezlovinka et de goûter à la liberté. Il éprouvait envers sa mère une profonde reconnaissance pour l'avoir toujours encouragé à réaliser son rêve de devenir médecin.

Il releva le menton avec défi.

Maintenant, le moment était venu de l'en récompenser en

retournant prendre les rênes du pays, et de permettre ainsi à son père d'abdiquer.

— Nous ferions mieux d'y aller, dit Georgie en consultant sa montre. Nous ne devons pas arriver en retard.

— En retard à quoi ? demanda Libby.

— À la réunion avec les autres membres de l'équipage, y compris notre beau et mystérieux médecin. Je t'en ai parlé tout à l'heure.

Libby secoua la tête et épousseta nerveusement son jean pour se donner le temps de se ressaisir.

— Mais oui, bien sûr. Excuse-moi, j'étais distraite.

Faire la connaissance de son futur collègue n'était pas sa principale préoccupation. Son souci, c'était de savoir comment Billy s'en sortirait sans elle. Et comment elle s'en sortirait sans lui. Mais elle ne voulait surtout pas paraître non professionnelle devant le reste de l'équipage.

— Tout va bien se passer, tu verras, dit Georgie. Dès que nous naviguerons, tu te rendras compte que ce voyage est un vrai cadeau.

— Je l'espère, répondit-elle en sortant un peigne de son sac pour refaire sa queue-de-cheval.

— Si le Dr Dimosa se détend un peu et abandonne son air maussade, tu vas beaucoup apprécier la croisière.

Libby se figea, l'estomac noué.

— Le Dr Dimosa est le médecin engagé à bord du yacht ?

— Oui, Daniel Dimosa. Tu le connais ?

Daniel Dimosa ! *Son* Daniel ! L'homme qui lui avait brisé le cœur et l'avait quittée sans un mot.

Le père de Billy.

Libby se sentit devenir livide. Prise d'un vertige, elle s'agrippa au coin de la table pour ne pas tomber mais, vaincue par le flot d'émotions, elle glissa sur le sol.

3.

Sa trousse médicale à la main, Daniel marchait d'un pas rapide vers la cabine que Georgie lui avait désignée.

— Que s'est-il passé exactement avant qu'elle perde connaissance ? lui demanda-t-il. A-t-elle montré les signes avant-coureurs d'un malaise ? Y a-t-il eu un incident particulier ?

— Non, aucun. Je lui ai juste dit que nous devions aller sur le pont pour assister à la réunion avec vous et le capitaine.

— Comment va-t-elle, à présent ?

— Elle est consciente, mais toujours allongée par terre.

Georgie ouvrit la porte de la cabine mais fit une pause avant d'entrer.

— Je lui ai mis un oreiller sous la tête, puis je vous ai appelé. Je lui ai demandé de ne pas bouger en attendant que vous arriviez. Elle est tombée d'un coup, apparemment sans raison… À moins qu'elle n'ait un problème de santé, mais elle ne m'en a rien dit.

Daniel passa devant elle, et s'arrêta net, le regard fixé sur la jeune femme qui gisait sur le sol.

En une fraction de seconde, tout son univers bascula, et il resta silencieux, l'esprit agité de pensées contradictoires.

Depuis qu'il avait quitté Libby, il lui était souvent arrivé, en voyant dans la foule une chevelure rousse ou en entendant un rire qui la lui rappelait, de penser à elle et de se demander ce qu'il se serait passé entre eux si sa vie avait été différente.

Mais rien n'avait changé dans son existence, et aujourd'hui moins que jamais.

Il se ressaisit et s'agenouilla à côté de Libby.

Elle respirait difficilement, mais elle était consciente et

regardait fixement le plafond. Ses yeux ouverts étaient d'un vert éclatant, identique au souvenir qu'il en avait gardé. Ses pupilles n'étaient pas dilatées.

— Est-ce que ça va aller ? demanda Georgie d'un ton angoissé.

Plaçant les doigts sur le cou de Libby, il lui tâta le pouls et le trouva rapide, mais puissant.

— Libby, c'est moi. Daniel.

La jolie rousse ferma les yeux et tourna la tête de l'autre côté.

Il ne l'avait sans doute pas volé.

— Je ne savais pas que ce serait toi, l'infirmière que je trouverais à bord de ce yacht. Quand je pense à toi, ce n'est jamais sous le nom d'Elizabeth.

Elle ne réagit pas.

— Pour moi, tu as toujours été Libby.

Elle lui lança un regard glacial, la bouche crispée.

— Ça m'est parfaitement égal, la façon dont tu penses à moi. Va-t'en, Daniel. Je n'ai pas besoin de toi ici.

De nouveau, elle détourna les yeux tout en chassant une larme du revers de la main.

— Je n'irai nulle part. S'il vous plaît, laissez-nous seuls, ajouta-t-il en s'adressant à Georgie. Je m'occupe d'elle.

L'air perplexe, cette dernière obéit et sortit de la cabine.

S'appuyant sur ses coudes, Libby tenta de se redresser.

— Je t'en prie, ne bouge pas, dit-il en lui saisissant le poignet.

— Ne... Ne me touche pas, protesta-t-elle en même temps qu'elle libérait son bras. Je dois partir, maintenant.

— Pas avant que je n'aie vérifié tes constantes vitales.

— Eh bien fais-le, si c'est indispensable, lança-t-elle sèchement. Rédige-moi un certificat médical, et ensuite je quitterai ce navire. Il est hors de question que je travaille avec toi.

— Nous parlerons de cela plus tard. Pour l'instant, reste tranquille pendant que je prends ta tension.

Il annonça bientôt le résultat.

— Ta tension est assez basse : 9,8.

— Chez moi, c'est normal. Elle est toujours basse.

Il la regarda, songeur.

Il avait tant de choses à lui dire, mais il ne pouvait pas. Il lui fallait rester concentré et ignorer ce que déclenchait en lui la présence de cette femme, si proche qu'il pouvait sentir son parfum.

Ce qu'ils avaient partagé appartenait au passé et devait y rester. S'il l'avait quittée au petit matin après leur unique nuit d'amour, c'était qu'il avait eu des raisons impérieuses de le faire. Rien n'avait changé. Dans sept jours, en quittant le yacht, il se préparerait à gouverner la principauté. Il devait maintenir la distance qu'il avait établie quatre ans plus tôt entre Libby et lui, lorsqu'il l'avait abandonnée. Cette histoire ne concernait que leurs deux personnes, il devait penser à son père et à la population de Chezlovinka.

— Je comprends que tu réagisses ainsi, commença-t-il d'une voix calme. C'est parfaitement justifié, et je le mérite. Mais cela s'est passé il y a bien longtemps.

— Vraiment, tu crois comprendre ? Je ne pense pas que ce soit possible, répondit-elle en le fusillant du regard.

— Je comprends beaucoup mieux que tu ne le penses.

— J'en doute parce que, si c'était vrai, tu n'aurais pas quitté San Francisco sans avoir au moins la décence de me fournir une explication. Cela date d'il y a quatre ans, Daniel. Tu as eu largement le temps de me contacter.

Il s'écarta, mettant une certaine distance entre elle et lui. C'était visiblement ce qu'elle souhaitait, et lui-même en avait besoin.

— Je ne pouvais pas, Libby. C'est compliqué.

— Compliqué ? C'est tout ce que tu trouves à répondre après tant d'années ? C'est vraiment pathétique !

— Je ne sais que dire d'autre, avoua-t-il.

Il était conscient qu'elle méritait beaucoup mieux, mais il lui était interdit de lui révéler la vérité.

— Ne te fatigue pas, Daniel. Tout ce que tu pourrais me dire maintenant serait inutile. Autrefois, ç'aurait peut-être été différent, mais aujourd'hui ça ne sert à rien.

— Je te l'ai dit, j'avais mes raisons…

Libby détourna les yeux, le regard dans le vide.

— Nous faisons tous des choix dans la vie, Daniel. Mais toi, tu refuses de m'expliquer ce qui t'a poussé à faire les tiens.

Il préféra garder le silence, car les mots lui manquaient. Il lui était impossible de reconnaître qu'il n'avait pas eu l'intention de pousser leur relation aussi loin, cette nuit-là, car tout engagement sérieux lui était interdit. Il ne pouvait pas lui parler de sa famille, de ses origines qui le destinaient à régner sur son pays. Ni du secret qu'il était obligé de garder pour maintenir la stabilité de la petite principauté. Il avait les mains liées.

— Franchement, je m'en moque, ajouta froidement Libby. Le mieux que tu puisses faire à présent, c'est sortir de mon chemin et me laisser quitter le navire. Trouve-toi une autre infirmière et présente mes excuses à Sir Walter.

Il secoua la tête.

— J'aimerais que les choses soient aussi simples, mais ce n'est pas le cas. Malheureusement, tu ne peux pas quitter le yacht, Libby.

— C'est ce qu'on verra.

— Même si tu es très en colère contre moi, tu ne peux pas t'en aller, répondit-il en se passant la main dans les cheveux. J'ai besoin d'une infirmière spécialisée en cardiologie pour veiller avec moi sur la santé de Sir Walter.

— Tu es sérieux ? le coupa-t-elle, en colère. Pourquoi devrais-je me soucier de ce dont tu as besoin ? Tu n'as qu'à faire appel à une agence d'intérim, tu trouveras sûrement une remplaçante qui fera l'affaire aussi bien que moi.

— Il s'agit des besoins de Sir Walter, Libby. Il lui faut une infirmière expérimentée. Il a été opéré il y a seulement cinq semaines. Il est hors de question d'engager n'importe qui. Je suis désolé, c'est tout simplement impossible. Je dois être secondé par une infirmière compétente, ayant ton expérience et tes qualifications.

Libby le regarda fixement pendant un moment puis leva les yeux vers le plafond.

Il avait les idées de plus en plus confuses.

Certes, elle avait tous les droits d'être en colère contre lui, mais Daniel sentait qu'il y avait autre chose au-delà de cette colère. Quelque chose qu'elle ne lui disait pas.

— Je suis sûre qu'il existe beaucoup d'infirmières correspondant à ce que tu recherches, dit-elle d'un ton neutre.

— Nous partons dans moins de deux heures. La procédure ne peut pas être aussi rapide.

— Appelle quelqu'un, débrouille-toi pour accélérer les choses ! Sir Walter n'a qu'à faire intervenir ses relations.

— Même lui, il ne peut pas accomplir de miracles. Il existe des procédures impossibles à contourner quand on navigue dans les eaux internationales. Et le plus important, c'est que nous avons un patient avec des besoins spécifiques. L'état de Walter reste précaire. Il lui faut une infirmière particulièrement compétente, et tu as accepté de l'accompagner dans cette croisière. Tu as le devoir de le soigner, tu as signé un contrat.

— C'est la direction du Northern Bay General Hospital qui l'a signé…

— Ils l'ont fait en ton nom, et leur réputation est en jeu. Walter possède une fortune énorme. J'imagine qu'il est aussi un généreux bienfaiteur de l'hôpital. Et il lui faut des soins spécialisés de très grande qualité. Pour toutes ces raisons, tu dois rester à bord. Je suis désolé, Libby, tu n'as pas le choix. Le yacht ne peut pas prendre le large sans toi, et je ne crois pas que tu voudrais voir Walter et la direction de l'hôpital te poursuivre en justice pour rupture de contrat.

Libby se redressa lentement. Ignorant la main qu'il lui tendait, elle préféra prendre appui sur la couchette.

— Dans ce cas, fais-moi un certificat médical m'autorisant à quitter le yacht, ainsi ils ne pourront pas me créer d'ennuis. Dis que j'ai un problème de santé qu'on ne soupçonnait pas jusqu'alors.

— Mais c'est faux ! Tu n'as rien du tout, je ne peux pas mentir.

— Tu m'as pourtant menti…

— Non, Libby. Je suis parti sans te donner d'explication, c'est différent. Je n'ai jamais menti.

— Eh bien, si tu trouves ton attitude normale, pourquoi ne ferais-je pas la même chose ? Je vais simplement partir sans donner la moindre explication, voilà tout.

Elle parlait d'un ton clairement hostile, mais calme.

— J'ai le droit de m'en aller tout comme tu l'as fait toi-même, poursuivit-elle. La seule différence, c'est que *toi* tu sais pourquoi je pars. Libre à toi de le leur dire ou pas.

Il hocha la tête.

— Tu as raison. Je mériterais que tu le fasses.

— Oh oui, tu le mérites, et moi je mérite que tu m'aides à quitter ce yacht sur-le-champ.

Il aurait voulu pouvoir l'aider, mais c'était impossible.

— Je le ferais si je pouvais, mais…

— Rédige ce certificat médical, et je partirai. Ce n'est pas grave si Walter retarde d'une journée le départ du bateau. Tout le monde peut passer la nuit à bord, et vous quitterez le port au petit matin avec une nouvelle infirmière.

— Malheureusement, aucun retard n'est envisageable, car cela empêcherait Walter d'assister à la fête de fiançailles de sa nièce Sophia.

— Une fête de fiançailles ? Quelle fête ? dit-elle en se laissant tomber sur la couchette du bas. Je croyais qu'il s'agissait simplement de partir une semaine en croisière.

— C'est bien cela, mais il y aura une réception à Sainte-Lucie. Walter a amené de Londres sa cheffe préférée afin qu'elle s'occupe du buffet. Des invités vont venir des quatre coins du monde pour y assister.

— Ah, c'est donc cela ! On me met devant le fait accompli. Je suis forcée de rester.

— Je suis désolé, Libby.

Le visage de celle-ci prit une expression où se mêlaient colère et désespoir.

— Alors, me voilà piégée sur ce bateau et contrainte de travailler avec toi ? C'est tellement injuste ! Et tu le sais.

— C'est injuste, mais je trouverai un compromis. Je ferai en sorte qu'on ait à travailler ensemble le moins possible. Nous pouvons nous occuper de Walter séparément, et faire de même s'il arrive quelque chose aux autres passagers. Sauf en cas d'urgence, bien sûr…

Il s'interrompit, car il venait de recevoir un message sur son téléphone. Il le lut et se dirigea aussitôt vers la porte.

Avant de sortir, il se tourna vers Libby.

— Si tu es d'accord, nous pourrons fonctionner de cette façon durant toute la semaine.

Tandis que Daniel refermait la porte derrière lui, Libby se mordilla nerveusement l'intérieur de la joue, le cœur battant à tout rompre.

Devoir passer du temps avec lui n'était pas son principal souci. Elle pensait à Billy. Daniel ne pouvait pas se douter qu'elle avait eu un enfant de lui. Comment réagirait-il quand il l'apprendrait ? Croirait-il seulement que c'était bien son fils à lui ? Et même s'il pensait en être le père, s'en soucierait-il pour autant ? Jamais elle n'aurait pensé se trouver face à un tel dilemme.

Respirant profondément, elle tenta de retrouver son calme.

Elle n'avait pas le choix. Elle devait accepter les termes du marché qu'il lui proposait. Risquer des poursuites pour rupture de contrat était impensable. Lorsque Daniel l'avait quittée, elle avait eu le cœur brisé et avait même failli perdre la tête. Elle n'allait pas s'exposer aujourd'hui au risque de se retrouver à la rue et de ruiner son avenir. Si elle se mettait en danger en restant à bord, ce serait pire encore si elle partait.

Depuis presque quatre ans, elle s'était résignée à ne jamais revoir cet homme, à ne pas pouvoir lui apprendre qu'il avait un fils. Un petit garçon qui était son portrait craché, avec des yeux bleus, des cheveux noirs et une peau dorée de Méditerranéen…

Avait-elle le droit de cacher à Daniel qu'il avait un fils ? Le fait qu'il soit parti autrefois sans donner d'explication ni laisser d'adresse le privait-il du droit de connaître la vérité ?

Lorsqu'il avait disparu, elle n'avait eu ni les moyens financiers ni l'envie d'engager quelqu'un pour le rechercher et l'informer qu'il était devenu père. Mais maintenant, c'était peut-être le moment de le lui dire ?

S'il accueillait la nouvelle avec une totale indifférence, cela lui briserait le cœur une fois encore… Mais si elle le mettait au courant et qu'il décidait de prendre une place dans la vie de son fils, ne risquait-il pas de disparaître un jour sans crier gare, brisant cette fois le cœur de Billy ?

Elle avait besoin de temps pour réfléchir à ce qu'elle devait faire. À ce qu'il y avait de mieux pour Billy. C'était un petit être innocent dont l'intérêt l'emportait sur tout le reste. Une telle décision, susceptible de bouleverser sa vie, ne devait pas être prise à la légère.

Peut-être fallait-il interpréter la situation comme un signe du destin ? En passant une semaine sur le yacht, peut-être parviendrait-elle à mieux connaître Daniel, à voir quel homme il était réellement ? Elle avait devant elle une semaine pour tenter d'en apprendre plus sur lui. Cela lui permettrait de déterminer quelle était la meilleure solution pour Billy et de faire son choix en toute objectivité, sans se laisser dominer par des réactions émotionnelles…

La porte de la cabine se rouvrit lentement.

— Alors, que décides-tu ? demanda Daniel.

Il ignorait qu'elle avait deux décisions à prendre.

— En fait, dit-elle, le regard fixé sur le sol, je n'ai pas vraiment le choix. Pour moi, les dés sont jetés. Je dois rester.

— Merci, Libby. C'est mieux pour tout le monde.

— Nous verrons.

— Encore une chose : je suis désolé, mais tu vas devoir assister à la réunion d'information qui a lieu dans quelques minutes sur le pont arrière. C'est une procédure imposée par le règlement. Ensuite, je ferai en sorte qu'il y ait le moins de contacts possible entre nous.

Elle hocha la tête.

— Très bien. J'y tiens beaucoup, en effet. Débrouille-toi comme tu veux, mais arrange-toi pour qu'on n'ait pas à se voir souvent. Sinon, je quitterai le bateau à la première escale, et tu auras à expliquer pourquoi à Sir Walter.

4.

— Est-ce que tout va bien, Libby ? demanda Georgie en pénétrant dans la cabine. J'ai eu si peur en te voyant t'évanouir !

— Je crois que ça va, marmonna-t-elle, gênée. Peut-être n'ai-je pas bu assez, ce qui a pu me provoquer une chute de tension.

Le visage de son amie changea d'expression. Celle-ci referma la porte avec soin et se retourna vers elle comme si elles allaient partager un secret d'État.

— Libby, autrefois on se racontait tout, sans rien nous cacher. Nous étions comme des sœurs. Y a-t-il quelque chose que tu voudrais me dire ? À la façon dont le Dr Dimosa t'a regardée et dont il t'a parlé, il est clair qu'il se passe quelque chose entre vous. Et si c'est de l'histoire ancienne, la flamme s'est de toute évidence rallumée dans cette cabine.

— Mais non, il n'y a rien du tout, répondit Libby en se raidissant.

Elle sentait son pouls s'accélérer, mais cela n'avait rien à voir avec la renaissance d'une quelconque flamme. C'était dû simplement au choc d'avoir revu Daniel et de devoir prendre des décisions capitales.

— Ah, vraiment ? Rien du tout ? Pour commencer, il t'a appelée Libby, et ensuite il a dit : « C'est moi, Daniel. » Et comme si ça ne suffisait pas, il m'a demandé de sortir. Pourquoi l'aurait-il fait si ce n'était pour te parler en privé ? Il y a visiblement une histoire entre vous. Tu peux m'envoyer promener, mais je le sais très bien.

Libby soupira.

Elle avait trop d'estime pour Georgie pour persister dans son déni. Autant lui dire la vérité – enfin, en partie.

— Il y a quelques années, nous avons eu une aventure… Très brève. Mais c'est du passé.

— Je le savais ! s'exclama Georgie en venant s'asseoir près d'elle sur la couchette. Une aventure brève, peut-être, mais passionnée, c'est évident.

Libby ferma les yeux, dépassée par la situation.

Les questions de Georgie, même si elles partaient d'une bonne intention, la confrontaient à une réalité qu'elle avait du mal à gérer.

— C'est compliqué.

— Je suis désolée, Libby. Je ne voulais pas me montrer indiscrète. Tu n'es pas obligée de me répondre. J'ai oublié mes bonnes manières, et je te prie de bien vouloir m'excuser. À voir dans quel état tu es et ce qu'exprimait le visage de Daniel Dimosa, je comprends qu'il vaut mieux pour l'instant ne pas évoquer ce qui a pu se passer entre vous.

— Désolée, Georgie. Je ne suis pas prête à en parler. Plus tard, peut-être.

— Absolument, dit Georgie en la serrant dans ses bras. Tu me raconteras ça quand ce sera le moment pour toi.

— Merci.

L'affection que lui témoignait son amie était pour elle comme un rayon de soleil dans la tempête qui venait de la bouleverser.

— Ah, les hommes ! Apparemment, on ne peut ni vivre avec eux ni se passer d'eux, commenta Georgie.

Libby hocha la tête.

Elle savait qu'elle devait surmonter ses émotions et trouver la force de vivre cette croisière afin de prendre la décision la plus importante de toute son existence. Elle devait aussi faire le point sur ses sentiments envers Daniel. Étaient-ils bien morts et enterrés ?

— Puisqu'il faut assister à cette réunion d'information, mieux vaut ne plus penser à tout cela, dit-elle en se levant.

Le cœur battant, elle se dirigea vers la porte de la cabine, suivie par Georgie.

Quelques instants plus tard, elles arrivèrent sur le pont où le reste de l'équipage se trouvait réuni.

Le commandant de bord les accueillit avec un sourire.

— Bonjour, je suis le capitaine Mortimer, mais appelez-moi Eric.

Proche de la soixantaine, celui-ci n'était pas très grand. Il avait un air jovial, des cheveux coupés très court et les tempes grisonnantes. Il était vêtu d'un uniforme blanc avec des épaulettes et coiffé d'une casquette de capitaine, le tout marqué de l'insigne du *Coral Contessa.*

Visiblement, Sir Walter aimait le décorum. L'homme qui se tenait à côté du capitaine Mortimer – un gaillard blond plus jeune et légèrement plus grand – portait le même uniforme que son supérieur. Rien ni personne n'avait un air négligé sur ce yacht.

Le commandant de bord prit la parole.

— J'aurai le plaisir de diriger ce magnifique navire durant les huit prochains jours. Avec un peu de chance, nous aurons un temps superbe tout au long de la semaine. Nous prenons la mer cet après-midi, et pendant les trois journées à venir, nous traverserons la mer des Caraïbes. Au quatrième jour, nous ferons escale en Martinique. Vous verrez entre vous qui souhaiterait descendre à terre ce jour-là. Nous resterons à quai environ six heures pour permettre aux invités de faire le tour de l'île. À 17 heures, nous repartirons, dans le but d'arriver le lendemain à Sainte-Lucie vers 11 heures. Nous y resterons toute la journée et la nuit suivante. Ceux qui n'auront pu descendre à terre à la Martinique pourront se rattraper à Sainte-Lucie. Le sixième jour, nous lèverons l'ancre à 6 heures du matin, pour regagner Miami. Y a-t-il des questions ?

Libby écoutait le capitaine d'une oreille distraite, tant elle était perturbée par la présence de Daniel qui se tenait à quelques pas d'elle.

Elle avait l'impression de vivre un cauchemar et battait nerveusement des paupières dans l'espoir d'échapper à cette situation pourtant bien réelle. En même temps, elle ne pouvait s'empêcher de regarder dans sa direction. Elle était attirée par cet homme comme un papillon de nuit peut l'être par la flamme d'une bougie, au risque de se brûler les ailes.

Vêtu lui aussi d'un uniforme blanc qui contrastait avec sa peau bronzée, il se tenait près de la rambarde, le regard tourné vers la mer. Il restait un peu à l'écart, mais sans afficher ni froideur ni arrogance. Il avait plutôt l'air malheureux.

Elle aurait dû se réjouir de le voir si triste, mais il n'en était rien. L'homme qu'elle avait devant elle semblait en proie à une lutte intérieure, et cela la rendait perplexe.

Daniel, silencieux, regardait l'océan.

Jamais il n'aurait imaginé que sa dernière mission le confronterait à une telle situation, et pour la première fois depuis bien longtemps, il ne savait pas comment gérer ses propres sentiments. Il avait hâte de voir s'achever la semaine à venir, car il savait qu'elle allait être pénible à vivre pour lui comme pour Libby. Celle-ci avait tous les droits d'être en colère contre lui. Il s'était comporté avec elle de manière scandaleuse en ne lui fournissant pas la moindre explication.

Pour rien au monde il ne voulait laisser deviner aux autres que Libby et lui avaient été autrefois aussi proches l'un de l'autre qu'il est possible de l'être, ainsi limiterait-il au maximum ses contacts avec elle. Leur brève aventure n'aurait jamais dû avoir lieu. Pourtant, aujourd'hui encore, il regrettait de tout son cœur qu'elle ait dû prendre fin.

— À présent, dit le capitaine Mortimer, chacun de nous va se présenter. Puisque nous allons travailler et vivre ensemble pendant toute cette semaine, faisons en sorte de mieux nous connaître en racontant à tour de rôle une anecdote ou un détail intéressant nous concernant. Bon, vous savez qui je suis, alors pour commencer je vais laisser la parole à Steve, mon second.

— Merci, Eric. Je serai bref, car je ne veux pas vous lasser en vous parlant de mon enfance heureuse, de mes prouesses sportives au collège ou de mes nouveaux chiens, des goldens retrievers. Je m'appelle Steve Waterford. Je suis second depuis cinq ans, et c'est ma deuxième mission sur le *Coral Contessa.* J'ai grandi à Boston, et quand je ne suis pas en mer, j'y habite avec mes deux chiens : Boris, six mois, et Molly, trois mois, qui se nichent partout, y compris dans les tiroirs où je range mes caleçons.

Steve sourit et regarda son voisin de gauche.

L'homme leva les yeux au ciel, mais en affichant lui aussi un grand sourire. Il était barbu, avait le crâne rasé et portait de grosses lunettes de soleil.

— Peut-être avons-nous là un peu trop d'informations, Steve. Je m'appelle Laurence Mitchell, je suis ingénieur en chef, et je travaille depuis un peu plus de six ans sur des yachts et des bateaux de croisière. J'ai fait trois missions avec Eric et Steve. Je suis né à New York, où je vis quand je ne navigue pas.

Une grande femme blonde, elle aussi en uniforme, se présenta à son tour.

— Je suis Stacey Langridge, la commissaire de bord du *Coral Contessa.* C'est ma seconde croisière avec Eric, et j'ai souvent travaillé avec Steve, mais c'est la première fois que je me trouve sur ce bateau. J'ai grandi en Californie du Sud, près de Venice Beach, et à présent je vis à Miami. Je m'y suis installée il y a un an avec mon mari… Et il n'y a aucun chien dans ma vie, acheva-t-elle en riant, avant de se tourner vers Daniel.

Il prit à son tour la parole.

— Je m'appelle Daniel Dimosa, je constitue la moitié de l'équipe médicale.

N'ayant aucunement l'intention de confier des détails sur sa vie privée, il pivota vers Georgie pour qu'elle prenne le relais.

— Georgie Longbottom, se présenta-t-elle. Je viens de Grande-Bretagne, comme vous l'avez deviné à mon accent. Je tiens un restaurant à Londres et, à la demande de Walter, je serai pour la seconde fois cheffe de cuisine sur ce yacht. Un bienheureux hasard m'a fait retrouver ici ma meilleure amie de collège à San Francisco. Nous ne nous étions pas revues depuis des années, et cette semaine va nous permettre de rattraper tout ce temps passé loin l'une de l'autre.

Tout le monde se tourna vers Libby, y compris lui.

Il ne put s'empêcher de remarquer qu'elle semblait nerveuse et qu'elle évitait soigneusement de croiser son regard. Il la trouvait toujours aussi belle, avec sa chevelure flamboyante nouée en queue-de-cheval…

Daniel serra les poings, essayant de ne plus songer au passé.

Il ne pouvait pas revenir en arrière ni faire amende honorable. Libby était encore en colère et blessée, et elle avait toutes les raisons de l'être, même s'il avait cru qu'elle serait passée à autre chose après tout ce temps. Il était surpris de la réaction qu'elle avait eue en le voyant. Il aurait compris qu'elle se montre froide et distante, mais elle avait réagi d'une façon bien différente. Pourtant, comme il n'avait jamais repris contact avec elle, ni écrit ni téléphoné, il ne lui avait donné aucune raison de penser à lui.

— Mon nom est Elizabeth McDonald, mais je préfère qu'on m'appelle Libby. Je suis d'Oakland, à vingt minutes de San Francisco. Je suis infirmière, spécialisée à la fois dans les urgences et en cardiologie. Récemment, je me suis occupée de Sir Walter avant et après son opération du cœur, et c'est la première fois que je travaille à bord d'un bateau.

Tout le monde lui sourit, sauf lui. Tout le reste du tour de parole, il la regarda fixement, le cœur meurtri en songeant au passé, tout en sachant qu'il devait dominer ses sentiments.

— Bien, dit Eric, je crois que nous en savons maintenant un peu plus sur chacun d'entre nous, et beaucoup trop sur Boris et… Quel est le nom de l'autre chien, déjà ?

— Molly, intervint Steve. Et dire que j'avais l'intention de vous donner l'un de leurs chiots…

— Non merci, ce n'est pas nécessaire, répondit Eric en secouant la tête. En fait, ma femme n'apprécierait pas vraiment.

Bien, revenons à l'objet de cette réunion d'information. Vous connaissez déjà la plupart des éléments que je vais vous donner, mais le règlement veut que je vous rappelle tout cela, d'autant plus que certains parmi vous embarquent pour la première fois sur ce bateau. Les précédents voyages sur le *Coral Contessa* se sont déroulés sans incident, et j'espère qu'il en sera de même pour celui-ci. Nous nous trouvons à bord d'un bâtiment américain naviguant dans les eaux internationales. Tout l'équipage doit être disponible vingt-quatre heures sur vingt-quatre. Vous serez en service huit heures d'affilée, mais vous aurez en permanence avec vous un téléphone permettant de vous contacter à tout moment si c'est nécessaire. Steve et moi, nous ne vous appellerons qu'en cas d'urgence, si nous avons besoin de vous pour faire face à une situation donnée, par exemple pour aider à débarquer un passager malade ou blessé. J'ai besoin de savoir que je peux toujours vous joindre. Georgie parle le français et l'italien, Stacey l'espagnol, et moi-même je parle un peu le grec. Nous pourrons donc communiquer avec les invités de Sir Walter qui, d'après ce que je sais, sont de différentes nationalités. Ah, j'oubliais : Steve s'y connaît parfaitement en golden retriever. Mais sur ce voyage, nous aurons peu à faire appel à cette compétence particulière.

Tout l'équipage se mit à rire, à l'exception de Libby. Elle restait là, le regard dans le vide, incapable de réagir.

Daniel savait pourquoi : elle se sentait piégée. Même si ce n'était pas sa faute à lui, il en éprouvait un sentiment de culpabilité. De toute évidence, elle détestait devoir rester dans le même espace que lui, ce qui était compréhensible.

Il vit Georgie se pencher vers son amie et la prendre un instant dans ses bras.

Il existait, semblait-il, entre les deux jeunes femmes un lien profond qui n'avait pas faibli malgré des années de séparation. Il n'en était pas surpris. Libby n'était pas quelqu'un qu'on oublie facilement. Elle était simple, naturelle, compatissante, et dotée de bien d'autres qualités dont il ne souhaitait pas vraiment se souvenir, mais qui toutes lui revenaient en mémoire à la vitesse de la lumière.

5.

— Sir Walter et ses derniers invités vont arriver d'un moment à l'autre, annonça le capitaine. Son petit-fils et certains parmi les passagers ont déjà embarqué et sont dans leurs cabines. Nous partirons à 15 heures. D'ici là, profitez-en pour découvrir ce qui sera votre lieu de travail et votre foyer pendant quelques jours, et préparez votre voyage en parlant avec les membres de l'équipage qui connaissent déjà un peu le yacht.

Daniel, lui, en était encore à s'efforcer d'accepter la situation. Revoir Libby était pour lui un vrai choc. Il devait se rappeler que, une fois cette croisière terminée, ils ne se recroiseraient plus jamais. En fait, ils n'avaient rien en commun, tout les séparait. Il ne devait pas laisser les sentiments éprouvés autrefois revenir s'insinuer dans le présent. La situation restait la même : il ne pouvait pas vraiment faire amende honorable pour sa façon d'agir d'alors, et il ne voulait pas mentir à Libby ni lui faire encore du mal. Elle lui avait clairement fait comprendre qu'elle avait hâte de voir la semaine se terminer. Elle n'était là que parce qu'elle n'avait pas le choix.

Il aurait tant voulu que les choses soient différentes ! Mais le destin en avait décidé autrement.

L'équipage s'était dispersé, mais il avait besoin de parler avec Libby de la santé de Walter, et aussi du rôle qu'elle aurait à tenir sur le yacht. Ensuite, il ferait en sorte de tenir sa promesse et d'avoir avec elle un minimum de contacts, strictement limités au domaine professionnel.

— Libby, peux-tu rester un instant ? J'aimerais préciser quelques points avec toi, puisque c'est la première fois que tu travailles comme infirmière sur un bateau.

Elle se retourna, et il vit à l'expression de son visage à quel point l'idée lui déplaisait.

— Veux-tu que je reste, moi aussi ? proposa Georgie à voix basse.

— Non, ça ira, je te remercie. Je suis sûre qu'il n'y en aura pas pour longtemps. Je retournerai ensuite dans ma cabine.

— Cela ne prendra pas plus de cinq minutes, dit Daniel, montrant ainsi qu'il avait tout entendu.

Georgie s'en alla, les laissant une fois de plus en tête à tête.

Libby, les bras croisés, le regarda fixement.

— Libby, commença-t-il, je serai bref, mais je dois t'expliquer ce que nous avons à faire sur le yacht en ce qui concerne les soins à apporter à Walter et aux autres passagers.

— Je serai ravie de découvrir tout cela par moi-même, rétorqua-t-elle en marchant de long en large sur le pont.

— Bien sûr, mais il me paraît plus efficace que je te donne rapidement une vue d'ensemble, car nous ignorons comment l'état de santé de Walter va évoluer au cours des prochains jours. Ce que nous savons, c'est que nous devons nous occuper d'un homme approchant les quatre-vingts ans, qui vient de subir un triple pontage coronarien et qui se comporte comme s'il n'avait jamais mis les pieds dans un bloc opératoire. Nous avons toi et moi connaissance du fait qu'il ne s'est pas encore complètement remis de son opération, mais aussi qu'il est têtu comme une mule et qu'il est convaincu de mieux savoir que tout le monde ce qui est bon pour lui…

Il s'interrompit en voyant un jeune homme en uniforme s'approcher de lui.

— Je suis Stan, l'un des stewards. Je viens vous chercher parce qu'il y a sur le pont supérieur une jeune femme qui s'est fait une entaille à la tête. Une hôtesse est auprès d'elle. La blessure saigne beaucoup.

— Allons-y, dit Daniel en suivant le jeune steward.

— Je vous accompagne, déclara Libby.

Tous trois prirent l'escalier qui menait au pont supérieur.

La blessée, vêtue d'un short et d'un haut de bikini, était

allongée sur une chaise longue. Elle était couverte d'écorchures et de coupures sur les épaules, les bras et le visage. Une hôtesse se tenait près d'elle et pressait sur son front une serviette de toilette déjà rouge de sang.

— Savez-vous ce qu'il s'est passé, Rose ? demanda Daniel en lisant le nom de l'hôtesse sur le badge épinglé à son uniforme.

— Cette jeune fille s'appelle Natalie, c'est l'une des invitées de Sir Walter, et elle a fait une chute, répondit Rose. C'est l'un des mécaniciens qui l'a découverte. Il semblerait qu'elle soit tombée du mur d'escalade. Il n'y avait encore personne sur place. Visiblement, elle l'a grimpé sans s'équiper d'un harnais de sécurité. Je lui ai dit de ne pas bouger, car je pensais qu'elle s'était peut-être blessée à la nuque, et je lui ai donné les premiers soins. Je savais qu'elle devait rester tranquille en attendant que vous arriviez, car elle pourrait avoir besoin de porter une minerve, mais elle ne m'a pas écoutée. Elle s'est levée, puis elle s'est évanouie et est retombée sur cette chaise longue.

— Savez-vous si elle était consciente quand on l'a trouvée ?

— Non, elle avait perdu connaissance. Le mécanicien qui l'a découverte inanimée a cru qu'elle s'était fracassé le crâne et que la chute l'avait tuée. Pauvre homme ! Il est sous le choc.

Daniel prit une paire de gants jetables dans la trousse de premiers secours et les enfila. Libby l'imita avant de s'approcher de Rose.

— Je vais vous relayer, lui dit-elle en s'emparant de la serviette maculée de sang pour la presser contre le front de la blessée.

— Natalie, dit-il, je suis médecin, je m'appelle Daniel, et voici Libby, l'infirmière du bateau. Nous devons examiner vos blessures.

— Je n'ai rien de grave, marmonna la jeune femme. J'ai juste besoin de me nettoyer et de prendre un antidouleur pour ma tête… Tout ira bien, je vous assure.

— Je crois qu'il vous faut plus que cela, Natalie, dit Daniel d'un ton ferme.

Il se tourna vers l'hôtesse.

— Merci, Rose. Libby et moi prenons les choses en main.

En entendant cette phrase, Libby se sentit troublée.

Daniel l'avait si souvent prononcée lorsqu'ils travaillaient ensemble aux urgences. Ils formaient alors une bonne équipe. Tout le monde reconnaissait qu'ils faisaient de l'excellent travail. Si seulement ils avaient pu s'entendre aussi bien dans la vie privée…

— Nous n'avons même pas encore levé l'ancre, alors ça n'augure rien de bon pour la suite du voyage, dit Rose avant de s'en aller.

La blessée parvenait à rester assise, mais paraissait ressentir une gêne, elle se balançait légèrement sur la chaise longue. En l'examinant de plus près, Libby vit qu'elle avait de sérieuses écorchures aux coudes et aux genoux, et sa jambe gauche saignait. Son mocassin droit manquait. Elle jeta un coup d'œil alentour mais ne vit aucune trace de la chaussure.

— Je vais ôter la serviette que je presse contre votre front afin de pouvoir regarder la blessure, dit-elle à Natalie.

Celle-ci resta immobile tandis que Libby opérait.

La plaie, située au-dessus de l'œil gauche, était profonde et nécessitait des points de suture. Quelques mèches blondes s'étaient collées contre la coupure à mesure que le sang s'était coagulé. Apparemment, plus de temps qu'on ne l'avait d'abord cru s'était écoulé entre le moment de la chute et celui où l'on avait découvert la jeune femme gisant sur le sol.

— Le saignement semble s'être arrêté, dit Daniel, penché sur Natalie pour inspecter de près sa blessure.

En sentant le parfum musqué de son eau de Cologne, Libby eut aussitôt envie de s'éloigner de lui, mais cela lui était impossible. Elle soutenait la jeune femme et devait donc rester à son poste.

Elle inspira profondément pour tenter de retrouver son calme.

Ce n'était pas la colère qui faisait soudain battre son cœur plus vite, mais quelque chose dont elle avait oublié l'existence depuis longtemps.

— Elle a besoin de points de suture, déclara-t-elle d'un ton neutre qui ne révélait en rien son trouble intérieur.

— Je suis d'accord, répondit Daniel. Cependant, Natalie, comme cette blessure se trouve à un endroit bien visible sur votre visage, je vous conseillerais de faire appel à un spécialiste en chirurgie esthétique.

La jeune femme hocha la tête.

— Je vais juste prendre votre pouls, dit Libby.

— Pendant que l'infirmière McDonald s'occupe de vous, reprit Daniel, je vais vous poser quelques questions. Pouvez-vous me dire votre nom et votre date de naissance ?

— Natalie. Natalie… Martin.

Elle paraissait chercher ses mots.

— Quel âge avez-vous ? demanda Daniel en observant attentivement les réactions de la jeune femme.

— Dix-huit ans. Non… Dix-neuf ans.

Comme elle essayait de se toucher le front de ses doigts tachés de sang, il l'en empêcha avec douceur mais fermeté.

— Vos mains ne sont pas propres. Évitez de toucher votre blessure tant qu'on ne vous aura pas posé de pansement. Pouvez-vous nous dire quel jour nous sommes, et la date ?

— On est le lundi 10 juin.

Libby regarda Daniel.

La bonne réponse était le dimanche 11 juin. La patiente était lucide, mais encore un peu désorientée.

Daniel prit son stéthoscope.

— Natalie, avez-vous mal ailleurs qu'au front et sur les écorchures que vous avez sur les jambes ?

— J'ai mal un peu partout mais, si vous me nettoyez tout ce sang et que vous me donnez un antidouleur, cela ira très bien.

— Le pouls est à 70, annonça Libby.

— C'est bon ou pas bon ? demanda la jeune fille.

— C'est bon, répondit Daniel, mais il ne suffit pas d'avoir un bon pouls et de prendre un antidouleur, Natalie. Ce n'est pas aussi simple. J'ai besoin de savoir plus en détail comment vous vous sentez, car une chute pareille peut créer des problèmes qu'on ne voit pas immédiatement. Dites-moi si vous avez une douleur particulière, ou des contusions ?

Il continua de lui poser des questions. Visiblement, il ne croyait pas que la blessure au front était le seul dommage provoqué par la chute. Natalie ayant perdu conscience, il voulait approfondir son examen, et il y consacrait tout le temps nécessaire. Il avait toujours agi ainsi.

— Le plus douloureux, c'est ma nuque, répondit Natalie en bougeant la tête, lui imprimant un mouvement circulaire. Mais avec un petit verre ou deux ce soir, ça va passer.

— Vous feriez mieux de ne pas remuer la tête de cette façon, prévint Daniel. Et je vous rappelle que vous n'avez que dix-neuf ans, on ne vous servira aucun alcool sur ce bateau. Je vous en prie, essayez de rester tranquille et laissez-moi vous examiner.

Elle cessa de s'agiter tandis qu'il regardait de près l'arrière de son crâne.

— Comme je le soupçonnais, dit-il, je constate une légère dépression dans une petite zone de votre crâne. Pour savoir exactement ce qu'il en est, nous devons vous faire passer une radio. Vous allez devoir aller à l'hôpital, où vous serez mise en observation.

— Pendant combien de temps ?

— Au moins cette nuit. J'ignore de quelle hauteur vous êtes tombée et la durée de votre évanouissement. Ces deux points me causent du souci.

Libby commença à nettoyer la plaie puis posa une compresse.

— Je vais lui bander le front car je préfère ne pas lui mettre un pansement adhésif sur la peau, annonça-t-elle.

— Bien vu, approuva Daniel.

Sa main frôla la sienne alors qu'il maintenait le pansement en place le temps qu'elle prenne un bandage dans la trousse.

Malgré les gants qu'ils portaient tous les deux, elle avait senti la chaleur de cette main, et elle s'étonna de la forte réaction que ce bref contact déclenchait chez elle.

Leur patiente se montrait agitée, mais elle réussit malgré tout à lui poser la bande qui protégerait le pansement.

— Le chirurgien plasticien va-t-il venir à bord pour me voir ? demanda Natalie.

— Non, dit Daniel. En fait, je vais appeler une ambulance qui vous emmènera à l'hôpital. S'ils ont un chirurgien plasticien dans leur personnel, il vous prendra en charge. Sinon, ils vous enverront dans un autre établissement. Je ne connais pas les ressources de l'hôpital local.

— Je ne veux pas quitter le yacht, déclara Natalie d'une voix sourde. Je vais assister à la fête de fiançailles avec mon petit ami, Ernest. Vous savez, le petit-neveu de Walter, le propriétaire de ce bateau. Vous ne pouvez pas me forcer à partir.

— Je regrette, mais c'est exactement ce que je vais faire, et je vous garantis que Sir Walter sera d'accord avec moi. Vous ne pouvez pas rester à bord avec les blessures que vous avez. Vous devez être hospitalisée le plus rapidement possible pour subir un examen complet. Les blessures à la tête ne doivent pas être prises à la légère. Il y a un risque d'hémorragie interne. On vous fera passer un scanner et, selon les résultats, vous serez admise ou non dans un service de soins intensifs. Même si vous ne vous sentez pas trop mal en ce moment, cette blessure est à prendre au sérieux.

— Mais Ernest peut veiller sur moi et vous avertir si jamais il y avait un problème !

Daniel saisit son téléphone.

— Les complications peuvent très bien apparaître quand nous serons en pleine mer, dit-il. Et alors, il sera trop tard.

— Le yacht dispose d'un héliport. On peut m'évacuer sur le continent à n'importe quel moment.

— Il y a un héliport, mais pas d'hélicoptère. Si vous tombez brusquement dans le coma, il sera peut-être trop tard alors pour alerter les secours. Je ne veux pas vous faire courir un tel risque.

— Tomber dans le coma ? Vous êtes sérieux ?

— Oui, très sérieux. En cas de choc à la tête, il existe toujours un risque, même léger, de ce que l'on appelle un hématome sous-dural sur l'artère méningée moyenne ou sur l'une de ses branches, ce qui provoque une hémorragie interne. Tout cela n'est sans doute pour vous que du jargon médical mais, croyez-moi, cela peut devenir très grave. Ma priorité, Natalie, c'est votre santé et non votre vie mondaine. Vous ferez d'autres voyages avec Ernest. Mais, la prochaine fois, abstenez-vous de grimper sur un mur d'escalade non surveillé !

Dix minutes plus tard, Libby vit arriver les secours. Pendant qu'ils préparaient Natalie pour l'évacuer en toute sécurité vers le Western Miami General Hospital, Daniel leur fit un résumé de la situation et leur donna une copie des notes que Libby avait prises lors de l'examen médical de la blessée.

Ernest était venu dire au revoir à Natalie, mais il avait fait le choix de rester à bord. Libby vit à quel point la jeune femme était déçue, anxieuse et triste de devoir partir à l'hôpital sans lui. Son petit ami préférait rester avec sa famille plutôt que de l'accompagner. C'était dur à accepter, surtout à dix-neuf ans.

— Je vais conseiller un contrôle plus rigoureux de l'utilisation du mur d'escalade, poursuivit Daniel. Je suggérerai qu'on l'interdise tant qu'il n'y a pas une personne expérimentée pour le surveiller. J'interrogerai le chef des stewards pour évaluer le nombre de jeunes passagers qui pourraient être tentés de pratiquer l'escalade. Je ne crois pas qu'il y en ait beaucoup, mais je préfère vérifier.

— Tu as raison.

Elle admirait ses qualités de médecin et craignait que cela n'influence ce qu'elle ressentait pour lui en tant qu'homme. Cela avait déjà été le cas autrefois lorsque Daniel était arrivé aux urgences du Northern Bay General Hospital où elle travaillait. L'histoire risquait de se répéter.

C'était un médecin talentueux et compétent. Elle adorait travailler avec lui, car elle apprenait beaucoup et progressait dans son métier d'infirmière. Il prenait le temps de lui expliquer ses méthodes et ce qui l'amenait à établir des diagnostics, des pronostics et des traitements qui, parfois, pouvaient sembler peu conventionnels. Il était consciencieux et méthodique, ne laissant aucune place au hasard. Il était aussi beau et charismatique… Et depuis, rien n'avait changé.

S'il savait être à l'écoute des patients, il s'était montré en ce cas précis très ferme avec Natalie, ce qui était parfaitement compréhensible. Il voulait choisir la meilleure solution pour la jeune femme, sans se laisser apitoyer par ses protestations. Il lui importait peu de passer pour le « méchant » aux yeux de celle-ci, si cela devait lui sauver la vie – ou tout au moins empêcher qu'une vilaine cicatrice ne la défigure.

Toutes ces qualités professionnelles ne devaient pas lui faire oublier le comportement qu'il avait eu envers elle, comportement dont les conséquences avaient modifié radicalement le cours de sa vie. Elle sentait qu'il lui fallait se tenir à distance et s'échapper le plus rapidement possible, car elle ne pouvait se permettre de se laisser emporter par ses sentiments. Elle savait maintenant qu'elle devait plus que jamais garder ses distances avec lui.

Elle croisa les bras sur sa poitrine, exprimant par ce geste qu'elle estimait que sa tâche était terminée.

— Merci de ton aide, Libby, dit Daniel.

Elle hocha la tête et s'en alla sans lui adresser un mot de plus.

Lorsque Libby regagna sa cabine, elle trouva Georgie devant sa porte. Elle la fit entrer et, tout en se lavant les mains dans le minuscule lavabo, lui raconta brièvement l'accident de la jeune passagère.

— Je me demandais ce qui te retenait si longtemps sur le pont, lui dit son amie, appuyée au chambranle de la salle de bains. J'ai pensé que tu avais peut-être un tendre tête-à-tête avec Daniel.

— Hors de question ! Ce temps-là est bien fini. Il a eu des années pour essayer de me joindre et de m'expliquer ce qu'il s'était passé. Il ne l'a pas fait, et à présent je n'ai plus envie de savoir.

— C'est bien. Un de perdu, dix de retrouvés, dit le dicton. Et maintenant, si nous allions explorer un peu le yacht ? J'ai tout préparé en cuisine pour le dîner de ce soir, qui consistera en un buffet présentant des poissons et des produits de la mer. J'ai passé le relais aux deux autres cuisiniers pour qu'ils prennent les choses en main pendant que je m'accorde une heure de liberté. J'y retournerai pour mettre la dernière touche au buffet et préparer le dessert. En attendant, si nous allions nous asseoir dans un coin et profiter du soleil ? Walter ne m'en voudra pas. S'il est bien nourri – et il le sera –, c'est tout ce qui compte pour lui.

— Ça ne me tente pas trop, mais vas-y, toi. Je ne veux pas t'empêcher de te distraire.

Libby n'avait aucune envie de voir du monde. Elle se sentait comme prisonnière sur un luxueux pénitencier flottant et se demandait si elle allait pouvoir garder la tête froide au cours des jours qui allaient suivre. Malgré ce qu'elle avait dit à Georgie, elle n'avait pas cessé d'aimer Daniel Dimosa. Elle pensait à lui, à tout ce qu'ils avaient partagé… et au fils qu'ils avaient eu ensemble.

Le court moment où elle s'était occupée de Natalie avec lui avait ravivé ce qu'elle s'efforçait d'oublier depuis des années : les merveilleux souvenirs qu'il lui avait laissés, et la douleur et l'incompréhension qu'il avait provoquées chez elle en disparaissant brusquement sans explication.

Elle toucha machinalement son pendentif.

Sa seule raison de vivre, c'était son fils, et elle ne se sentait pas encore prête à livrer ce secret à Daniel. Il avait su lui faire perdre la tête, lui donner l'impression qu'elle lui était très précieuse, avant de s'évanouir dans la nature du jour au lendemain. Certes, Daniel était un médecin brillant, mais Billy méritait mieux que cela. Il méritait de connaître la stabilité et d'avoir un père aimant qui ne disparaisse pas sur un coup de tête.

Un autre problème se posait. Si Daniel apprenait qu'il avait un fils, peut-être voudrait-il en partager la garde. Or, elle ignorait où il habitait. Et elle ne se sentait pas la force de livrer bataille.

Elle avait besoin de temps pour décider s'il était préférable ou non pour Billy que Daniel fasse partie de sa vie, et si oui à quel moment elle devait annoncer à celui-ci qu'il était père.

Disposer d'une semaine pour prendre une telle décision paraissait bien peu. Daniel avait tant de choses à lui expliquer et à lui prouver ! Elle était convaincue que, s'ils ne s'étaient pas retrouvés par hasard sur ce yacht, jamais il n'aurait eu une pensée pour elle.

Comme elle aurait aimé éprouver la même indifférence à son égard !

— Tu ne peux pas vivre en ermite à cause de Daniel, dit Georgie d'un ton ferme. Nous nous connaissons depuis l'âge de seize ans, et tu n'as pas changé. Tu es une fille adorable, et je ne veux pas te voir t'enfermer à cause de lui.

— Ce n'est pas pour cela…

— Libby, nous savons toutes les deux que tu racontes des histoires. Tu te cherches des excuses pour ne pas sortir de ta cabine, mais je suis certaine que c'est lié à ce qu'il s'est passé entre Daniel et toi. Mais te cloîtrer ici ne sert à rien. Cela te fera juste passer à côté d'une expérience intéressante, celle de ton premier voyage sur un yacht.

— Je me cherche peut-être des excuses, mais c'est compliqué, Georgie… Pour être honnête, je crois que je suis encore sous le choc. Je n'avais pas imaginé le revoir un jour.

— Ton évanouissement prouve que le simple fait d'entendre son nom a été pour toi une énorme surprise, et une surprise désagréable. C'est toujours compliqué, les histoires avec les hommes. La plupart du temps, ils se débrouillent pour nous chambouler la vie.

— Tu ne crois pas si bien dire.

— J'avais deviné que ça ne s'était pas très bien terminé entre vous. Je te le redis, je ne veux pas me montrer indiscrète. Tu es libre de te confier à moi ou pas, mais moi je vais te raconter ce que je sais sur lui.

— Tu sais des choses ? Lesquelles ?

— Daniel est un très bel homme, et il pourrait avoir toutes les femmes qu'il voudrait, mais j'ai su par des membres de l'équipage qu'il est célibataire et qu'on ne lui connaît aucune aventure en mer, alors que les occasions ne lui manquent pas.

Qu'il s'agisse des employées ou des passagères, la plupart d'entre elles se jettent littéralement dans ses bras, mais lui garde toujours ses distances.

— Comment le sais-tu ?

— Les médecins qui travaillent en mer ne sont pas très nombreux. Stacey et l'un des cuisiniers se sont déjà trouvés avec lui sur des bateaux de croisière. C'est un petit milieu où tout le monde se connaît, et quelqu'un d'aussi beau que Daniel Dimosa, qui est aussi un bon parti, est la cible de bien des commérages. Sauf que les gens ne trouvent rien à dire sur lui. Il a sûrement de brèves aventures quand il se trouve à terre, mais cela se passe discrètement et sans drame. Il ne s'est jamais marié, et il ne parle pas de sa vie privée ni de sa famille, s'il en a une. Mais il est un excellent médecin et un bon collègue apprécié de tous. Voilà.

— Eh bien, cela constitue un bon stock d'informations, déclara Libby.

Elle était surprise et contrariée de voir la rapidité avec laquelle l'équipage du *Coral Contessa* avait fourni à Georgie tous ces renseignements sur Daniel. C'était une raison de plus pour qu'elle ne livre à personne son secret. À n'en pas douter, tout le monde serait vite au courant, et elle n'avait pas besoin de cela.

— Il est irréprochable. Cela le rend encore plus sexy… et fait presque de lui une célébrité, ajouta Georgie. On rencontre beaucoup de séducteurs en mer, mais lui n'est pas comme les autres.

Soudain, Libby sentit son anxiété revenir.

— Excuse-moi, Georgie, mais je ne veux pas en entendre davantage. Je n'ai pas envie de t'écouter énumérer toutes les qualités exceptionnelles de mon ex.

Celle-ci s'assit sur la couchette et s'appuya contre les oreillers.

— Je ne sais pas comment t'aider, Libby. Je t'ai dit ce que je savais afin que tu te sentes mieux. Comme je crois comprendre que tu aimes encore cet homme, j'ai voulu que tu saches que, malgré tout ce qui a pu se passer entre vous, c'est quelqu'un de bien, et que ton instinct ne t'a pas trompée lorsque tu es tombée amoureuse de lui.

Libby ferma les yeux, rêvant que, lorsqu'elle les rouvrirait, elle se retrouverait chez elle et non sur un yacht en partance pour les Caraïbes. Cette mission s'avérait un désastre. Elle aurait vraiment dû la refuser.

— Je sais que tu es animée des meilleures intentions du monde, et j'apprécie, mais je ne fais plus confiance à mon instinct.

— Alors, fie-toi au mien ! Allez, enfile ton maillot de bain et viens bronzer sur le pont. Il nous reste encore quelques heures avant qu'il ne soit accaparé par les invités de Sir Walter.

— Comme je te l'ai dit, tu peux y aller. Pour ma part, je préfère rester ici et appeler chez moi.

— Téléphone pendant que je mets mon maillot, et après, nous irons au moins faire un tour. Rester confinée dans ta cabine ne changera rien à la situation. Le soleil te fera du bien. Il t'aidera à te sentir de meilleure humeur et te changera les idées. Cela vaut le coup d'essayer. Nous allons nous détendre en buvant un cocktail de fruits – sans alcool, bien sûr, puisque nous sommes en service. Mais peut-être que, ce soir, nous pourrons nous offrir une coupe de champagne. Ce n'est pas si souvent que tu auras l'occasion de te retrouver en mer en compagnie de ta meilleure amie que tu n'as pas vue depuis plus de dix ans.

6.

— Le soleil n'est-il pas resplendissant ? lança Georgie. La vue est superbe, et nous n'avons même pas encore levé l'ancre ! Je crois que nous allons faire un délicieux voyage.

— Hum, répondit Libby d'un ton dubitatif tout en flânant sur le pont avec son amie, l'esprit ailleurs.

Elle avait parlé au téléphone avec Billy, puis avec sa mère. Tout se passait bien. Le petit garçon était sur le point de déjeuner, et ensuite il aiderait son grand-père à construire un lit en forme de voiture de course rouge vif. Il était si excité à l'idée d'y dormir qu'il ne s'était pas attardé au téléphone.

Voir que Billy était heureux et qu'elle ne lui manquait pas trop était un vrai soulagement.

Elle avait enfilé un short blanc et un T-shirt rayé bleu et blanc. Georgie avait choisi un maillot de bain à fleurs rose et vert, mais Libby n'avait pas l'intention de se dénuder autant. Savoir que Daniel était sur le bateau la mettait mal à l'aise, et par ailleurs le maillot que Bradley avait glissé dans sa valise était un bikini minuscule.

L'équipage s'affairait pour préparer l'arrivée des derniers invités et répondre aux exigences des passagers déjà à bord. Sir Walter se faisait encore attendre.

Elle ne l'avait pas revu depuis qu'il était sorti de l'hôpital, huit jours après son opération, et elle était impatiente de le retrouver. Si seulement cela avait pu se faire dans d'autres circonstances… Elle était incapable d'oublier ne serait-ce qu'un instant la présence de Daniel sur le yacht, et cela déclenchait en elle une réaction physique et affective qui la mettait vraiment mal à l'aise. Depuis quatre ans, jamais elle n'avait ressenti un tel chaos intérieur.

Georgie lui adressa un demi-sourire.

— Je vais me contenter de ton « hum » pour l'instant, mais j'espère te voir manifester plus d'enthousiasme demain.

— Désolée de te décevoir, Georgie, mais j'ai mes limites.

Cependant, Libby se sentit un peu coupable. Elle n'était guère aimable avec son amie, qui lui avait montré combien elle était heureuse de la revoir après toutes ces années. Elle était consciente qu'elle devait faire un effort et prendre sur elle. Après tout, même si c'était sous la contrainte, elle avait accepté de rester à bord durant les sept prochains jours… Ou plutôt six et demi, puisque la première journée était déjà bien entamée.

— Excuse-moi, Georgie. Cherchons un endroit où nous asseoir. Tu as raison, ce sera très agréable.

Après une heure passée à profiter du soleil et à bavarder à bâtons rompus en savourant chacune un délicieux jus d'ananas, elles se quittèrent. Georgie retourna en cuisine tandis que Libby regagnait sa cabine pour revêtir son uniforme.

Un steward l'arrêta au passage.

— Sir Walter vient d'embarquer, il veut vous voir.

— Je ne pensais pas qu'il arriverait si tôt. Je croyais avoir encore une heure devant moi, et je n'ai pas encore mis mon uniforme.

— Cela lui sera égal, j'en suis sûr.

Il la conduisit jusqu'à Sir Walter, qui était confortablement allongé sur une chaise longue, sur le pont à la proue du bateau. Quelques personnes l'entouraient, mais Daniel n'en était pas.

— Ah ! Bonjour, Elizabeth. Quel plaisir de vous revoir, ma chère ! J'espère que vous ne m'en voulez pas de vous avoir kidnappée pour quelques jours ?

— Bonjour, Sir Walter. J'en suis ravie.

Elle mentait, mais ce n'était pas la faute du vieil homme si elle aurait préféré être n'importe où ailleurs que sur ce yacht.

Elle voulait lui être agréable, et surtout ne pas lui gâcher le plaisir qu'il avait à entreprendre ce voyage en mer et à fêter les fiançailles de sa nièce.

— Je veillerai à ce que vous fassiez en sorte de vous rétablir complètement durant cette croisière, ajouta-t-elle.

Cette fois, ce n'était pas un mensonge. La santé de Sir Walter était sa première préoccupation, avant même le fait d'éviter Daniel.

— Nous verrons, répondit-il en riant. Vous savez, j'ai bien l'intention de profiter de la vie et d'oublier mes petits soucis de santé. Si j'ai envie d'un bon plat en sauce, eh bien, je le dégusterai avec grand plaisir. Et je déteste faire de l'exercice !

Elle savait qu'elle aurait du mal à le contrôler. De toute évidence, il y avait à bord du *Coral Contessa* deux hommes qui lui donneraient du fil à retordre. Elle devrait puiser dans ses réserves pour relever ce double défi.

— Maintenant que nous nous sommes revus, dit Sir Walter, pourquoi n'iriez-vous pas faire un tour pour explorer mon petit yacht ? Pendant ce temps, je vais rester ici avec mes amis. Je me sens fort comme un taureau, je n'ai pas besoin de vous.

— Vous êtes sûr ?

— Tout à fait sûr. Je sais que vous avez un téléphone sur vous. Si jamais mon cœur se mettait à flancher, quelqu'un vous appellerait, vous ou le médecin.

Elle laissa donc Walter en compagnie de ses amis et partit découvrir le navire.

Un ascenseur vitré desservait les quatre ponts, tous plus magnifiques les uns que les autres. La décoration faisait penser à celle d'un palace italien, comme ceux qu'on voyait dans les magazines. Le marbre blanc dominait, les meubles s'ornaient de dorures, et le plafond de la salle à manger d'honneur rappelait celui de la chapelle Sixtine.

Alors qu'elle passait à côté de l'une des deux énormes colonnes qui se dressaient près du bar, un steward appuya sur un petit panneau et, à sa grande surprise, la colonne s'ouvrit, laissant apparaître des étagères garnies de verres et de carafes en cristal.

Devant un tel décorum, un seul mot venait à l'esprit : « opulence ». Elle n'avait aucune idée du prix que pouvait valoir un yacht aussi luxueux, mais elle savait qu'elle possédait un bien beaucoup plus précieux. Un bien qui n'avait pas de prix. Son fils.

Après cela, elle se dit qu'elle en avait assez vu, et elle décida de regagner sa cabine pour prendre une douche et enfiler l'un des uniformes qui se trouvaient dans la penderie. Après avoir noué ses cheveux en un chignon bas, elle jeta un coup d'œil à son reflet dans le miroir fixé sur la porte de sa cabine.

Elle voulait donner d'elle une image professionnelle et montrer à tous qu'elle était là pour faire son job. Et le message s'adressait notamment à Daniel Dimosa.

Lorsque Libby rejoignit Walter, il tenait d'une main un cigare allumé et de l'autre un verre de whisky.

Elle ne put cacher sa déception et sa colère en le voyant boire et fumer, quand il lui avait été fortement recommandé à l'hôpital de se montrer très prudent tant qu'il ne se serait pas complètement remis de son opération.

— Sir Walter…, commença-t-elle d'un ton mécontent.

— Walter. Rappelez-vous que je vous ai demandé de m'appeler Walter, dit-il en riant.

— Très bien, je vous appelle Walter et, en échange, je vous demande de poser ce cigare et ce verre. Vous ne pouvez pas vous permettre de fumer ou de boire de l'alcool alors que vous venez d'être opéré du cœur.

Walter la regarda sans rien dire.

Elle se moquait bien d'être renvoyée. En fait, cela lui apparaîtrait comme une véritable bénédiction, mais ce n'était pas ce qui l'avait poussée à faire des remontrances à son patient. Tout ce qu'elle voulait, c'était le maintenir en vie et l'aider à recouvrer la santé.

— Je vais être directe avec vous, dit-elle en le regardant droit dans les yeux. Ce que vous faites est d'une grande imprudence, et vous le savez. Il y a à peine cinq semaines, vous avez subi une opération très lourde qui vous a sauvé la vie, et maintenant vous naviguez sur la mer des Caraïbes en fumant, en buvant de l'alcool et en vous conduisant comme un adolescent. Vous m'avez engagée pour être votre infirmière à bord de ce yacht, et ce que je vois, c'est que… vous vous comportez de façon stupide. Je ne vais pas rester là sans rien dire, comme si tout allait bien. Si vos artères se sont bouchées, c'est parce que vous consommiez trop de graisses animales, de sucre, d'alcool et de tabac, et que vous ne faisiez aucun exercice physique. Et voilà que vous recommencez !

Walter prit son temps avant de répondre.

— Je ne suis ni stupide ni imprudent en choisissant de passer en mer le temps qu'il me reste à vivre, jeune dame. Ce yacht et la mer des Caraïbes sont ce qui me rapproche le plus de Contessa, ma femme chérie aujourd'hui disparue. Elle était l'amour de ma vie, et si je dois partir durant cette croisière, elle sera avec moi, tout près. Je lui ai tenu la main quand elle est morte, et je sais qu'elle tiendra la mienne si je meurs sur ce bateau.

Il y avait tant d'émotion dans la voix du vieil homme qu'elle se sentit déconcertée. Des larmes brillaient dans les yeux de Sir Walter.

Elle décida de prendre un ton plus doux pour lui parler, tout en lui répétant avec fermeté ses conseils de prudence.

— Je comprends parfaitement ce que vous ressentez, Walter, mais rien ne vous oblige à mourir prématurément. Vous pouvez naviguer et vous sentir proche de votre chère épouse pendant encore de très nombreuses années, mais pour cela vous devez renoncer au tabac et à l'alcool.

— Eh bien, peut-être n'ai-je pas envie de vivre encore de

nombreuses années, répondit-il en détournant le regard. Peut-être que je me sens seul et fatigué, et que je préfère profiter pleinement du temps qui me reste, même si cela doit hâter ma fin.

— Pardonnez-moi de vous dire cela, mais je trouve que c'est très irrespectueux.

— Irrespectueux ? Envers qui ? lança-t-il d'un ton irrité.

— Envers les médecins et les infirmières qui vous ont sauvé la vie.

— Ils sont payés pour cela. C'est leur job, tout comme c'est le vôtre de prendre soin de moi cette semaine afin que je puisse fêter les fiançailles de ma nièce. Non pas que j'apprécie vraiment l'homme à qui elle a choisi de se fiancer, cependant je souhaite que, le médecin et vous, vous me gardiez en vie pour que je participe à cette journée.

Libby s'assit près de lui, sur un siège qui venait d'être libéré, l'un des membres de l'entourage de Sir Walter ayant préféré s'éclipser discrètement lorsque la discussion avait pris un tour plus vif.

— Et après ? demanda-t-elle. Que diriez-vous de vivre assez longtemps pour connaître leurs enfants, vos futurs petits-neveux et petites-nièces ? De les faire sauter sur vos genoux et de contempler leur adorable petite frimousse ? Cela ne vous tente pas ?

— Utiliser des enfants pour arriver à vos fins, j'appelle cela un coup bas, dit-il en posant son cigare dans un cendrier.

— Walter, je ne reculerai devant rien pour vous faire entendre raison. Vous avez survécu à une opération très lourde. Maintenant, il ne dépend que de vous de retrouver votre forme. Si vous suivez nos recommandations, rien ne vous empêche de devenir centenaire. Et comme vous êtes britannique, vous recevrez une lettre de la reine pour vous féliciter de votre longévité. Cela vous ferait plaisir, n'est-ce pas ? Vous pourriez faire encadrer cette lettre et l'exposer dans votre suite, ou bien peut-être derrière le bar pour que tout le monde puisse la voir.

— Voilà que vous utilisez Sa Majesté, à présent ! Jusqu'où irez-vous ? Vous n'avez pas honte, Libby ?

— Pas du tout. Dès lors qu'il s'agit de vous garder en bonne santé, je suis prête à tout.

— Eh bien, cette histoire de centenaire qui me vaudrait les félicitations de la reine ne tient pas la route. Si je dois fêter mon centième anniversaire, ce ne sera que dans vingt et un ans, et la reine ne sera plus là pour m'écrire cette fameuse lettre.

— Ce sera son successeur, alors. Peu importe qui signera le courrier venant du palais de Buckingham, pas vrai ? L'essentiel, c'est de faire en sorte que vous viviez assez longtemps pour connaître cela.

— C'est très gentil à vous d'y penser, mais j'ai bien conscience que, à partir d'un certain âge, le temps vous est compté. Ce serait déjà très beau si j'arrivais à mes quatre-vingt-dix ans. Alors, mes cent ans… En tout cas, j'ai décidé de profiter à fond des années qu'il me reste à vivre, et laissons faire le destin. Je ne vais sûrement pas demeurer assis dans un fauteuil et passer mes journées à regarder par la fenêtre, une couverture sur les genoux et une tasse de thé à la main.

— Malgré tout le respect que je vous dois, Walter, il y a un gouffre entre la vie dans une maison de retraite et le fait de fumer des cigares et de boire du whisky sur ce luxueux bar flottant.

De nouveau, Walter la dévisagea sans dire un mot. Il avait les lèvres pincées. Il ne semblait pas fâché, mais elle avait du mal à déchiffrer l'expression de son visage.

Soudain, elle sentit son estomac se nouer.

Était-elle allée trop loin ?

Elle avait vraiment de l'affection pour Walter. Il lui était impossible de rester là à le regarder ruiner bêtement sa santé, mais elle devait aussi se montrer professionnelle et ne pas dépasser les bornes avec lui. Sous ses airs bougons, le vieil homme était foncièrement gentil et généreux, et elle avait fini par s'attacher profondément à lui lors de son séjour à l'hôpital. Elle avait envie de le voir vivre le plus longtemps possible.

Sir Walter finit par esquisser un sourire.

— Je vous aime bien, jeune dame, dit-il en posant son verre

sur la table. Vous avez du cran. Certains diraient que vous êtes têtue, mais sachez que, moi aussi, je le suis. C'est grâce à cela que j'ai bâti mon empire. N'allez pas croire que je vais changer mes habitudes aussi facilement.

Elle avait craint d'être allée trop loin avec lui, mais le ton qu'il avait pris et le fait qu'il déclare qu'il l'aimait bien la rassuraient.

Elle se leva.

— Je relève le défi, Walter.

— De quel défi s'agit-il ? dit une voix derrière elle.

Libby se retourna.

Daniel était là, beaucoup trop près d'elle à son goût.

Sa présence déclencha aussitôt en elle ces réactions qu'elle détestait. Dès qu'elle le savait dans les parages, son cœur s'emballait, ses sens étaient en émoi, elle perdait la tête et se laissait emporter par ses émotions. Cela la terrifiait. Heureusement, elle parvenait à peu près à ne rien laisser paraître de ses pensées ni de ses sentiments.

— Il semblerait que Libby s'imagine pouvoir réformer mes habitudes qu'elle juge imprudentes. Elle veut me faire atteindre mes cent ans pour que je reçoive une lettre du palais de Buckingham, précisa Walter en lui adressant un clin d'œil. Mais j'essaye de lui faire comprendre que vouloir changer un homme est une entreprise vouée à l'échec. Une fois que nous avons quitté nos langes, aucune femme ne peut nous changer. C'est tout à fait inutile d'essayer. N'est-ce pas aussi votre avis ?

Libby ferma les yeux.

Les paroles de Walter l'atteignaient en plein cœur. Elle soupçonnait Daniel de ne pas être homme à vouloir changer. Il était satisfait de sa manière de vivre. En aimant les femmes pour ensuite les abandonner sans se soucier du mal qu'il faisait, ni des cœurs qu'il brisait.

— Je crois, Walter, que, en certaines circonstances et si l'enjeu en vaut la peine, un homme est capable de changer.

Cette réponse la déconcerta. « Si l'enjeu en vaut la peine » ? Que devait-elle comprendre ? Qu'elle-même n'avait pas valu la peine qu'il renonce à ses habitudes de coureur de jupons ?

Et qu'entendait-il exactement par « certaines circonstances » ? Elle avait les idées confuses et sentait la colère l'envahir. Bizarrement, elle s'en réjouit. La colère l'aiderait à contrôler la situation.

— Foutaises ! mugit Walter. Voilà bien les ravages commis par le politiquement correct ! Je n'ai aucunement l'intention de changer de comportement, aussi charmante et ravissante que soit celle qui me bombarde de conseils.

— La question n'est pas là, lança-t-elle, impatiente de redonner au débat un ton plus professionnel. Ce qui est en jeu ici, c'est votre santé, et donc la responsabilité de votre équipe médicale.

— Voyons si j'ai bien compris. Je vous paye tous les deux très correctement – sans parler de la confortable donation faite à l'hôpital de San Francisco – pour m'accompagner dans cette croisière, dans le seul but que vous m'empêchiez de m'amuser et que vous me fassiez des reproches chaque fois que vous en avez l'occasion ?

— Mais non, répondit Daniel en s'approchant. Walter, Libby et moi sommes ici pour que vous ayez toutes les chances de vous rétablir complètement. Vous devez comprendre que l'opération que vous avez subie ne vous guérit pas de votre maladie coronarienne. Elle vous offre une seconde chance, à condition de modifier votre façon de vivre. Si vous ne le faites pas, vous vous retrouverez très rapidement à la case départ et, cela, nous ne le voulons pas.

— Oh ! mon Dieu, je n'ai vraiment pas de chance ! Vous me servez tous les deux le même refrain, dit Walter, l'air dépité. C'est entendu, je vais faire un effort durant toute cette semaine mais, dès que vous serez partis, je reprendrai mes bonnes vieilles habitudes. Je ferai ce que vous me demanderez tous ces jours-ci, uniquement pour ne pas être harcelé à longueur de journée en stéréo.

Il se leva et s'étira.

— Maintenant, je vais aller prendre une douche et m'habiller pour le dîner. Georgie est en train de préparer l'un de mes desserts préférés, et j'ai bien l'intention d'en profiter. J'accepte de renoncer aux cigares et au whisky, mais pas à un plat qui me ferait envie. Et si jamais l'un de vous deux essayait de m'en empêcher, je n'hésiterais pas à le jeter par-dessus bord !

Daniel eut un sourire en coin en regardant Sir Walter s'éloigner, suivi de sa petite cour.

Restée seule avec Daniel qui s'était mis à contempler la mer, Libby décida de partir à son tour. Il lui paraissait dangereux de prolonger ce tête-à-tête. Le soleil était sur le point de se coucher, créant un cadre bien trop romantique à son goût. Elle savait que, en dépit de toutes les questions demeurées sans réponse et de la colère qui bouillonnait en elle, elle risquait de se montrer vulnérable. Pas question de refaire les mêmes erreurs qu'autrefois. Il y avait trop de choses en jeu, aujourd'hui.

— Je t'en prie, Libby, ne t'en va pas. Je sais que je t'ai promis de trouver un moyen pour que nous ne passions pas trop de temps ensemble, mais peut-être pourrions-nous quelquefois nous asseoir et parler ? Je garde un merveilleux souvenir de l'époque où nous le faisions.

— Pas assez merveilleux pour te pousser à reprendre contact avec moi durant ces quatre dernières années, riposta-t-elle d'un ton glacial, avant de tourner les talons.

7.

— Veuillez entrer, je vous prie, monsieur Hudson, dit Libby.

Elle s'effaça pour laisser passer l'homme qu'elle avait invité à la suivre jusqu'à l'infirmerie installée sur le yacht.

— Avec plaisir, répondit-il. Mais vous pouvez m'appeler Maxwell.

Elle retint son souffle.

En lui parlant, Maxwell Hudson lui avait jeté un regard bizarre, fixant non pas ses yeux, mais sa bouche.

Peut-être était-il dur d'oreille et lisait-il sur les lèvres ? Certains patients âgés dont elle avait eu à s'occuper procédaient de cette façon. Mais l'homme semblait ne pas avoir plus de cinquante ans. Il n'était pas très grand, plutôt trapu, et montrait un début de calvitie. En fait, il était assez difficile de lui donner un âge.

— Asseyez-vous, je vous en prie, dit-elle en lui indiquant la chaise qui se trouvait à côté du bureau.

Elle passa dans la petite salle de bains dont disposait la cabine faisant office d'infirmerie.

— Le médecin n'est pas disponible pour le moment, reprit-elle en se lavant les mains, mais je peux prendre quelques notes et voir quel est le problème. S'il s'agit d'une urgence, j'appellerai le Dr Dimosa. Il n'est pas très loin.

— Oh ! c'est sûr ! Il ne peut pas aller bien loin – nous sommes sur un bateau. À moins qu'il ne saute par-dessus bord, et dans ce cas, il n'y aurait plus que vous et moi.

Elle trouva ses propos étranges et se sentit mal à l'aise. Sa gêne s'accrut encore devant le regard qu'il lui lança quand elle réapparut dans la cabine.

— Je plaisantais, dit-il en ricanant, un sourcil levé. Je suis sûr qu'il ne se jetterait jamais à la mer, du moins pas tant que vous-même serez à bord du yacht.

Bien décidée à ne pas se laisser impressionner et à rester professionnelle, elle fit semblant de ne pas comprendre les sous-entendus déplacés de son patient.

— Quel est votre problème ? demanda-t-elle d'un ton neutre.

Maxwell la regardait fixement, sans rien dire, le sourcil toujours levé.

— Est-ce que tout va bien, monsieur Hudson ?

— Appelez-moi Maxwell. C'est moins cérémonieux.

— Eh bien, Maxwell, asseyez-vous et dites-moi quel est votre problème.

Il s'assit sans la quitter les yeux.

— C'est mon dos. Je me suis endormi au soleil, et maintenant ma peau me brûle.

— Je vois. Veuillez ôter votre chemise pour que je puisse vous examiner.

Maxwell commença à déboutonner sa chemise imprimée de palmiers et de flamants roses. Les yeux braqués sur Libby, il fit mine de se dévêtir en singeant les gestes d'un chippendale, défaisant lentement chaque bouton.

Le malaise de Libby ne fit que s'accroître.

— Je ne vous vois aucune alliance au doigt, jolie dame.

La tournure que prenait la conversation était très claire, mais le meilleur moyen de refroidir les ardeurs de Maxwell Hudson était de les ignorer.

— Il fait si beau que je suis sûre que vous avez hâte de rejoindre vos amis, alors regardons ce coup de soleil, dit-elle en enfilant des gants en latex.

Elle avait pris un ton courtois et professionnel pour bien montrer qu'elle n'entendait pas répondre à ces questions indiscrètes sur sa vie privée.

— Je préfère rester dans cette cabine avec vous, déclara l'homme.

Il sentait le whisky et l'huile solaire. L'odeur qui émanait de lui était aussi déplaisante que sa personne.

Elle prit une profonde inspiration.

— J'ai beaucoup à faire, alors finissons-en.

— Ce doit être triste de ne pas pouvoir faire la fête avec les autres ?

— Je suis ici pour travailler. C'est la seule raison de ma présence à bord, et veiller sur la santé de Sir Walter suffit amplement à m'occuper.

— Lorsque vous aurez fini votre journée de travail, venez donc sur le pont pour profiter un peu du soleil avec moi.

— Je suis de service vingt-quatre heures sur vingt-quatre. Maintenant, s'il vous plaît, tournez-vous pour que je puisse examiner votre coup de soleil.

— En fait, ce n'est rien de grave. Je suis venu ici pour vous voir.

Sa bouche se tordit en un sourire malsain qui alerta Libby. Elle avait redouté le pire, et le pire était en train de se produire.

— Alors, restons-en là, dit-elle.

— Pas si vite.

L'homme se leva et, s'approchant tout près d'elle, lui saisit le poignet.

— Je vous ai vue hier près de la piscine. Vous étiez assise avec votre amie, vêtue de votre petit short moulant, et je me suis renseigné sur vous. Il semblerait que vous soyez célibataire… et disponible.

Elle tenta de se libérer, mais l'homme se rapprocha encore. Elle sentait son souffle chaud dans son cou. Il empestait l'alcool.

— Laissez-moi tranquille, maintenant, dit-elle froidement.

Elle réussit à se dégager et alla aussitôt à l'autre bout de la pièce. La panique commençait à la gagner. Elle se trouvait seule dans la cabine avec un homme ivre et lubrique.

— Allons, ne jouez pas les effarouchées ! Le médecin n'est pas là, il n'y a que vous et moi. Tous les autres sont sur le pont, très loin de nous. Alors, montrez-vous gentille.

La situation était devenue dangereuse. Elle sentit les battements d son cœur s'accélérer, se demandant si elle devait se battre ou s'enfuir.

— Allez-vous-en, cria-t-elle, tâchant de dominer sa peur.

— Oh ! Nous savons tous les deux que vous avez accepté ce job dans l'idée de prendre du bon temps. Sinon, vous seriez restée sur la terre ferme, ajouta-t-il en commençant à déboutonner son short. Et moi, je peux vous faire passer un bon moment, là, maintenant. J'ai tout mon temps pour conclure l'affaire.

Alors qu'il s'approchait, la porte s'ouvrit. Il parut n'y prêter aucune attention, continuant d'essayer maladroitement de se débarrasser de son short.

Daniel se tenait sur le seuil. En deux enjambées, il rejoignit l'homme, l'attrapa par les épaules et le secoua dans tous les sens.

Jamais elle ne l'avait vu dans une telle rage. Cela l'effraya, et en même temps la rassura.

— Ne parlez plus jamais de cette façon à une femme, gronda-t-il.

Maxwell Hudson se redressa et le toisa avec arrogance.

— Du calme, mon gars. Retournez donc faire votre travail de steward. Tout va bien. Cette jeune personne est ravie de bavarder avec moi.

— L'infirmière McDonald n'en a que faire de vous. Elle vous l'a clairement exprimé. Maintenant, allez-vous-en.

— Du calme ! Tout va bien.

— Partez ! Immédiatement.

— Essayez donc de me mettre dehors ! lança Hudson.

Il commença à se balancer d'un pied sur l'autre, l'air furieux, faisant mine de vouloir boxer.

Comme Daniel le poussait vers la porte, l'homme tenta de lui donner un coup de poing dans les côtes.

— Daniel, attention ! prévint Libby d'une voix angoissée.

Daniel esquiva le coup.

— Ne soyez pas stupide, dit-il. Allez-vous-en avant d'être blessé.

— Par qui ? Par vous ? dit l'autre en ricanant.

De nouveau, il tenta de boxer Daniel, et cette fois il le toucha à l'estomac.

Contraint de passer à l'action, Daniel attrapa le bras de son agresseur et le lui tordit dans le dos jusqu'à le faire tomber par terre, puis il l'immobilisa en lui appuyant solidement son genou sur le dos.

— S'il te plaît, Libby, compose le 9 et demande au capitaine d'envoyer son second et un steward pour s'occuper de ce type. Je réclamerai qu'on l'expulse du yacht dès que nous arriverons au port demain matin.

Elle téléphona aussitôt et expliqua la situation au capitaine. En se retournant, elle vit que Maxwell Hudson, toujours cloué au sol par Daniel et incapable de faire un geste, avait le visage congestionné et marmonnait des propos inaudibles, le regard meurtrier.

Peut-être regrettait-il son comportement ?

Peu importe. C'était un prédateur, et elle était soulagée de savoir que Daniel comptait lui faire quitter le bateau. Alcoolisé ou non, cet homme représentait un danger potentiel qu'il convenait d'écarter.

— Vous ne pouvez pas m'expulser !

— Non seulement je peux, mais je vais le faire, répliqua Daniel. Je vais en parler tout de suite à Walter.

— Mais je fais partie de la famille. Il ne me fera pas descendre à terre. C'est vous deux qui vous ferez renvoyer pour m'avoir traité de cette façon.

— Je ne crois pas, mon gars. Vous êtes une vraie menace pour toutes les femmes qui se trouvent à bord, et il n'est pas question que vous poursuiviez cette croisière.

Le second et deux stewards arrivèrent quelques instants plus tard.

— Il y en a toujours un qui boit trop et qui dépasse les bornes, dit le second. Nous nous chargeons de lui, à présent. Je suppose que vous allez parler de cela au capitaine ou à Sir Walter. Mais ce type fait probablement partie de la famille, et il sera difficile de se débarrasser de lui. S'il reste à bord à la prochaine escale, nous n'aurons qu'à le suivre à la trace chaque fois qu'il sortira de sa cabine.

— Je me moque de savoir qui il est, il va quitter ce bateau. Il n'y a pas de « si » ni de « mais » qui tiennent, il s'en ira.

Contrecarré dans ses projets de la séduire et humilié d'avoir été si facilement jeté à terre, Hudson avait cessé de protester. Il gisait sur le sol, recroquevillé sur lui-même, tandis que Daniel contrôlait clairement la situation. Mais Libby était consciente que, sans ce dernier, les choses auraient pu mal tourner.

Dire qu'elle se sentait rassurée et protégée par l'homme qu'elle avait voulu détester !

Quand la porte se fut refermée sur le solide trio qui la débarrassait de l'indésirable Maxwell Hudson, Libby risqua un regard vers Daniel.

Ses yeux bleus la fixaient avec une telle intensité qu'elle eut l'impression qu'il lisait en elle, devinant tous ses secrets. C'était à la fois stressant et rassurant.

— Est-ce que tout va bien, Libby ? demanda-t-il d'une voix teintée de tendresse.

Il semblait sincèrement inquiet.

Il avait toujours le même regard qu'autrefois. Ses yeux étaient comme deux morceaux de cristal d'un bleu éclatant, mais il émanait d'eux un tel feu qu'elle se sentit fondre. Et ils ressemblaient tellement à ceux de son précieux petit garçon qu'elle en eut le souffle coupé.

— Je… Je vais bien, réussit-elle à dire.

— Je n'en suis pas si sûr, répliqua-t-il, avant de s'approcher et de la prendre dans ses bras.

Elle aurait voulu lutter, le repousser, mais elle s'en révéla incapable. Au contraire, elle se blottit contre sa poitrine, heureuse de sentir sa chaleur et la force de ses bras qui l'enlaçaient.

C'était tout ce dont elle avait besoin en cet instant précis. Le passé n'existait plus, et elle ne pensait pas à l'avenir. Elle voulait juste rester dans les bras de Daniel le plus longtemps possible.

C'est alors que quelqu'un frappa à la porte restée ouverte.

Ils se retournèrent tous les deux et virent Sir Walter qui se tenait sur le seuil de la cabine en compagnie du chef des stewards. Daniel et elle reculèrent aussitôt d'un pas pour créer une distance entre eux.

— On m'a raconté ce qu'il s'est passé, Libby, dit le vieil homme. Je suis vraiment désolé, ma chère. Est-ce que ça va ?

— Je… Oui, je vais bien, merci, répondit-elle d'une voix tremblante.

Elle était sous le choc de ce qui avait failli se passer avec Hudson, et tout autant troublée par son étreinte avec Daniel.

— Il semblerait que ce soit grâce à notre médecin.

— Oui.

Elle jeta un bref coup d'œil à Daniel, qui la couvait toujours d'un regard inquiet.

Elle en eut le cœur déchiré. Il lui était venu en aide malgré la façon dont elle lui avait parlé la veille et dont elle l'avait repoussé.

— Vous êtes forte, Libby, poursuivit Sir Walter. Je le savais déjà, mais ce que vous venez d'affronter n'est pas quelque chose d'anodin. Maxwell quittera le bateau demain matin. Le capitaine a appelé les gardes-côtes, qui viendront chercher ce gredin à la première heure, et ce qu'ils feront de lui, franchement, je m'en moque. Si cela ne tenait qu'à moi, je le jetterais volontiers par-dessus bord ! Je ne l'ai jamais aimé, mais son mariage l'a fait entrer dans notre famille il y a des années déjà, et nous n'avons jamais pu nous débarrasser de lui. Eh bien, maintenant, c'est fait. Et pour de bon.

— Merci, Walter.

— Ne me remerciez pas, Libby. Remerciez plutôt Daniel, votre preux chevalier, qui a volé à votre secours. À présent, vous devez vous reposer. Vous n'aurez pas à vous occuper de moi durant le reste de la journée. J'ai dit au steward de boucler Maxwell dans sa cabine. S'il essaye de s'en échapper, la consigne est de l'enfermer dans un placard à balais… ou ailleurs, peu importe. Ils peuvent bien l'attacher sur un jet-ski si ça leur chante, pour ma part, je n'y verrai aucun inconvénient. Nous allons le laisser décuver jusqu'à ce qu'il quitte le yacht, demain matin. Je serai ravi de le savoir parti. Il s'est très mal conduit pendant des années, mais là il a dépassé les bornes. Je regrette simplement qu'il soit resté assez longtemps pour vous importuner, Libby.

— Ce n'est pas votre faute, personne ne pouvait savoir.

— Peut-être mais, pour autant, je vais essayer d'effacer ce mauvais souvenir en faisant transporter vos bagages dans l'une des suites restées libres sur ce pont.

— Ce n'est pas la peine, vraiment.

— Si, bien au contraire. Un homme a essayé de vous agresser, et il serait parvenu à ses fins si Daniel n'avait pas été là pour vous sauver. La suite que vous allez occuper est voisine de celle de Daniel, je pense que cela vous rassurera de le savoir près de vous.

Sur ces mots, Walter et le chef des stewards quittèrent la cabine.

Libby se mordilla la lèvre, les yeux fixés sur la porte refermée.

Sa suite serait proche de celle de Daniel ? Elle n'était pas sûre que ce soit là une bonne idée. Pour personne.

— Je suis vraiment désolé de ce qu'il s'est passé, commença Daniel.

— Tu n'as à t'excuser de rien, le coupa-t-elle. Je… Je ne sais pas ce que j'aurais fait si tu n'étais pas arrivé.

— N'y pense plus, Libby. C'est terminé, il n'est plus là. Tu vas pouvoir te détendre durant le reste du voyage.

— Mais comment as-tu pu arriver aussi rapidement ?

— J'étais juste devant la cabine.

— Depuis quand ?

— Une minute ou deux après que vous y êtes entrés tous les deux…

Il se passa la main dans les cheveux.

— Je sais que tu préfères que je me tienne à l'écart, et je ne t'en fais pas le reproche. Je le comprends très bien. Mais j'avais déjà vu ce type manquer de respect aux femmes de l'équipage. Je connais bien ce genre de bonhomme. Je savais qu'il pouvait créer des problèmes. Je voulais en parler ce soir à Walter mais, quand j'ai appris qu'il demandait à te voir pour un problème médical, je suis resté à proximité. Non que je mette en doute ta capacité à gérer une situation difficile, car je t'ai déjà vue faire face à des cas épineux aux urgences, mais là c'était différent. Tu étais seule avec lui, et cela pouvait tourner mal. Lorsque tu as élevé la voix, j'ai compris que je n'avais d'autre choix que d'entrer dans la cabine malgré tes consignes.

Elle lui lança un regard penaud.

Il n'était plus l'homme qui lui avait brisé le cœur, mais son beau protecteur. Son désir de se retrouver dans ses bras s'intensifia encore.

— Je suis heureuse que tu l'aies fait, dit-elle doucement.

Daniel la regarda sans rien répondre, et elle sentit son cœur s'emballer.

Tous les sentiments qu'elle avait enfouis refaisaient surface, et elle ne savait pas comment empêcher cela. Ni même si elle avait envie d'essayer. Le désir ardent de se blottir contre lui la submergeait. Soudain, elle ne voyait plus Daniel comme l'homme dont elle était tombée amoureuse bien des années auparavant, mais comme celui qui s'était emparé de son cœur. Et la façon dont il la regardait en cet instant l'amenait à penser qu'il n'avait peut-être pas oublié tout ce qu'ils avaient partagé.

Il y avait beaucoup de questions qui demandaient des réponses… Mais avait-elle envie de connaître ces réponses maintenant ? Ils avaient une semaine devant eux pour revenir sur le passé. C'était sans doute une idée stupide, mais elle avait envie de se laisser guider par son cœur, non par sa raison.

Elle avait l'esprit si confus, en ce moment ! L'adrénaline était encore là, mais il s'y ajoutait autre chose. L'impression d'être enveloppée d'une douce chaleur. D'être en sécurité. Le sentiment de vivre quelque chose qu'elle ne parvenait pas à définir, mais qui lui avait manqué.

Daniel Dimosa lui avait manqué.

Daniel ne quittait pas Libby des yeux. Il pouvait sentir le doux parfum de sa peau. Il l'aurait reconnu entre mille. C'était l'odeur de la femme qu'il aimait. Il ne l'avait jamais oubliée. Il la désirait de tout son être. Il brûlait d'envie de la prendre dans ses bras et de la porter jusqu'à son lit. Il voulait faire l'amour avec elle…

Mais il ne pouvait pas, pour bien des raisons. Elle était vulnérable, et il savait qu'ils ne pourraient être ensemble que quelques jours. Libby méritait mieux que cela. Elle méritait d'avoir un homme qui fasse partie de sa vie de façon durable. Et lui ne pouvait pas être cet homme-là. Il devait faire marche arrière, car bientôt il s'en irait de nouveau…

Il s'écarta, luttant contre un violent désir de s'emparer de ses lèvres.

— Puisque tout va bien, dit-il, la voix rauque, je ferais mieux de partir.

Non, ils ne pourraient jamais plus être proches l'un de l'autre. C'était impossible. Agir autrement, ce serait profiter de la situation. Du besoin qu'avait Libby d'être réconfortée après ce qu'elle venait de vivre. Et cette fois, s'il faisait l'amour avec elle, il n'aurait aucune excuse pour l'abandonner ensuite. Ce serait impardonnable.

Il devait accepter son destin, et il aimait trop Libby pour l'entraîner dans la vie qui l'attendait. Elle méritait de connaître autre chose.

Avant de franchir la porte, il se retourna.

— Je suis désolé de ce qui s'est passé aujourd'hui, Libby.

Fais-moi confiance, ce type s'en ira demain matin. Tu n'auras plus jamais affaire à lui.

Libby se laissa tomber sur un siège, désemparée.

Daniel s'en allait. C'était exactement ce qu'elle lui avait demandé de faire, mais c'était avant qu'elle ne se retrouve de nouveau dans ses bras. Avant qu'elle ne découvre à quel point elle s'y sentait bien.

Et qu'elle désirait davantage.

Son beau chevalier, son sauveur, l'avait quittée une fois de plus. Elle se sentait idiote d'avoir nourri de vains espoirs et d'avoir été tentée, ne serait-ce qu'un bref instant, d'emprunter de nouveau le chemin qui lui avait broyé le cœur durant des années.

En refermant la porte de la cabine, Daniel avait refermé aussi la porte sur ses rêves. Rien ne serait jamais possible entre eux.

Elle soupira.

Jamais plus elle ne se montrerait aussi sotte. De toute évidence, elle ne représentait rien pour lui. Sinon, il ne serait pas parti en la laissant là comme si elle avait été une étrangère à qui il aurait porté secours. Comme si elle n'était pour lui qu'une collègue. Et non une amoureuse avec qui il avait fait l'amour, même si cela remontait à très, très longtemps.

Mais alors, pourquoi le destin les avait-il fait se croiser de nouveau pour quelques malheureux jours ? Était-ce pour qu'elle prenne enfin conscience qu'il n'était pas l'homme qu'il lui fallait ? Pour qu'elle n'oublie pas ce qu'il lui avait fait et qu'il était parfaitement capable de refaire aujourd'hui ?

Elle leva le menton.

C'était surtout pour lui rappeler qu'elle était une femme forte, une mère et une infirmière, et qu'elle n'avait pas besoin d'être autre chose. Elle n'avait pas besoin de Daniel Dimosa, et elle avait cinq jours pour se le prouver.

Cinq jours aussi pour découvrir quel homme il était vraiment et s'il méritait d'avoir une place dans la vie de son fils.

En proie à des idées sombres, Daniel regagna sa cabine et ferma la porte derrière lui.

Il n'avait d'autre choix que de se tenir à distance de Libby. À vrai dire, il se sentait sur le point de craquer et de tout lui dire. De lui expliquer que, s'il l'avait pu, jamais il ne l'aurait quittée. De lui raconter ce qui l'avait forcé à partir alors qu'il aurait tout donné pour rester avec elle.

Mais c'était impensable. Il devait continuer à se taire. Sa seule défense était de demeurer aussi loin que possible de Libby et de verrouiller son cœur.

Il alla dans la salle de bains se passer de l'eau sur le visage et, en voyant son reflet dans la glace, il se rendit compte à quel point il était troublé.

Libby McDonald était toujours dans son cœur, et à présent elle se trouvait tout près de lui. Elle serait encore plus proche cette nuit, puisque leurs cabines seraient voisines. Seule une mince cloison les séparerait.

S'éloignant du miroir, il se rendit sur son petit balcon.

Le regard fixé sur le bleu de la mer, tout ce qu'il voyait, c'était le ravissant visage de Libby.

Pourquoi fallait-il que le destin les ait fait se retrouver, si c'était pour leur interdire tout rapprochement ?

Plus tard, allongé dans son lit mais incapable de trouver le sommeil, il se remémora la première fois où il avait posé les yeux sur Libby McDonald au Northern Bay General Hospital de San Francisco.

Occupant à titre temporaire le poste de médecin chef aux urgences, il avait été immédiatement fasciné par la beauté de la jeune infirmière rousse, qui montrait une efficacité remarquable pour tout gérer autour d'elle. Tandis qu'elle courait d'un box à l'autre, il avait été frappé par la douceur de son visage et la gentillesse de son regard. L'attention et la bienveillance dont elle faisait preuve avec les patients et leurs proches étaient vraiment exceptionnelles.

À mesure que les jours s'écoulaient et qu'il passait de plus en plus de temps à travailler avec elle, il avait pu apprécier aussi ses extraordinaires qualités professionnelles. Elle dirigeait les nouvelles infirmières du service comme si elle faisait cela depuis des dizaines d'années, alors qu'elle devait avoir tout au plus trente ans. Elle montrait un tel désir de partager ses connaissances avec ses jeunes collègues et les étudiants en médecine que, bien souvent, une fois sa garde terminée, elle restait à l'hôpital pour leur prodiguer des conseils et leur faire partager sa passion pour les soins infirmiers.

Libby était née pour exercer ce métier, c'était évident. Elle savait d'instinct quelle était la conduite à tenir. Travaillant aux urgences, ils avaient souvent eu à gérer des cas difficiles, dont certains avaient eu une issue heureuse alors que d'autres s'étaient terminés en tragédie. Mais chaque fois Libby s'était montrée d'une aide précieuse, et une source de réconfort, quelle que soit la situation.

Il se retourna dans son lit et fixa des yeux le plafond, songeant à la nuit où ils avaient franchi la ligne. La nuit où ils étaient devenus amants.

Ils avaient assisté à une merveilleuse soirée, un gala organisé pour collecter des fonds au profit de l'hôpital et qui, cette année-là, avait pour thème la fête de Pâques. Chacune des cent cinquante tables dressées pour les convives était décorée de gros œufs couverts de paillettes disposés dans des compositions florales tandis que, à l'entrée, des lapins en peluche de taille humaine arborant gilet et haut-de-forme accueillaient les invités. Lui-même avait revêtu un smoking, car il s'agissait d'une réception habillée. Les hommes étaient tous en costume sombre quand les femmes portaient leurs plus beaux bijoux sur d'élégantes robes de soirée.

Mais dès que Libby était arrivée, il n'avait eu d'yeux que pour elle. Le souffle coupé, il l'avait regardée faire son entrée dans la salle, resplendissante dans sa longue robe blanche pailletée qui lui laissait le dos nu, comme il l'avait découvert lorsqu'elle s'était tournée pour saluer l'un des invités. Elle avait ramené sur le côté sa chevelure rousse, et quand leurs regards s'étaient croisés, elle lui avait adressé un sourire éclatant. Il avait alors su qu'elle était non seulement la plus belle femme au monde et sans aucun doute la plus fantastique des infirmières, mais aussi tout près de devenir l'amour de sa vie.

Ayant été placés à la même table mais à l'opposé l'un de l'autre, il lui avait poliment demandé s'il pouvait s'installer près d'elle. Comme elle avait donné son accord, il avait échangé sa place avec celle de son voisin de droite, qui avait accepté de bonne grâce cette modification du plan de table.

Libby et lui avaient bavardé toute la soirée, parlant de tout et de rien, puis il l'avait invitée à danser. Lorsqu'il l'avait prise dans ses bras, elle s'était collée contre lui, et il s'était laissé envahir par le parfum de ses cheveux. Quand elle avait ri en posant légèrement la tête sur son épaule, il s'était surpris à souhaiter que cette nuit ne prenne jamais fin.

Juste après minuit, l'orchestre avait cessé de jouer. Il avait alors proposé à Libby de la raccompagner chez elle, et le sourire avec lequel elle avait accepté avait illuminé la salle et son cœur. Au moment de la quitter devant sa porte, il s'était penché vers elle pour l'embrasser sur la joue, mais ses lèvres avaient glissé jusqu'à sa bouche. Ils avaient échangé un baiser passionné… Et elle l'avait invité à rester.

Ils avaient passé ensemble la plus merveilleuse des nuits. Il ne pourrait jamais l'oublier, et en même temps cela représenterait toujours pour lui un remords.

Il n'aurait jamais dû franchir la ligne.

Le corps recouvert d'un simple drap, il se retourna dans le lit et regarda la mer.

Les rideaux n'étant pas tirés, il voyait le clair de lune danser sur les vagues, les baignant d'une teinte argentée.

Il avait contemplé ce tableau bien des fois mais, cette nuit, c'était différent. Cette nuit, il savait que Libby pouvait admirer le même spectacle que lui depuis la fenêtre de la suite qu'elle occupait à côté de la sienne.

Le lendemain matin, Daniel se réveilla avec la ferme résolution de tenir la promesse faite à lui-même et à sa famille, si difficile que ce soit pour lui. Il regagnerait la principauté de Chezlovinka dans quatre jours. Il ne devait pas rendre les choses encore plus compliquées, ni refaire du mal à Libby. Cette fois-ci, il n'était plus question de se laisser emporter par ses sentiments. Il y avait entre eux une barrière qu'il n'essaierait plus de franchir.

Ayant reçu un appel du chef des stewards l'informant que l'une des employées ne se sentait pas bien, il partit à la recherche de Libby. Celle-ci finissait de prendre son petit déjeuner lorsqu'il arriva sur le pont.

— Bonjour, Libby.

Elle se tourna vers lui et lui adressa un demi-sourire.

— Bonjour, Daniel.

Il eut envie de lui demander si elle avait bien dormi mais décida d'éviter tout ce qui pouvait paraître trop personnel dans leurs échanges. Tout devait rester sur un plan strictement professionnel.

— J'espère que tu as oublié ce qu'il s'est passé hier, dit-il.

Les gardes-côtes ont emmené Maxwell Hudson à la première heure ce matin.

— Voilà une bonne nouvelle, dit-elle d'un ton calme, dépourvu de toute émotion.

Il se demanda ce qu'elle ressentait vraiment mais s'abstint de lui poser la question. Il savait qu'il n'en avait pas le droit.

— Si tu es d'accord, nous allons nous rendre dans une cabine pour examiner un membre de l'équipage.

— Pourquoi as-tu besoin de moi ? demanda-t-elle en posant son plateau sur la pile de ceux déjà débarrassés par d'autres passagers.

— Il s'agit d'une jeune femme. Elle semble assez mal et se plaint de douleurs gastriques. J'espère qu'il ne s'agit pas d'une gastro-entérite, car chacun sait que c'est très contagieux. J'espère que ce n'est pas non plus une appendicite. J'aurais pu m'occuper d'elle seul, mais elle a réclamé une femme médecin. Quand nous lui avons expliqué que ce n'était pas possible, elle a demandé que tu sois présente.

Libby hocha la tête.

— Très bien, allons-y, dit-elle simplement.

Il se doutait bien qu'elle n'était pas ravie de la situation, mais elle se comportait en vraie professionnelle, et il apprécia son attitude.

— Merci, Libby. J'ai dans ma trousse plusieurs paires de gants, des masques et deux blouses jetables, au cas où il s'agirait d'une gastro-entérite, indiqua-t-il en se dirigeant vers l'ascenseur.

Libby lui emboîta le pas.

— Si c'est le cas, que comptes-tu faire pour éviter la contagion à bord ?

— Si je pense qu'il existe un risque de contamination, j'isolerai cette femme dans sa cabine. Et si elle la partage avec une collègue, cette dernière sera mise elle aussi en quarantaine dans une autre cabine. Je n'aime pas beaucoup cette procédure, mais ce serait indispensable. Nous avons encore quatre jours de croisière devant nous. Nous ne pouvons pas exposer les autres passagers, et surtout pas Walter.

Ils sortirent de l'ascenseur et se dirigèrent vers la cabine. Daniel s'arrêta devant la porte.

— Cette jeune femme s'appelle Alexandra. Elle a dit que cela faisait deux jours qu'elle souffrait de vomissements.

Après s'être équipé comme Libby d'une blouse, d'un masque et d'une paire de gants, il frappa à la porte.

— Entrez, répondit une voix blanche.

Daniel ouvrit en se servant du passe qui lui permettait de pénétrer dans n'importe quelle cabine en cas d'urgence.

Celle-ci était sans fenêtre. Elle se trouvait sur le pont inférieur, non loin de la cabine que Libby avait occupée précédemment. Alexandra, vêtue d'un pyjama rose, était assise sur une chaise, la tête dans les mains, livide.

— Bonjour, je suis le Dr Dimosa, et voici l'infirmière McDonald. Mais, je vous en prie, appelez-nous Daniel et Libby.

— Moi, c'est Alex, dit la jeune femme d'un ton las. Je vous ai déjà vus tous les deux à bord, mais j'ignorais qui vous étiez. Moi, je m'occupe de l'entretien. De temps en temps, je travaille à la cuisine, mais je fais surtout le ménage dans les suites.

— S'il vous plaît, dites-nous ce qu'il vous arrive et comment vous vous sentez à présent, demanda Daniel.

— Cela fait deux jours que je vomis. Je ne sais pas si c'est à cause de quelque chose que j'aurais mangé, ou bien si c'est le mal de mer, mais je me sens très mal.

— Quand cela a-t-il commencé ? Et quels ont été les premiers symptômes ?

Il se retourna.

Libby lui tendait déjà le thermomètre qu'il voulait utiliser, et il ne put s'empêcher de sourire intérieurement.

Bien sûr, elle avait anticipé ce dont il aurait besoin. Elle avait toujours travaillé de cette manière.

— Il y a deux jours, au réveil, j'avais mal au cœur, expliqua la patiente. J'ai pensé que c'était sans doute quelque chose que j'avais mangé la veille.

Il lui plaça doucement le thermomètre dans l'oreille.

— 36,5 °C, annonça-t-il à Lizzy, qui prenait des notes. Vous n'avez pas de fièvre, Alex.

— Ah bon ? Dans mon cas, qu'est-ce que ça veut dire ?

— Cela veut dire que votre organisme n'est pas en train de livrer bataille contre une bactérie ou un virus. Il y a donc une autre raison qui explique vos nausées.

Libby, toujours aussi efficace, lui prit le thermomètre des mains. Elle en ôta la partie jetable puis le désinfecta soigneusement avant de le ranger dans la trousse médicale.

— Mais que pouvez-vous me donner pour que cela s'arrête ? demanda Alexandra. Je vomis depuis des heures, et j'ai mal à l'estomac. Je voudrais pouvoir reprendre le travail.

— Avant de vous donner quoi que ce soit, il faut que je sache à quoi nous avons affaire.

— Je ne me sens pas bien du tout, mais…

Elle marqua une pause et alla s'allonger sur le lit puis remonta les couvertures jusque sous son menton.

— Ces deux derniers jours, cela allait beaucoup mieux après le déjeuner.

— Les nausées ont cessé après le repas de midi ?

— Oui, j'ai mangé quelques toasts et, le soir, j'allais bien, mais tout a recommencé le lendemain matin. Hier soir, de nouveau je me suis sentie mieux, j'ai bien dîné, et j'ai pu retourner travailler, mais aujourd'hui ça recommence. Tous ces vomissements m'épuisent, ajouta-t-elle en fermant les yeux un bref instant. Est-ce que ce serait le mal de mer ? C'est la première fois que je travaille sur un bateau.

— Non, Alex, je ne crois pas.

— Alors, qu'est-ce que c'est ? murmura-t-elle.

— L'absence de fièvre et le caractère transitoire des vomissements me conduisent à croire qu'il s'agit peut-être de nausées matinales.

— Des nausées matinales ? s'écria la jeune femme en se redressant brusquement dans son lit. Êtes-vous en train de me dire que je suis enceinte ?

Libby approuva en silence le diagnostic de Daniel.

Elle-même n'avait pas souffert de ce symptôme pendant sa grossesse, mais elle savait qu'il se produisait souvent au cours du premier trimestre. Pour sa part, elle n'avait connu que des envies irrésistibles pour des aliments que, d'habitude, son estomac ne supportait pas et qu'elle n'avait plus eu envie de manger une fois que son bébé était né.

— Je considère que c'est une possibilité, dit Daniel avec calme. Nous pouvons le vérifier en faisant un test de grossesse puis une analyse de sang.

— Je ne suis pas enceinte, ce n'est pas possible, affirma Alexandra en se laissant retomber sur ses oreillers.

— Vous n'avez pas eu de relation sexuelle le mois dernier ?

La jeune femme baissa les yeux sur ses mains qui tremblaient légèrement.

— Ou ces derniers mois, ajouta Daniel. Si vous êtes enceinte, la grossesse remonte peut-être à un peu plus longtemps.

— C'est une catastrophe, gémit Alexandra, les yeux baignés de larmes. Je n'ai pas eu mes règles pendant huit semaines, mais j'ai pensé que c'était dû au stress de la séparation. J'ai quitté mon mari il y a six semaines.

— Je suis désolé, dit Daniel.

Libby quant à elle se pencha vers la jeune femme et, dans un geste spontané, l'enlaça pour la réconforter.

— On nous avait affirmé que nous ne pourrions pas avoir d'enfant de façon naturelle, continua Alexandra.

— Je vous l'ai dit, intervint Daniel, je ne suis pas sûr que vous soyez enceinte mais, compte tenu de vos symptômes, nous devons vérifier cette hypothèse.

Alexandra secoua la tête.

— Je n'arrive pas à le croire ! Si c'est vrai, cela ne pouvait pas plus mal tomber. Je viens juste de décrocher ce job avec Sir Walter, et j'ai vraiment besoin de le garder. Il m'a engagée pour faire le ménage sur le yacht quand il part en croisière, et le reste du temps je travaille dans sa maison de Miami. C'est un bon patron, et j'ai besoin d'argent pour payer mon loyer, maintenant que je ne vis plus avec mon mari.

Daniel hocha la tête.

— Walter est un homme bien, Alex. Si vous êtes vraiment enceinte, je pourrais lui parler et voir avec lui quel genre d'arrangement serait envisageable pour vous deux en ce qui concerne le congé de maternité. Avez-vous quelqu'un pour vous aider chez vous ?

— Non, mes parents sont morts dans un accident de voiture il y a trois ans. Je n'avais que mon mari, et maintenant... Je suis toute seule.

Libby était en train de fouiller à l'intérieur de la trousse médicale dans l'espoir d'y trouver un test de grossesse. En général, il n'y en avait pas dans une trousse classique mais, sur un bateau de croisière, c'était possible.

En effet, elle trouva ce qu'elle cherchait. Elle vérifia la date afin de s'assurer que le test n'était pas périmé, puis elle le tendit à Daniel, qui approuva d'un signe de tête.

— C'est un test de grossesse, dit-elle en s'adressant à Alexandra. Voulez-vous aller dans la salle de bains et l'utiliser pour savoir ce qu'il en est exactement ? Comme vous l'a dit Daniel, vous devrez faire une analyse de sang quand vous serez de retour à terre, mais ce genre de test est plutôt fiable. Il détecte la présence d'une hormone, la gonadotrophine chorionique. Lorsqu'un ovule est fécondé et se fixe sur la paroi utérine, le placenta commence à se former et produit cette hormone, qui apparaît alors dans le sang et dans l'urine. À mesure que la grossesse avance, le taux de cette hormone s'élève rapidement, doublant tous les deux jours. C'est pourquoi, si le test se révèle positif, vous devrez voir votre médecin pour qu'il établisse depuis combien de temps vous êtes enceinte.

La jeune femme s'empara du test sans rien dire et se leva lentement. Elle semblait si faible que Libby lui prit le bras et l'accompagna jusqu'à la salle de bains.

— Vous savez comment faire ? demanda-t-elle. C'est un test à deux fenêtres. S'il apparaît deux barres, cela signifie que le résultat est positif. S'il n'y a qu'une barre, c'est négatif. Mais rappelez-vous une chose : alors que le résultat positif s'avère généralement exact, il n'en est pas de même avec le résultat négatif. Si les symptômes persistent, vous devrez aller voir votre médecin généraliste pour faire une analyse de sang.

— Je suis déjà passée trop souvent par là, et c'était chaque fois négatif, répondit la jeune femme en entrant dans la minuscule salle de bains.

— Nous sommes juste à côté si vous avez besoin de nous, dit Libby en refermant la porte.

L'anxiété qu'éprouvait leur patiente était visible. Elle-même ne connaissait que trop cet état. Elle avait vécu cela, elle aussi. Peut-être qu'Alex tiendrait bientôt dans ses bras un enfant qu'elle chérirait…

Elle regarda Daniel et ressentit une certaine culpabilité.

Il ignorait tout ce qu'elle avait eu à vivre depuis qu'il était parti. Si elle était encore en colère contre lui, elle regrettait aussi qu'il n'ait pas pu partager sa joie d'accueillir ce petit garçon, leur enfant à tous les deux. Elle en était triste pour lui.

S'il avait été au courant, peut-être cela n'aurait-il rien changé. Ou peut-être serait-il revenu, non pas pour elle mais pour son fils…

Daniel brisa le silence.

— Si Alexandra est enceinte, peut-être que ses nausées vont s'arrêter et qu'elle n'aura plus alors que les envies que montrent souvent les futures mamans. C'était le cas de ma mère quand elle m'attendait. Pendant des mois, elle n'a voulu manger que des olives, du poisson grillé et du pain fait maison.

Libby ouvrit de grands yeux.

Elle avait du mal à le croire : Daniel venait de décrire le régime qui avait été le sien quand elle attendait Billy !

La porte de la salle de bains s'ouvrit. Alex était en larmes. Tremblant de tout son corps, elle tenait le test dans sa main.

— Il y a deux barres. Je suis enceinte. Je vais être maman… Je suis à la fois si heureuse et si triste ! Je ne sais plus où j'en suis. J'ai toujours voulu avoir un bébé, et maintenant, je ne suis pas sûre de pouvoir faire face. Pas toute seule.

Libby la prit par le bras et l'accompagna jusqu'à la chaise.

— Asseyez-vous et respirez à fond. C'est une grande nouvelle qu'il faut prendre le temps d'intégrer. Surtout quand c'est vraiment inattendu.

— Je... Je suis heureuse, très heureuse même. Mais je ne sais pas quoi faire. J'ai encore du mal à croire que c'est vrai. Nous avons fait trois tentatives de FIV, et toutes ont échoué. Mon mari m'a dit qu'il ne pouvait plus continuer. Ce n'était pas seulement une question d'argent. Après l'échec de la troisième tentative, je suis devenue presque folle. Je voulais absolument avoir un bébé, et mon mari ne voulait plus entendre parler de FIV. Il m'a dit que les hormones que j'avais prises me rendaient trop malade, il refusait de me voir encore dans cet état. Il m'aimait trop pour supporter de me voir souffrir. Mais sa décision a brisé notre couple. Je voulais faire encore une tentative, persuadée qu'il serait le plus merveilleux des pères et que nous serions très heureux. N'ayant plus mes parents, je rêvais d'avoir une famille à moi. Mais il a refusé, disant que cela n'avait aucun sens.

— Votre mari semble être un homme attentionné, il a pris cette décision parce qu'il s'inquiétait pour vous, dit Libby.

— Je sais. Je l'aime encore, et je l'aimerai toujours, mais... Nous ne cessions de nous disputer, et je me renfermais dans ma coquille, dévorée par mon désir d'enfant.

— Et maintenant, c'est une réalité, répliqua Daniel. Même si c'est inattendu, je dirais que c'est une excellente nouvelle.

— Mais comment l'annoncer à mon mari ? Et si je perds le bébé, qu'arrivera-t-il ? Je deviendrai complètement folle, et je ne peux pas lui faire subir cela !

Elle se jeta sur le lit, où elle se roula en boule.

— Je ne peux pas lui faire ça, je ne peux pas !

— Écoutez, intervint Daniel, je pense que vous devriez le mettre au courant. Rien n'indique que vous risquez une fausse couche, et si vous ne dites rien à votre mari, il sera privé de la joie de vous savoir enceinte et de découvrir qu'il va bientôt être père. Ce devrait être un moment très précieux pour lui. Ne l'en privez pas. Si vous voulez mon avis, à la fois comme médecin et comme homme, parlez-lui.

— Mais si un problème se pose durant ma grossesse ?

Daniel regarda Alexandra dans les yeux.

— Vous êtes en train d'échafauder le pire des scénarios. Je vous l'ai dit, sauf si l'obstétricien découvrait un problème et qu'il vous avertisse que vous risquez de perdre l'enfant, vous n'avez pas à vous inquiéter. Vous êtes jeune et apparemment en bonne santé, alors voyez votre médecin généraliste et un obstétricien, et commencez le suivi prénatal. Annoncez à votre mari qu'il sera bientôt papa. Je ne suis pas conseiller conjugal, mais si vous l'aimez encore, donnez-lui une chance de vous dire que lui aussi vous aime, vous et le bébé.

Libby écoutait Daniel, la gorge serrée. La culpabilité qu'elle avait ressentie quelques instants auparavant menaçait de se transformer en un tsunami de regrets. La tête en feu, l'estomac noué, jamais elle ne s'était sentie aussi mal.

Comme Alex, elle avait une décision capitale à prendre. Mais elle n'avait que cinq jours devant elle pour le faire. Après, ce serait trop tard.

8.

Les jours suivants, Libby consacra tout son temps à veiller sur Walter. Elle contrôlait sa tension et inspectait sa cicatrice trois fois par jour : le matin après qu'il avait pris son petit déjeuner sur le pont, après déjeuner, et le soir, juste avant qu'il ne se retire pour la nuit dans sa suite luxueuse.

En dépit de ses écarts de régime, son état de santé était satisfaisant. La cicatrisation se faisait bien, et la tension artérielle était redevenue normale. L'air de la mer semblait réussir au vieil homme.

Quand elle n'était pas avec Walter, elle regagnait sa cabine et appelait chez elle pour parler avec Billy et ses parents. Pour elle, l'essentiel, c'était d'éviter Daniel.

Après l'avoir entendu conseiller vivement à Alex de prévenir son mari qu'elle était enceinte, elle avait pris sa décision : elle allait lui révéler qu'il était père. Sa première réaction avait été de protéger Billy, mais elle avait fini par comprendre que, quelles qu'en soient les conséquences, elle devait le mettre au courant. Elle ne pouvait pas priver Billy d'une chance de connaître son père. Ensuite, ce serait à Daniel de décider s'il voulait ou non endosser ce rôle, et il choisirait alors la place qu'il voulait avoir dans l'existence de Billy.

Le temps qu'elle passait au calme, seule dans sa cabine, lui permettait de réfléchir à toutes ces questions.

Elle n'avait pas la certitude que Daniel ne sortirait pas de la vie de leur fils comme il l'avait fait avec elle quatre ans auparavant en disparaissant du jour au lendemain sans explication mais, ce risque, elle devait le prendre. Il fallait juste qu'elle trouve le bon moment pour lui parler. S'il réagissait mal et qu'ils devaient encore passer plusieurs journées en mer, cela pouvait créer une tension et rendre la situation désagréable pour Walter et les autres passagers. Le mieux était d'attendre la veille de leur retour. Elle lui parlerait le soir, afin d'avoir le temps de tout lui raconter et de répondre à ses questions. Ensuite, il pourrait réfléchir tranquillement à ce qu'il comptait faire.

Elle n'avait aucune raison de voir beaucoup de monde. Georgie était très occupée en cuisine par la confection des repas quotidiens et par les préparatifs de la fête de fiançailles. Elles se voyaient le soir, une petite demi-heure, avant de se coucher de bonne heure. Libby en profitait pour téléphoner chez elle, tenant compte du décalage horaire.

Billy, Bradley, ses parents, tous lui manquaient. Elle n'avait pas l'intention de dire à son ami, pas plus qu'à son père et sa mère, que Daniel se trouvait sur le bateau, car elle ne voulait pas se laisser influencer par eux. Ils chercheraient naturellement à la protéger, et aucun d'eux ne connaissait Daniel. Du moins, ils ne voyaient en lui que le mufle qui lui avait brisé le cœur.

Le matin où le yacht accosta à la Martinique, elle alla voir Walter. Elle voulait savoir s'il avait l'intention de descendre à terre, car dans ce cas elle l'accompagnerait. Sinon, elle resterait dans sa cabine jusqu'au prochain contrôle médical de son patient.

— Irez-vous sur l'île aujourd'hui, Walter ?

— Je l'ai déjà visitée à plusieurs reprises et, entre nous soit dit, je ne suis pas mécontent de rester quelques heures au calme pendant que mes invités iront découvrir les beautés du paysage.

Elle lui sourit, heureuse de pouvoir rester à bord et se détendre.

Après avoir sorti de sa trousse son tensiomètre et son stéthoscope, elle s'assit près de Sir Walter et prit sa tension.

— Comment va mon cœur ? demanda-t-il. Est-ce que le fait d'avoir sacrifié mon whisky et mes cigares s'avère payant ?

— Absolument. Votre tension est parfaite, et vous cicatrisez si bien qu'on n'y verra presque plus rien quand vous prendrez un bain de soleil lors de votre prochaine croisière.

— Ma prochaine croisière se fera sans tous ces guignols, dit Walter d'un ton acide en regardant ses invités descendre du yacht. Ceux qui appartiennent à la famille de Contessa sont les pires. Ils sont bruyants, odieux, ingrats… Sans parler de leur façon de s'habiller. Ils n'ont aucun goût ! J'adorais ma femme. Elle était belle, raffinée, mais sa famille ne lui ressemble en rien. Je me suis toujours demandé comment elle pouvait avoir un quelconque lien de parenté avec tous ces gens. Heureusement que je l'ai rencontrée en premier ! Si je les avais connus avant de faire connaissance avec elle, j'aurais pris mes jambes à mon cou !

Libby se mordit l'intérieur de la joue pour ne pas rire en regardant descendre à terre la douzaine de passagers qui servaient de cible aux moqueries de Walter.

Elle était d'accord avec lui sur le mauvais goût de leurs tenues vestimentaires. La plupart portaient des chemises hawaïennes aux couleurs criardes.

— J'adore ma propre famille, bien sûr, poursuivit Walter. Mon frère et ma belle-sœur sont décédés, mais ils avaient la plus délicieuse des filles, Sophia. Elle ressemble beaucoup à sa mère, et comme Contessa et moi n'avons pas connu le bonheur d'avoir des enfants, nous avons adopté de façon informelle notre nièce quand elle a eu dix-sept ans. Elle est venue vivre chez nous quelque temps avant d'aller au collège. Elle est vraiment charmante, et j'adore la gâter. C'est pourquoi je donne cette fête pour ses fiançailles. C'est une adulte, à présent. Elle a vingt-neuf ans et travaille dans le secteur bancaire. Elle pourrait être mannequin, mais elle a un cœur d'or et l'esprit aigu. Je pense que c'est pour cela que nous nous entendons si bien, elle et moi.

— Vous avez été mannequin ? demanda Libby avec un sourire malicieux.

— Je vous aime bien, Libby. Vous êtes drôle. Ma famille vous aimera aussi, ils arriveront tous demain par avion à Sainte-Lucie. Le temps promet d'être magnifique, et je suis excité à l'idée de revoir Sophia. Elle était passée me rendre visite à l'hôpital, mais en coup de vent. Elle devait se rendre en France pour faire connaissance avec les parents de son fiancé.

— Je suis sûre qu'elle aussi est impatiente de vous revoir.

— Vous êtes très gentille, Libby. Parlez-moi de votre famille. Avez-vous dans votre entourage quelques individus aussi pénibles que ceux qui viennent de quitter le yacht pour aller semer la panique chez les autochtones ?

Elle éclata de rire.

— Ma famille est un peu plus calme. Je les adore, et je suis fille unique…

Sans y penser, elle toucha son médaillon et le garda dans sa main.

— Mes parents vivent tout près de chez moi, dans une banlieue de San Francisco.

— Cela doit vous faire plaisir. Ce n'est pas très fréquent de nos jours. Tout le monde déménage et parcourt la planète. Personne ne reste longtemps au même endroit.

— Mes parents sont tous les deux à la retraite, et ils voyagent rarement. Et comme je suis une maman qui travaille, je trouve merveilleux de les avoir à proximité pour…

Elle s'arrêta net.

La confidence lui avait échappé. Alors que, depuis cinq jours, elle faisait bien attention à ne pas parler de Billy, elle venait de tout dire à Walter. Enfin, presque tout.

— Ah bon, vous êtes maman ?

Maintenant, elle n'avait d'autre choix que de dire la vérité.

— Oui, j'ai un fils.

— Un fils ? Quel âge a-t-il ? Comment s'appelle-t-il ?

— Billy. Il vient d'avoir trois ans.

— Ah ! Et quand était son anniversaire ?

— La semaine dernière, le 10 janvier.

— Trois jours après le mien ! Ce doit être un adorable petit gamin.

Il se mit à rire et se pencha vers elle.

— Vous savez, murmura-t-il, ma mère me disait que j'avais été une surprise apportée par le lapin de Pâques. Bien sûr, en grandissant, j'ai compris ce qu'elle voulait dire. J'avais été conçu en avril lors d'une folle nuit d'amour, sans doute après que ma mère avait trop forcé sur les chocolats et le champagne, et que mon père avait bu un peu plus qu'une ou deux Guinness.

Libby sentit ses joues s'enflammer.

Impossible de partager l'hilarité de Sir Walter. Elle se rappelait ce soir d'avril où Daniel l'avait raccompagnée chez elle. Il n'y avait eu ni chocolats ni Guinness, mais bien des lapins en peluche et une folle nuit d'amour. Elle avait essayé de chasser ce souvenir de sa mémoire, mais en cet instant il lui revenait à l'esprit avec une extrême acuité.

— Je suis content d'en savoir un peu plus sur vous, Libby. Mais je vais mettre fin à notre conversation parce que vous êtes bien trop jeune pour rester à bord avec un vieil homme qui, vous venez de le vérifier vous-même, est solide comme un roc. Allez donc visiter l'île. Georgie m'a dit que vous n'aviez pas beaucoup voyagé, alors ne perdez pas votre temps à rester assise avec moi au lieu de profiter des plaisirs qu'offrent les Caraïbes.

Elle secoua la tête, essayant de retrouver son calme.

Elle n'avait pas eu l'intention de parler autant de sa vie personnelle à Sir Walter. Pourvu que cela ne complique pas son plan d'attendre le dernier jour pour mettre Daniel au courant de l'existence de Billy !

— Merci, Walter, mais je suis ravie de pouvoir rester à bord.

— Sottises ! J'ai prévu pour vous un peu de compagnie pour passer la journée, alors ne discutez pas !

— Vous avez demandé à Georgie de m'accompagner ?

— Non, ma chère. Elle est occupée à préparer le gâteau de fiançailles pour la fête de demain soir, alors j'ai demandé à Daniel Dimosa de vous servir de guide.

Libby sentit son cœur s'emballer.

Et elle qui avait espéré éviter Daniel jusqu'à ce qu'elle soit prête à tout lui confesser !

— Mais vous devenez toute rouge, ma chère ! s'écria Sir Walter. Je vais vous donner un verre d'eau.

Il s'empara de la carafe d'eau glacée et remplit un verre.

— Tenez, buvez cela.

Elle obéit et avala le liquide d'un trait.

— Merci. Je crois que je ne me suis pas suffisamment hydratée aujourd'hui.

Elle mentait, mais elle n'avait pas le choix. Comment lui expliquer à quel point l'idée de passer la journée avec le beau médecin la perturbait ?

— Prenez une bouteille d'eau avec vous pour votre excursion, recommanda le vieil homme. Je ne peux pas me permettre de voir mon infirmière tomber malade sur l'île. Daniel serait obligé de vous porter pour vous ramener à bord, ajouta-t-il avec un petit rire.

À ce moment, elle entendit des pas sur le pont et se retourna. L'intéressé arrivait vers eux. Il portait un T-shirt blanc, un short beige, des espadrilles noires et une casquette de base-ball. Il était magnifique… Tout comme Billy le serait un jour.

Décidément, il lui fallait un moment pour se ressaisir.

Elle se leva rapidement.

— Je cours me changer, Walter. S'il vous plaît, dites à Daniel que je n'en ai pas pour longtemps.

Pour éviter de croiser ce dernier, elle se dirigea vers l'ascenseur, au lieu d'emprunter l'escalier pour descendre comme elle le faisait d'habitude.

Alors qu'elle attendait que les portes de la cabine s'ouvrent, elle entendit Sir Walter accueillir son médecin d'un ton chaleureux.

— Bonjour, Daniel. Je vois que vous êtes déjà prêt pour votre rendez-vous sur l'île avec Libby !

Elle appuya de nouveau sur le bouton d'appel, la main tremblante.

Un « rendez-vous » ? Était-ce aussi de cette façon que Daniel voyait leur sortie ? Oh ! pourquoi avait-elle accepté cette mission sur le yacht de Sir Walter ? Si elle avait refusé, elle ne l'aurait jamais revu, et sa vie n'aurait pas été de nouveau bouleversée.

Elle avait l'impression d'être tombée dans un piège dont elle ne pouvait s'échapper.

Les portes de l'ascenseur s'ouvrirent. Au moment de pénétrer dans la cabine, et elle jeta un coup d'œil derrière elle et sentit aussitôt son pouls s'accélérer.

Daniel regardait dans sa direction.

Elle se savait en danger : elle risquait de laisser cet homme lui briser de nouveau le cœur. Il lui fallait absolument contrôler ses sentiments, se concentrer sur l'essentiel : trouver la bonne méthode et le bon moment pour annoncer à Daniel qu'il était père, et établir avec lui une relation qui lui permettrait de tenir une place dans la vie de Billy si c'était ce qu'il souhaitait. Point final. Rien de plus. Aucun romantisme. Surtout, ne pas mettre son cœur en danger. Pas question.

Forte de cette bonne résolution, elle regagna sa cabine et choisit une tenue adaptée à une journée d'excursion. Elle opta pour une robe d'été à fleurs et des sandales blanches. Équipée d'un chapeau de paille qu'elle tenait à la main et d'un sac porté en bandoulière, elle ressortit aussi vite, consciente que la journée allait être pour elle un vrai défi : l'occasion d'en apprendre davantage sur Daniel, sinon de lui parler de leur fils.

Son estomac était noué à l'idée de l'entendre évoquer le passé. Peut-être la vérité la ferait-elle souffrir. Mais peut-être aussi garderait-il tout pour lui, avançant pour seule et unique explication celle qu'il lui avait déjà donnée : que c'était compliqué.

Leur nuit passionnée n'avait-elle été pour lui qu'une aventure d'un soir à laquelle elle-même avait attaché trop d'importance ? Avait-il déjà prévu de quitter l'hôpital et la croyait-il au courant ? Il y avait tant de questions qui restaient sans réponse…

Mais elle n'avait pas l'intention d'aller sur ce terrain-là. Cette journée devait servir d'abord les intérêts de Billy. Elle avait besoin d'en savoir assez sur Daniel Dimosa pour décider si elle pouvait ou non parler de son fils à l'homme qui lui avait brisé le cœur. Il lui fallait s'assurer, dans la mesure du possible, qu'il ne brise pas aussi celui de Billy.

— Ah, vous voilà ! s'écria Walter en accueillant Libby avec un grand sourire. Vous êtes plus rapide pour vous changer que ne l'était ma femme. Ce doit être votre côté infirmière. Toujours efficace et, je dois dire, absolument ravissante.

— Merci, Walter.

— Je suis d'accord avec vous, Walter, renchérit Daniel.

Il trouvait Libby mieux que ravissante. Elle était sublime. Comme toujours.

— Allez, partez, vous deux ! ordonna Walter. Profitez bien de cette belle journée, et ne vous inquiétez pas pour moi. Vous avez votre téléphone, et j'ai pour veiller sur moi le capitaine, le chef des stewards et la moitié de l'équipage. Cerise sur le gâteau, je vais être au calme maintenant que je suis débarrassé de tous ces invités bruyants qui me poussent à boire.

Daniel hocha la tête tandis que Libby esquissait un petit sourire, puis ils se dirigèrent vers la passerelle.

— Que veux-tu faire ? demanda-t-il quand ils furent sur le quai. Du shopping, flâner dans la ville, aller déjeuner ?

Libby consulta sa montre.

— Nous pourrions déjeuner, dit-elle.

Ce n'était pas la première fois qu'il venait en Martinique, et il connaissait un petit marché qu'il avait envie de montrer à Libby.

— Allons par là.

Ils se mirent en route, passant devant des vendeurs de rue qui proposaient du poisson frais et des produits locaux.

Libby ouvrait de grands yeux, ravie du spectacle coloré et des senteurs qu'elle découvrait.

Daniel mourait d'envie de lui tenir la main, comme l'auraient fait deux amoureux visitant l'île ensemble. Mais il ne pouvait pas laisser son cœur lui dicter sa conduite. La raison devait l'emporter. Il allait juste passer du temps avec Libby, en espérant réparer le mal qu'il lui avait fait, si toutefois c'était possible.

Ils arrivèrent bientôt au marché.

— La Martinique est une île française, expliqua-t-il. La

nourriture qu'on trouve ici est un mélange de cuisines française et caraïbe.

— Qu'est-ce que ça veut dire exactement ? demanda Libby. Je n'ai pas souvent goûté à la cuisine française, et j'ignore tout de la cuisine des Caraïbes.

— Eh bien, les deux plats les plus populaires sont le boudin blanc et le boudin antillais. Je pense que tu devrais aimer le boudin blanc. Le boudin antillais se fait avec du porc, du sang de cochon, de l'oignon et d'autres ingrédients encore...

Il s'interrompit en voyant Libby froncer le nez.

— C'est bien ce que je pensais. On va prendre du boudin blanc.

— Qu'y a-t-il dedans ? s'enquit-elle, l'air méfiant.

— Du porc, des crevettes, du crabe, des coquillages ou du poisson.

— Cela m'a l'air plus appétissant.

Daniel alla commander deux portions de boudin blanc, en s'exprimant en français, puis il retourna vers Libby.

— J'ignorais que tu parlais français, dit-elle.

— Je n'ai pas eu l'occasion de le faire à l'époque où...

Il se tut. Il avait été tenté de dire : « à l'époque où je suis tombé amoureux de toi », mais il s'était arrêté à temps, conscient qu'il valait mieux ne pas s'engager sur ce terrain.

— À l'époque où nous travaillions ensemble, compléta Libby. En effet, ce n'était pas nécessaire. San Francisco compte peu de Français dans sa population.

La femme qui se tenait derrière le comptoir les appela. Il alla chercher les deux assiettes, et ils s'installèrent à une petite table décolorée par le soleil.

Les chaises étaient dépareillées, mais Libby ne semblait pas surprise par la rusticité des lieux.

— Ça sent délicieusement bon ! dit-elle en se penchant vers son assiette, bien garnie.

— Et ça l'est, crois-moi. Je vais nous chercher quelque chose à boire. Que veux-tu ?

— De l'eau, si on peut en boire sur l'île.

— Je prendrai de l'eau minérale.

Il en acheta deux bouteilles puis rejoignit Libby, qu'il dévora des yeux : le soleil dansait dans ses boucles rousses, caressait ses épaules nues.

Il adorait être avec elle, mais il souffrait de devoir garder ses distances, alors qu'il rêvait de la serrer contre lui.

Après le déjeuner, il lui proposa une promenade le long du rivage.

— Excellente idée, approuva Libby.

Ils descendirent vers la plage en bavardant d'un ton léger, la conversation portant essentiellement sur les caractéristiques de l'île.

— Tu sembles bien connaître la Martinique, dit Libby en contemplant le sable blanc et la mer d'un bleu azur. C'est si beau et si serein.

— Oui, en grande partie, l'île est très belle.

— En grande partie ? Que veux-tu dire ? demanda-t-elle en s'arrêtant pour ôter ses sandales et marcher pieds nus sur le sable.

— Comme à peu près partout dans le monde de nos jours, il y a des coins et des moments où l'on peut se trouver en danger. Par exemple, il est déconseillé de se promener à la nuit tombée dans les petites rues désertes de Fort-de-France.

Libby hocha la tête, continuant de regarder tout autour d'elle.

— J'aime beaucoup les noms des lieux et des spécialités locales, dit-elle alors qu'ils poursuivaient leur promenade. Combien de fois es-tu venu sur cette île ?

— Oh ! je ne sais pas, j'ai cessé de compter ! Franchement, j'adore cet endroit. J'ai travaillé toutes ces dernières années sur des bateaux de croisière qui faisaient escale à la Martinique.

— Je suis sûre que tu as vu beaucoup de pays exotiques.

— Oui, j'ai voyagé un peu partout dans le monde. J'ai été engagé comme médecin à bord de navires qui m'ont fait découvrir non seulement les Caraïbes, mais aussi les Bahamas, l'Alaska, et même l'Australie et la Nouvelle-Zélande.

Il remarqua alors que Libby était devenue subitement

silencieuse. Elle semblait perdue dans ses pensées, fixant du regard l'horizon.

— Cela a dû être pour toi un vrai choc de passer du service des urgences d'un grand hôpital urbain à la vie qu'on mène sur les yachts et les bateaux de croisière, dit-elle en s'asseyant sur le sable à l'ombre d'un énorme palmier.

Il se doutait que ce commentaire faisait allusion à son départ précipité : un jour dans son lit et le lendemain à l'autre bout du pays.

Il s'assit à côté d'elle.

— Libby, ce qui est arrivé entre nous à San Francisco n'était pas prévu. Tu dois me croire. Je n'avais rien planifié. Et j'aurais voulu pouvoir tout t'expliquer mais, je te l'ai dit, ma vie est compliquée.

— Nous ferions mieux de ne plus parler de cela, Daniel. Mais je veux que tu saches que jamais je n'aurais passé la nuit avec toi si j'avais su qu'il s'agissait d'une aventure d'un soir et que, à l'aube, tu aurais disparu. Je ne suis pas comme ça.

— Il ne s'agissait pas d'une aventure d'un soir ! Cela signifiait beaucoup plus pour moi.

— Laisse tomber. Je n'ai vraiment pas envie de parler du passé toute la journée. Mieux vaut oublier cette histoire.

— Libby, crois-moi quand je te dis que je regrette vraiment de t'avoir fait de la peine. Je te jure que, si je pouvais revenir en arrière, je ne referais pas la même chose.

— Laquelle ? Passer la nuit avec moi ou bien t'enfuir avant l'aube ?

— M'enfuir. Jamais je ne regretterai d'avoir fait l'amour avec toi.

Le lendemain matin, lorsque Libby se réveilla, les mots de Daniel lui revinrent aussitôt à l'esprit.

« Jamais je ne regretterai d'avoir fait l'amour avec toi. »

Ah ! Pourquoi lui avait-il dit cela ? Devait-elle le croire ?

Elle n'y comprenait rien, et cela lui embrouillait encore

davantage les idées. Car, de toute évidence, rien n'avait changé. La vie de Daniel était toujours aussi « compliquée ».

Mais la vie était compliquée pour beaucoup de gens, y compris pour elle. Daniel n'en avait pas le monopole. Et il ne se doutait pas à quel point la sienne était devenue particulièrement compliquée à cause de lui.

Ils avaient regagné le yacht sans se confier davantage l'un à l'autre. Elle devait trouver le moment propice pour lui parler de Billy, et en même temps s'assurer qu'elle pouvait le faire sans mettre son fils en danger. Billy méritait cela. Elle lui souhaitait d'avoir un papa qui soit là chaque soir pour lui souhaiter une bonne nuit, et chaque matin pour lui dire bonjour. Daniel Dimosa pouvait difficilement être cet homme-là, mais elle espérait qu'il trouverait un moyen pour faire partie de la vie de Billy, et ne pas être un père qui se manifeste seulement de façon épisodique.

Quelqu'un frappa à sa porte.

Libby sauta du lit, passa un peignoir et alla ouvrir.

C'était Georgie, l'air paniqué.

— Désolée de te déranger de si bonne heure, mais Alexandra est reprise de vomissements, et je ne peux pas l'avoir à la cuisine. Surtout pas à proximité du gâteau de fiançailles !

— Entre, je t'en prie. Ah, bien sûr, la fête a lieu ce soir ! Je vais t'aider de mon mieux. Il faut juste que j'aille voir Walter…

— Daniel s'occupe déjà de lui, annonça Georgie en refermant la porte. Il a dit qu'il veillerait sur lui, l'aiderait à s'habiller et le conduirait à la réception. Les invités s'y rendront par leurs propres moyens. Quant aux fiancés, ils sont arrivés hier soir par avion. Ils sont déjà à l'hôtel avec le reste des convives anglais qui ont eux aussi débarqué hier, tard dans la soirée. Le cocktail se déroule sur la plage à côté de l'hôtel. L'organisateur de l'événement est là-bas depuis deux jours. Il dispose d'une équipe locale qui aura tout mis en place avant même notre arrivée à quai.

— Tout semble parfaitement organisé, en effet, un peu

comme à l'armée… Dis-moi ce que je peux faire pour te donner un coup de main, je suis à ta disposition.

— Je savais que je pouvais compter sur toi, déclara Georgie en la serrant dans ses bras avec fougue.

— Toujours.

— Bon, nous serons à Sainte-Lucie dans quelques heures, alors tu pourrais peut-être prendre une douche, te préparer et prévoir une robe pour la réception ?

— Je n'y assisterai pas. Je vais me contenter de t'aider, alors je peux rester en short et en T-shirt, car personne ne me verra.

— En réalité, j'ai juste besoin que tu me prêtes main-forte pour préparer les desserts en cuisine, car je suis une affreuse perfectionniste, et il me faut quelqu'un de confiance pour effectuer le « contrôle qualité ». D'habitude, c'est Alexandra qui joue ce rôle, mais comme elle est malade aujourd'hui, c'est toi qui vas la remplacer. Je voudrais aussi que tu m'aides à reconstituer le gâteau de fiançailles quand nous serons sur la plage. Il est prêt, la décoration est faite, mais il faudra l'assembler sur place.

— Ne peut-on pas le faire sur le yacht ?

Georgie pouffa de rire.

— Tu nous vois transporter un gâteau composé de cinq étages en marchant sur le sable ?

— Cinq étages ? Mais il y aura combien d'invités ?

— Pas loin de cent cinquante, je crois. Certains arrivent par bateau, d'autres par avion. C'est un grand événement mondain. J'ai même entendu dire qu'il y aurait un célèbre couple de stars de Hollywood.

— Ah. Raison de plus pour que je reste dans l'ombre et que je m'occupe pour toi des petits détails de dernière minute.

Georgie parut ignorer cette dernière remarque. Elle ouvrit la penderie et considéra les uniformes qui s'y trouvaient.

— Où sont tes autres vêtements ?

— Dans ma valise.

— Mais pourquoi n'utilises-tu pas cette penderie ? Elle est pourtant assez grande !

— La plupart du temps, je suis en uniforme.

— N'as-tu pas apporté quelque chose de chic dans tes bagages ?

— Quelque chose de chic ? Mais c'est une fête sur la plage ! Un short ou une robe d'été, cela suffirait, non ?

— Certainement pas ! Tout le monde va rivaliser d'élégance, il est hors de question que tu fasses figure de Cendrillon. Toi aussi, ma chérie, tu dois en mettre plein la vue. Où est ta valise ?

Se faisant la réflexion que Georgie se montrait finalement aussi directive que Bradley, Libby pointa du doigt l'autre placard.

— Là-dedans.

Georgie passa aussitôt à l'action. Elle prit la valise, l'ouvrit, fouilla dedans et sortit presque aussitôt la robe en soie vert émeraude.

— Celle-ci sera parfaite ! s'écria-t-elle, triomphante. Absolument parfaite. As-tu des chaussures qui iraient avec cette merveille ?

— Il y a quelque part des sandales dorées. Mais franchement, Georgie, laisse-moi simplement t'aider à la cuisine. La fête, c'est pour les invités. De toute façon, je ne connais personne là-bas.

Ignorant ses protestations, son amie continuait d'explorer le contenu de la valise. Elle finit par trouver le sac en plastique contenant les sandales dorées, l'ouvrit et brandit les chaussures avec enthousiasme.

— Elles sont superbes ! Les talons ne sont pas trop hauts, tu pourras facilement marcher sur les passerelles qui ont été installées sur le sable pour aller jusqu'au ponton flottant.

— Un ponton flottant ?

— Oui, avec un orchestre des Caraïbes. J'ai l'impression que tu ne mesures pas tout à fait que Sir Walter est l'un des hommes les plus riches du Royaume-Uni et peut-être même du monde, et qu'il ne fait jamais rien à moitié. J'ai entendu dire que sa nièce Sophia est comme lui. C'est pourquoi son gâteau de fiançailles doit être absolument parfait, et je compte sur toi pour veiller à ce que personne ne s'en approche avant que les fiancés ne le coupent. Je ne veux pas que quelqu'un soit tenté d'y toucher. C'est pourquoi tu dois te mettre sur ton trente et un, et te fondre dans la foule des invités, ce qui te permettra de remplir ta mission de gardienne du gâteau.

Libby comprenait les inquiétudes de son amie.

— Bon, d'accord, j'emporterai cette robe et ces chaussures. Je ne sais pas dans quoi je les mettrai, mais je trouverai bien quelque chose. Pour l'instant, je vais me doucher, m'habiller, et je te rejoins à la cuisine pour t'aider.

— Tu es géniale, la meilleure amie qui soit ! clama Georgie en se dirigeant vers la porte. Inutile de te presser, on n'accoste que dans quelques heures. Nous avons tout le temps de préparer les desserts.

Ses compétences en cuisine étaient très limitées, songea Libby en ouvrant le robinet de la douche. Elle se savait capable d'exécuter des tâches simples et de surveiller le gâteau, mais son savoir-faire s'arrêtait là. Pourvu que Georgie ne fonde pas trop d'espoir sur ses talents de cuisinière !

Quand on frappa de nouveau à la porte de la cabine, elle était occupée à se sécher les cheveux, enroulée dans un drap de bain. Elle se précipita pour ouvrir.

— Je n'en ai plus pour longtemps, Georgie…, commença-t-elle.

Elle constata alors que la personne qui se tenait devant elle n'était pas son amie mais Daniel, tenant à la main une housse à vêtement.

— Désolé, tous les stewards sont occupés. Georgie m'a demandé de t'apporter cela pour ta robe.

Elle n'allait pas lui claquer la porte au nez, ce serait grossier. Après tout, il avait pris la peine de lui apporter cette housse.

Sachant que si elle tendait la main pour la prendre elle risquait de faire tomber le drap de bain qui l'enveloppait, Libby n'eut d'autre choix que de l'inviter à entrer.

— Heu, je… S'il te plaît, entre. Tu peux poser la housse sur cette chaise. Je finis de me préparer, alors je te laisse.

Le cœur battant, elle alla dans la salle de bains enfiler le peignoir en éponge mis à sa disposition puis revint dans la pièce principale, décidée à renvoyer Daniel à ses occupations. Elle devait faire preuve de fermeté et fixer des limites – dans son propre intérêt, car elle avait peur de ses réactions face à lui.

— C'est très gentil à toi de m'avoir apporté cette housse, mais je ne veux pas te retenir plus longtemps. Georgie m'a dit que tu te chargeais de veiller sur Walter aujourd'hui pendant que je donne un coup de main en cuisine, alors il me semble que nous sommes tous les deux bien occupés.

— Oui, c'est vrai. Mais ce n'est pas seulement la housse qui m'amène ici. Nous devons parler, toi et moi.

— Nous l'avons déjà fait hier, et rien n'a vraiment changé. Le déjeuner était très agréable, j'ai apprécié ta compagnie, mais tu as une vie compliquée. Moi aussi, Daniel. Alors, laissons cela de côté. Il y a quelque chose dont je veux te parler, mais ce n'est pas le moment.

— D'accord. La journée d'hier m'a prouvé que nous devions discuter de ce qu'il s'est passé autrefois afin de tourner la page.

— Très bien. Maintenant, s'il te plaît, va-t'en. Nous aurons cette conversation un autre jour. Je dois aider Georgie à préparer la fête, et je suis en retard.

Restée seule, Libby toucha le médaillon qui pendait à son cou, le cœur battant à tout rompre.

Tous ses espoirs s'étaient envolés en un instant. Daniel voulait tourner la page ! Certes, elle n'aurait pas dû en être surprise puisqu'il n'avait jamais cherché à reprendre contact avec elle après son départ précipité, mais là il venait de mettre un point final à leur histoire.

Les mains crispées sur son pendentif, elle souhaita de tout son cœur prendre la bonne décision en révélant à Daniel qu'il était père. Peut-être que son désir de tourner la page le pousserait à se désintéresser complètement d'un fils qu'il n'avait jamais rencontré. En ce cas, mieux valait qu'elle le sache maintenant.

Déçu de n'avoir pas pu discuter avec Libby, Daniel se rendit sur le pont pour savoir à quelle heure ils arriveraient. Walter devait être prêt à temps pour participer à la fête, et il s'était proposé pour l'aider à s'habiller.

Il n'avait pas fermé l'œil de la nuit, ne cessant de penser à Libby, si proche et pourtant inaccessible. Il aurait tant aimé pouvoir remonter le temps, et agir autrement cette fois ! Mais c'était impossible. Il s'était autorisé à craquer pour elle alors qu'il ne l'aurait pas dû : il n'avait pas le droit de lui laisser croire qu'il était libre.

Se trouver si près d'elle cette nuit avait été une vraie torture. La savoir endormie dans la suite voisine de la sienne, respirant doucement dans son sommeil, l'avait mis à dure épreuve. Il aurait voulu la serrer dans ses bras, lui dire à quel point elle comptait pour lui, et que ses sentiments pour elle ne changeraient jamais, même si la vie les obligeait à vivre séparés. Mais lui faire ces aveux serait déloyal. Elle avait besoin de se sentir libre pour aller de l'avant.

Il s'était tourné et retourné sur sa couchette, songeant à leur sortie sur l'île. Comme ç'aurait été naturel de la tenir par la main tandis qu'ils se promenaient dans les petites rues ! Comme ç'aurait été facile de l'embrasser ! Comme il aurait voulu la prendre dans ses bras alors qu'ils marchaient pieds nus sur le sable ! Libby était tout ce qu'il désirait et qu'il ne pouvait avoir.

Vers 3 heures du matin, la mer s'était levée et avait secoué le yacht, comme souvent dans les Caraïbes. Cela ne l'avait pas dérangé, il était habitué aux grosses vagues et aux vents violents. Mais alors que le mauvais temps ne l'avait jamais empêché de dormir, le sommeil le fuyait depuis cinq jours en dépit d'une météo clémente. Ses ruminations sur le mal qu'il avait fait et qu'il continuait de faire à Libby en lui cachant la vérité le tenaient éveillé.

Au petit matin, il s'était dit que ça ne pouvait pas continuer. Il ne supportait plus de voir dans les yeux de Libby cette tristesse et cette confusion dont il était la cause. S'il lui était impossible d'effacer cette souffrance, au moins se trouvait-il en mesure de l'atténuer. Il lui parlerait. Il lui expliquerait son rôle au sein de la principauté de Chezlovinka et l'obligation qu'il avait de succéder à son père. Il en dirait assez pour qu'elle comprenne qu'il avait pour elle de véritables sentiments et qu'il ne l'avait quittée que contraint et forcé.

Les quelques jours qui venaient de s'écouler l'avaient convaincu qu'il pouvait lui faire confiance. Il était certain qu'elle garderait le secret sur la maladie de son père. Au moins, elle saurait qu'il tenait à elle et que ce qu'ils avaient partagé à San Francisco était bien réel. Malheureusement, sa vie à elle était là-bas, quand la sienne était au service de son peuple sur un autre continent… Mais il garderait au cœur le souvenir de ce qu'ils avaient vécu ensemble.

Libby méritait de savoir. Il devait trouver le moment de lui parler avant qu'il ne soit trop tard.

9.

Libby enfila rapidement un short et un T-shirt, puis elle accrocha derrière la porte de sa cabine la housse contenant sa robe du soir, ses sandales dorées, une petite pochette couleur or et les longues boucles d'oreilles fantaisie imitant l'émeraude que Bradley avait glissées dans sa valise.

Tout en s'activant, elle ne cessait de penser à Daniel.

Il lui restait encore quelques jours avant de tout devoir lui révéler… Et que lui-même lui confie ce qu'il avait à lui dire. Après, ils pourraient tous les deux tourner la page, avait-il déclaré. Mais elle n'en était pas si sûre.

Lorsqu'elle arriva dans la cuisine, Libby était déjà en train de préparer les desserts.

— Combien de fonds de tartelettes as-tu déjà cuits ? demanda-t-elle, étonnée de voir les pâtisseries qui s'empilaient dans la pièce presque jusqu'au plafond.

— Deux cents.

— Pour cent cinquante invités ?

— On ne sait jamais, certaines personnes peuvent en vouloir deux, et Walter exige qu'aucun de ses invités ne soit privé de ce qui est son gâteau préféré – une tartelette aux fruits garnie de mangue, de papaye et de goyave.

— Cela semble très exotique, et tout à fait délicieux ! Que puis-je faire pour t'aider ?

— Ce serait génial si tu pouvais couper les fruits en te basant sur le modèle que voici, répondit Georgie en lui désignant une mangue posée sur la planche à découper.

Le fruit était merveilleusement présenté.

Libby attrapa un tablier et commença à couper les autres mangues en s'efforçant de suivre au plus près ce modèle.

— Et les plats salés ? Est-ce toi aussi qui t'en occupes ?

— Non, heureusement ! répondit Georgie en riant. Ce sont les cuisiniers de l'hôtel qui s'en chargent.

— Ah, tant mieux.

Durant les heures qui suivirent, aidées par quelques membres de l'équipe de cuisine du yacht, elles finirent de préparer les fruits et la crème anglaise, qu'elles stockèrent dans la chambre froide. Libby y avait aperçu les éléments du gâteau de fiançailles, qui promettait d'être magnifique.

Le chef des stewards vint les prévenir qu'on accosterait dans un quart d'heure.

C'était le moment de tout conditionner pour le transport jusqu'aux chambres froides de l'hôtel. Les fruits coupés furent mis dans des boîtes alimentaires tandis que les litres de crème anglaise préparés par Georgie étaient versés dans trois énormes récipients.

— Quand auras-tu le temps d'effectuer l'assemblage des deux cents tartelettes ? demanda Libby.

— Quand nous arriverons à Sainte-Lucie, je suivrai l'équipe jusqu'à l'hôtel, et une fois que les plats salés auront été servis, je commencerai la préparation finale. Je n'aime pas réfrigérer les fonds de tarte, je préfère les garnir à la dernière minute. C'est tellement plus agréable de mordre dans une tartelette dont le fond est à la température ambiante alors que les fruits qui la garnissent sont très frais. C'est ce qui fait le petit « plus » d'un bon dessert, et Sir Walter apprécie beaucoup.

— Tu es une vraie perfectionniste, comme Walter. Il adore que tout l'équipage soit en uniforme, et je dois dire que cela a de l'allure.

— Ce sont les détails qui font la différence ! déclara Georgie, d'un ton qui montrait qu'elle était prête pour la bataille.

La pièce montée devait elle aussi être transportée jusqu'aux cuisines de l'hôtel, et Libby voyait bien que cela préoccupait son amie. Cette réception constituait un événement mondain d'importance, et tout le monde jugerait Georgie sur son travail.

— Jamais Sainte-Lucie n'aura vu une fête de fiançailles aussi belle, dit-elle avec conviction. J'ai l'impression que cette soirée restera gravée dans les mémoires !

Georgie lui adressa un clin d'œil complice.

Daniel aidait Walter à s'habiller pour la réception. Le vieil homme avait opté pour le smoking et le nœud papillon, et il lui avait demandé d'en faire autant.

— Le carton d'invitation précise qu'il faut être en tenue de soirée, c'est pour cette raison que j'accepte de me déguiser en pingouin. Et puis, c'est ce que Contessa aurait voulu que je fasse.

Voyant que Walter lui tournait brusquement le dos, Daniel soupçonna que c'était pour cacher une larme ou deux.

— Ce sera une magnifique soirée, Walter. Tout le monde va passer un excellent moment, et vous êtes très élégant. Sophia sera fière de vous, et Contessa veillera sans aucun doute sur toutes ces festivités à vos côtés.

— Hum, vous croyez ?

— Absolument.

— Très bien, assez d'attendrissement comme cela, déclara Sir Walter d'un ton bougon en se dirigeant vers la porte. Allons donner le coup d'envoi de cette fête. Je crois que ce sera une soirée mémorable.

La réception avait commencé. Goûtant la douceur de la nuit, Libby regardait autour d'elle, émerveillée par la beauté du spectacle qui s'offrait à elle.

Quatre pontons géants équipés de guirlandes lumineuses étaient installés à quelques mètres du rivage, soutenus par de gros piliers enfoncés dans le sable. Sur deux de ces pontons étaient disposées les tables et les chaises, un autre était destiné à la piste de danse, et le dernier était réservé à l'orchestre. Ils étaient reliés entre eux par des ponts japonais eux aussi festonnés de guirlandes lumineuses et décorés de plantes exotiques où dominaient des hibiscus géants couleur corail.

Elle montait la garde devant le plus stupéfiant gâteau de fiançailles qu'il lui ait été donné de voir, une véritable œuvre d'art. Jamais elle n'aurait imaginé qu'il soit possible d'en créer un si beau. Celui-ci était orné de délicates fleurs rose pastel qui cascadaient le long des cinq étages de la pièce montée, jusqu'à une feuille d'or posée sur une tarte au chocolat noir.

Walter avait longuement contemplé cette merveille, avec un petit sourire qui montrait à quel point il était fier du travail de Georgie.

Libby avait pu constater que son amie avait eu raison de craindre que les invités ne soient tentés de toucher au gâteau. Elle avait dû rappeler à l'ordre certains membres de la famille de Contessa tout prêts à poser les doigts sur la pièce montée.

Sophia et son fiancé arrivèrent enfin, et bientôt la fête battit son plein. La jeune femme portait une incroyable robe couleur corail qui dévoilait ses épaules et tombait jusqu'à ses pieds. Ses longs cheveux blonds étaient noués en une haute queue-de-cheval piquée d'une fleur d'hibiscus en soie incrustée de diamants.

Frappée par la beauté de Sophia, Libby fit part de son admiration à Sir Walter alors qu'il passait près d'elle.

— Merci, je vous avais dit qu'elle était le portrait craché de sa mère, dit-il en souriant. Mais vous aussi, je vous trouve très belle, ce soir.

— Merci, Walter.

Il se pencha vers elle.

— Pour parler franchement, je ne suis pas vraiment convaincu par le fiancé qu'elle a choisi, lui glissa-t-il à l'oreille. Apparemment, c'est un acteur. Mais de toute façon, je n'ai pas mon mot à dire.

— Il a l'air gentil, et la façon dont il la regarde montre qu'il est amoureux. Cela devrait vous rassurer.

Le vieil homme hocha la tête.

— Après tout, trouver le véritable amour, c'est tout ce qui compte dans la vie, dit-il.

— Oui, c'est vrai.

D'un geste paternel, il lui prit les mains.

— Dites-moi, ma chère, êtes-vous mariée ? Je sais que vous avez un petit garçon, mais vous ne m'avez jamais parlé d'un mari, et vous ne portez pas d'alliance.

— Je suis célibataire.

— Vous n'avez donc pas encore rencontré l'âme sœur ?

— Je croyais l'avoir fait, mais l'homme en question avait d'autres idées en tête. C'est compliqué.

— Toutes les affaires de cœur sont compliquées mais, entre nous, si vous cherchez un petit ami potentiel, je pense que le Dr Dimosa serait plus qu'intéressé. Je vois la façon dont il vous dévore des yeux quand il croit que personne ne le regarde. Tout cela est un peu rapide puisque vous venez juste de faire connaissance, mais c'est visiblement un coup de foudre. J'ai connu cela avec Contessa dès que nos regards se sont croisés. Aussi, je ne porterai jamais de jugement sur la vitesse à laquelle Cupidon lance ses flèches, conclut-il avec un clin d'œil.

Il marqua une courte pause.

— Bon, reprit-il, je ne sais pas quels sont vos sentiments à son égard, mais son visage s'illumine dès que quelqu'un prononce votre nom. Je n'ai pas abordé la question avec lui, car ça ne me regarde pas, et il ne se livre pas facilement. J'ai voulu tester ma théorie hier. C'est pour cela que je lui ai demandé de vous accompagner sur l'île. Comme je le pensais, il a accepté avec empressement. Mon intuition est assez bonne lorsqu'il s'agit de comprendre les gens. Vous savez, Libby, il est plutôt beau garçon, et vous partagez le même intérêt pour la médecine. Vous pourriez trouver pire… Si toutefois vous cherchez un mari, bien sûr.

— Ce n'est pas le cas, lança-t-elle aussitôt.

— Eh bien, peut-être pas pour le moment, mais gardez cela en tête pour l'avenir. Qui sait ? Peut-être Daniel vous intéressera-t-il un jour ? Moi-même, cela m'a pris du temps pour conquérir ma merveilleuse femme… Bon, je vais cesser de jouer les marieuses et aller me mêler aux autres invités. Au fait, Georgie m'a dit que vous teniez le rôle de gardienne du gâteau. Vous êtes très efficace dans votre délicate mission de le protéger contre les tentatives d'approche. Excellent travail, continuez !

Les propos de Walter avaient bouleversé Libby. Elle avait besoin d'être seule pour se remettre de ses émotions. C'est avec soulagement qu'elle le regarda s'éloigner.

Mais alors qu'elle croyait leur conversation terminée, il revint vers elle.

— Au fait, il est installé au bar et ne cesse de vous regarder. Vous avez dû l'hypnotiser… Et un homme hypnotisé est un homme amoureux.

Malgré elle, Libby se retourna et vit Daniel qui se tenait debout devant le bar, un verre à la main. Il lui fit un grand sourire qu'elle ne put s'empêcher de lui rendre.

Il était si beau en smoking ! Mais il fallait reconnaître qu'il était tout aussi séduisant dans n'importe quelle tenue… Et plus encore quand il ne portait rien du tout.

Soudain, elle s'en voulut de nourrir de telles pensées. Elle devait cesser de songer à lui. Daniel ne se livrait pas facilement, Walter lui-même le reconnaissait. Et tout ce que ce dernier venait de lui dire était très perturbant.

Libby reporta toute son attention sur la pièce montée.

Sa mission, ce soir, était de monter la garde jusqu'au moment où Sophia et son fiancé couperaient le gâteau. Ensuite, elle pourrait regagner le yacht et se réfugier dans sa cabine en oubliant le reste du monde.

Les plats salés étant terminés, les tartelettes aux fruits arrivèrent et remportèrent un franc succès. Beaucoup d'invités en réclamèrent une seconde, à commencer par Walter. Puis vint le moment où les fiancés s'approchèrent de la pièce montée pour la couper. Comme le couple posait pour les photographes professionnels et pour les invités qui voulaient immortaliser cet instant, Libby recula de quelques pas, frôlant le bord du ponton. Lorsqu'elle s'en aperçut, il était trop tard : son talon gauche ne reposait plus sur le plancher. Elle perdit l'équilibre et, agitant les bras de façon inélégante, tomba à la renverse dans le vide au-dessus des vagues.

Des cris de stupeur jaillirent de la foule des convives, et Sir Walter fit signe à l'orchestre d'arrêter de jouer.

Quittant précipitamment le bar où il avait passé presque toute la soirée, Daniel plongea dans l'eau.

Elle n'était ni très profonde ni très froide, mais si noire que, lorsqu'il noua ses bras autour de Libby, celle-ci en fut intensément soulagée.

— Est-ce que ça va ? demanda-t-il en même temps qu'il lui dégageait le visage en repoussant en arrière ses boucles trempées.

— Oui, ça va, merci. Je suis humiliée, mais saine et sauve… Je n'arrive pas à croire que tu aies fait cela ! Ton smoking est fichu, et nous avons l'air de deux idiots. Tu aurais dû me laisser avoir l'air d'une idiote toute seule !

Il sourit.

— Tu n'as pas du tout l'air d'une idiote, tu es superbe. Je voulais te dire combien je te trouvais belle ce soir. À présent, tu es trempée *et* très belle.

Libby le regarda sans rien dire, un lent sourire illuminant son adorable visage.

— Est-ce que tout va bien ? demanda Sir Walter.

Celui-ci se tenait au bord du ponton, entouré d'un groupe d'invités visiblement inquiets, dont Sophia et son fiancé.

— Tout va bien, répondit Daniel, c'est une sorte de bain de minuit. Nous allons retourner sur le yacht pour… mettre des vêtements secs.

Et il prit Libby par la main pour gagner le rivage avec elle.

Cette dernière effectua le retour à la marina et sur le yacht dans un état second.

En sentant la main de Daniel tenir la sienne, elle avait l'impression d'être chez elle, alors même qu'elle se trouvait à des milliers de kilomètres de San Francisco. Elle mesurait à présent pourquoi elle était tombée amoureuse de lui, et pourquoi il lui avait été impossible de l'oublier.

Elle savait qu'elle aurait dû libérer sa main, mais elle en était incapable. Elle était lasse de tout faire toute seule. C'était merveilleux de se sentir protégée. Peut-être commettait-elle de nouveau une erreur mais, à cet instant précis, elle avait le sentiment de faire ce qui était juste. Jamais elle ne s'était sentie aussi heureuse.

Lorsqu'ils arrivèrent sur le *Coral Contessa*, l'un des stewards, qui avait dû les voir approcher, les accueillit avec deux grandes serviettes-éponges blanches.

— Vous vous êtes offert un bain de minuit ?

— Quelque chose dans ce genre, répondit Daniel en posant sur les épaules de Libby l'une des serviettes.

Le steward s'en alla, les laissant seuls.

— Tu dois cesser de me sauver la vie, dit doucement Libby. Cela devient chez toi une habitude. Tu as commencé par me sauver de Maxwell Hudson, et maintenant des requins des Caraïbes !

Il sourit. Il aurait volontiers passé sa vie à voler au secours de Libby, mais ce n'était pas possible. Le moment était venu de tout lui dévoiler. Il voulait qu'elle connaisse la vérité. Cela ne changerait rien à leur destin, mais elle méritait de savoir.

— Je voudrais te parler, Libby. Il y a quelque chose que je voulais te confier depuis très longtemps, et que j'ai essayé de te dire ce matin.

— Quoi donc ? Que tu tiens encore à moi et que c'est pour cette raison que tu t'es jeté à l'eau pour venir à mon secours ?

— Oui, ça… Et autre chose aussi.

— Si tu tiens encore à moi, le reste pourra attendre jusqu'à demain, dit-elle en le regardant droit dans les yeux. Ne parlons plus. Profitons juste de cette nuit sans plus nous soucier de rien, et nous reprendrons cette conversation demain.

Il était surpris, mais il n'avait pas envie de discuter. Il était dans le même état d'esprit que Libby. Il la désirait comme un fou. Il ne lui avait rien promis, et il ne lui promettrait jamais rien. Elle le savait, et pourtant elle voulait passer la nuit avec lui. Ce qu'il avait à lui dire pouvait attendre jusqu'à demain.

Il l'enlaça et se pencha sur elle.

— Tu es sûre ? demanda-t-il d'une voix rauque.

Elle hocha la tête et, se dressant sur la pointe des pieds, elle lui offrit ses lèvres.

Incapable d'attendre davantage, il s'empara de sa bouche et l'embrassa avec passion.

Collée à lui, elle lui rendit son baiser avec la même fièvre.

Au bout d'un moment, il la souleva dans ses bras et l'emporta, blottie contre lui, jusqu'à son lit qui serait le leur cette nuit.

Le lendemain, quand Daniel se réveilla en tenant dans ses bras une Libby complètement nue, il souhaita de toute son âme se réveiller ainsi chaque matin.

Elle bougea doucement et, se tournant vers lui, lui décocha le sourire le plus angélique qu'il ait jamais vu.

— Bonjour, dit-il en l'embrassant tendrement.

— Bonjour, fit-elle en lui rendant son baiser.

Il se mit sur le dos tandis qu'elle se blottissait contre lui.

— Veux-tu prendre un petit déjeuner ? demanda-t-il.

— Non, murmura-t-elle. Je suis si bien, ici. Je n'ai pas envie de me lever. Nous devons faire face à la réalité, et je n'y suis pas encore prête.

Il partageait son sentiment, mais il devait lui dire la vérité.

— Moi non plus, répondit-il d'un ton mélancolique. Rien n'aurait pu être plus parfait, mais il y a quelque chose que je dois te dire. J'ai essayé, hier soir…

— Je sais. Désolée de t'en avoir empêché.

— Je suis heureux que tu l'aies fait, répliqua-t-il en l'embrassant doucement. Mais maintenant, nous devons vraiment avoir cette conversation. C'est important que tu saches tout.

— Moi aussi, j'ai quelque chose à te dire, Daniel.

Il esquissa un sourire doux-amer.

Il aurait adoré passer sa vie à écouter Libby se confier à lui, mais il devait lui révéler les dures réalités de son existence afin qu'ils puissent tous les deux tourner vraiment la page.

— Pour comprendre la raison qui m'a poussé à agir comme je l'ai fait il y a quatre ans, commença-t-il, tu dois connaître mes origines, savoir d'où je viens…

— Je ne vais pas te juger en fonction de l'endroit où tu as grandi, l'interrompit Libby en lui caressant le bras. Je crois que ça n'a aucune importance. Ce qui compte, c'est ce qu'on fait de sa vie, et non d'où l'on vient.

Il ne put s'empêcher de sourire.

De toute évidence, Libby pensait qu'il venait d'un milieu social défavorisé, et elle essayait de le rassurer. Elle avait un grand cœur et se montrait généreuse et tolérante. Il ne l'en aimait que davantage.

— Tu sais, Libby, je n'ai pas eu une enfance difficile, bien au contraire. J'ai grandi dans un milieu privilégié.

— Je vois. Quel genre de privilèges ? Tu es allé dans une école privée pour enfants de milliardaires ? Tu as eu une gouvernante ?

— Oui… Et d'autres privilèges encore.

— Lesquels ?

— Ma famille est sur le trône d'une petite principauté en Europe.

— Tu appartiens à une famille princière ? interrogea Libby, incrédule. Une famille qui règne actuellement ?

— Oui, dans un tout petit pays. Tu n'en as sans doute jamais entendu parler. Mon père est le prince régnant de Chezlovinka.

— Chezlovinka ? Cette principauté voisine de la Grèce ?

— Tu connais ?

— Oui, on l'a étudiée en classe pendant ma dernière année de collège.

— Vous avez étudié Chezlovinka !

— Mais oui. Je sais que c'est un pays magnifique situé dans le bassin méditerranéen. Mais je n'ai jamais vu aucune photo de toi, ajouta-t-elle, l'air dubitatif.

— Ma mère a tenu à me protéger de la curiosité des médias pour que je puisse avoir une enfance et une jeunesse relativement normales. C'est elle aussi qui m'a encouragé à faire médecine. J'ai étudié à Londres.

Libby resta silencieuse un moment.

— Oh ! mon Dieu ! Cela veut dire que tu es un prince.

— Oui. Le prince Daniel Dimosa.

— Alors, c'était donc cela… Tout s'explique, à présent.

Elle s'enroula dans les couvertures et le regarda, les sourcils froncés.

— Tu es un prince, et moi une roturière. Je vois. Il te faut une princesse, et je suis loin d'en être une !

— Non, Libby, c'est faux. Tu es gentille, intelligente, empathique, tout ce qu'une princesse devrait être. Mais cette histoire a son côté sombre, comme toujours dans les contes de fées. Ma vie, loin d'être une vie de château pleine de joie et de plaisirs, sera faite de devoirs et de sacrifices. Je ne veux pas que tu subisses cela. Je veux que tu aies tout ce que tu désires, mais… je ne peux pas te le donner.

— Je comprends, dit-elle en fermant les yeux. Tu me laisses tomber, et tu le fais avec beaucoup de tact.

— Non ! protesta-t-il en la serrant contre lui. Ce n'est pas ça du tout, Libby. La vérité, c'est que tu mérites beaucoup mieux que l'existence que je pourrais t'offrir.

— C'est gentil de prétendre ça, mais ce n'est pas vrai. Tu vas mener une vie de rêve chez toi.

— Mais je te dis la vérité ! Il faut me croire, Libby.

— N'ajoute plus rien. Je n'ai pas ma place dans ton monde, et tu n'as pas ta place dans le mien. Je suis une simple infirmière de San Francisco…

— Ne dis pas cela, coupa-t-il d'un ton ferme. Tu es la femme la plus extraordinaire que je connaisse, et je serais prêt à te suivre à l'autre bout du monde. Mais vivre avec moi ne serait un cadeau pour personne, encore moins pour toi.

— Tu es un homme merveilleux, Daniel. Je comprends que tu veuilles me protéger et m'épargner les écueils d'une vie à laquelle tu es toi-même habitué, mais très éloignée de ce que je connais.

Elle s'écarta légèrement, le regard braqué sur le ventilateur qui tournait lentement au-dessus de leurs têtes.

— Il te faut une épouse appartenant au même milieu social que toi, reprit-elle. Non pas une femme assez maladroite pour tomber d'un ponton, et qui serait pour toi un handicap.

— Libby ! Jamais tu ne pourrais être un handicap pour moi. Je suis prêt à plonger de mille pontons pour toi. Le problème, ce n'est pas toi, mais ma famille.

Libby ramassa la serviette qui traînait par terre et, quittant le lit, se dirigea vers la salle de bains. Elle en ressortit quelques instants plus tard, vêtue d'un peignoir.

— Ta famille ? Que veux-tu dire ? demanda-t-elle en commençant à rassembler ses vêtements éparpillés sur le sol.

— Mon père en particulier. Il n'est pas bien, et je dois rentrer chez moi pour m'occuper du pays. Je savais que cela arriverait un jour, et c'est pour cette raison que je ne voulais pas m'engager avec toi. Je regrette profondément de n'avoir pas écouté la voix de la raison, il y a quatre ans. J'aurais dû garder mes distances. Mais j'ai été égoïste. Je brûlais d'envie de passer la nuit avec toi. Je n'en avais pas le droit, mais quelque chose en moi refusait de l'admettre.

— Je comprends. C'est ce que j'ai fait hier soir… Je voulais être avec toi cette nuit, quelles qu'en soient les conséquences.

— Et, crois-moi, je suis heureux que tu l'aies fait. Mais il ne peut s'agir que d'une nuit sans lendemain, rien de plus. Je suis désolé.

— Je savais que ce serait sans lendemain. Tu m'avais dit que tu voulais tourner la page, et je suis une grande fille. J'ai pris ma décision en toute connaissance de cause. Tu n'as pas à être désolé, répondit Libby.

Mais sa voix n'était plus qu'un murmure et trahissait une profonde tristesse.

— Avant-hier, quand nous étions sur l'île, je t'ai dit que je n'étais pas libre de mes choix. Beaucoup sont dictés par le fait que j'appartiens à la famille princière, et certains par le fait que je suis le fils de mon père.

— N'est-ce pas la même chose ?

— Pas exactement. Mais je dois rentrer chez moi. L'état de santé de mon père ne s'améliorera jamais. Il n'existe aucun médicament ni traitement capable de le guérir.

— Ton père est-il dans la phase terminale de sa maladie ? demanda-t-elle en s'asseyant au bord du lit, loin de lui.

Il soupira.

— Oui, mais nous ignorons combien de temps il lui reste à vivre. Il a été atteint de façon précoce par la maladie d'Alzheimer, qui frappe durement ma famille d'une génération à l'autre.

Il éprouvait soudain un énorme soulagement d'avoir pu se confier à Libby. Jamais il n'avait parlé de cela à quiconque. Maintenant, il avait l'impression d'être débarrassé d'une grosse partie du poids qui pesait sur ses épaules. La situation dans laquelle il se trouvait n'avait pas changé, et elle ne changerait jamais, mais il se sentait apaisé comme jamais il n'aurait pensé pouvoir l'être.

— Oh ! Daniel, comme c'est triste ! J'imagine à quel point ce doit être difficile pour toi, pour ta mère et pour tout ton entourage.

— Oui, cela a été dur. Jusqu'à présent, mon père a pu remplir son rôle. Chez lui, la maladie est apparue très tôt mais s'est développée lentement. C'est le mois dernier que les symptômes se sont aggravés. Ma mère m'a alors appelé à l'aide. Je retourne là-bas la semaine prochaine. Je ne peux pas retarder davantage mon départ.

— Les habitants de Chezlovinka, eux aussi, doivent être tristes de savoir ton père malade.

— C'est toute la question. Il ne faut pas qu'ils soient au courant. Je dois prendre les affaires en main afin que mon père puisse abdiquer en conservant sa dignité. Sinon, la population pourrait s'inquiéter, se poser des questions sur lui, sur moi et sur l'avenir du pays. Il y a tant d'incertitudes dans le monde de nos jours qu'il vaut mieux ne pas ajouter encore toute cette angoisse.

— Je comprends que tu ne veuilles pas qu'ils s'inquiètent pour ton père, mais pourquoi s'inquiéteraient-ils pour toi ? C'est ton père qui est malade, pas toi.

— Le problème est là, Libby. Je risque de souffrir un jour de la même maladie que lui. Elle est due à la mutation d'un gène, et il suffit qu'un des deux parents soit porteur du gène mutant pour qu'un enfant risque d'être atteint par cette maladie. Il est possible que j'aie ce gène mutant et que, dans quelques années, la maladie se déclare.

— Mais tu n'en es pas certain.

— Non, mais je n'ai aucune garantie non plus que cela ne m'arrivera pas. Les citoyens de Chezlovinka ne sont pas naïfs. S'ils apprennent de quelle maladie souffre mon père, ils arriveront rapidement à la conclusion que c'est génétique et que je peux moi aussi tomber malade un jour. Ils ont besoin de stabilité. C'est pourquoi je dois rentrer dans mon pays et commencer à préparer mon successeur afin que le trône ne reste pas vacant au cas où je me retrouverais dans l'incapacité de gouverner. J'ai pensé à modifier la Constitution pour permettre à mon cousin Edouard, qui étudie actuellement le droit à Cambridge, de régner sur la principauté. Comme il a été adopté à sa naissance par mon oncle paternel, il ne risque pas de développer cette maladie génétique, tout en portant le nom de Dimosa.

— Et tu dois garder tout cela secret.

— Pas complètement. L'état de mon père s'est tellement détérioré qu'il a dû être pris en charge par une équipe soignante qui est d'une grande loyauté. Tous ont accepté de l'aider et de ne parler à personne de sa maladie.

— Mais, et toi ? Tu sais ce que je ressens pour toi. Je peux te soutenir, être là à tes côtés, si tu m'y autorises.

— Tu es la plus merveilleuse des femmes, Libby, et tu sais toi aussi ce que je ressens pour toi. Mais je ne peux pas te demander cela. Je ne peux pas te demander de renoncer à l'existence que tu mènes aujourd'hui et de prendre le risque d'avoir à me soigner un jour. Je refuse de te condamner à cette vie-là. Je ne veux pas que tu aies à veiller sur moi comme ma mère veille sur mon père et continue de prendre soin de lui alors que, bientôt, il ne la reconnaîtra même plus.

— Mais peut-être que tu échapperas à cette maladie ! Et même si tu l'avais un jour, cela ne changerait rien à mes sentiments pour toi.

— Seulement, pour moi, cela changerait tout. Je refuse que tu te retrouves prise au piège avec un homme lui aussi pris au piège, enfermé à l'intérieur de lui-même…

Il avait envie d'ajouter : « Et qui ne veut pas avoir d'enfants. » Car il ne voulait pas courir le risque d'avoir un enfant qui soit peut-être porteur du gène mutant. Il avait décidé de ne pas se faire tester tant qu'il ne montrerait aucun symptôme. Convaincu de connaître un jour le même destin que son père, il ne voulait pas que la mère de cet enfant souffre à l'idée de lui voir subir le même sort que son mari.

Libby essuya les larmes qui lui inondaient les joues.

— Si tu tiens vraiment à moi, pourquoi ne me laisserais-tu pas prendre moi-même cette décision ?

— Je t'offre la chance de trouver un homme avec lequel tu pourras mener une longue vie heureuse. Je ne veux pas faire de toi une garde-malade. Tu dois pouvoir être toute ton existence la femme et l'amante d'un homme qui ne t'expose pas aux risques que, moi, je te ferais courir.

— Quels que soient les résultats du test, mes sentiments pour toi ne changeraient pas, Daniel. Mais si c'est si pénible pour toi de m'écarter de ta vie, pourquoi ne ferais-tu pas ce fameux test ? Tu saurais ce que l'avenir te réserve, et tu pourrais alors prendre une décision rationnelle, fondée sur des faits réels.

Avant de répondre, il prit une profonde inspiration.

— Je le ferai un jour, mais pas maintenant. Il faut que je sois fort pour ma famille et mon pays. Je dois me concentrer sur eux, et non sur moi. S'il se confirmait maintenant que je suis porteur de ce gène, cela m'obséderait, et je serais incapable de cacher la vérité à ma mère. Je ne veux pas ajouter à ses soucis et la voir se tourmenter pour les deux hommes de sa vie.

— Je comprends, mais tu ne penses pas que le fait de ne pas savoir est aussi une torture pour elle ?

— Peut-être est-ce de l'égoïsme de ma part, Libby, mais si je connais la vérité et que, comme je le crois, je suis porteur du gène, je n'aurai plus un seul instant de paix. Je passerai ma vie à redouter ce qui m'attend.

— Mais c'est exactement ce que tu fais aujourd'hui, Daniel : tu vis dans la peur.

Il la regarda, silencieux, se demandant si elle n'avait pas raison.

Libby toucha son médaillon sans quitter des yeux Daniel, qui s'était levé du lit sans rien dire et, vêtu d'un peignoir, se tenait maintenant devant la baie vitrée de la suite, contemplant les nuages sombres qui s'amoncelaient dans le ciel.

— J'ai quelque chose à te dire, commença-t-elle en le rejoignant près de la fenêtre. Quelque chose qui peut changer ta façon de voir les choses. À propos de ton avenir, et peut-être aussi concernant ton choix de te faire tester ou non.

Daniel se tourna vers elle et l'attrapa par la taille, la tenant étroitement serrée contre lui.

— Il n'existe rien qui puisse changer mon avenir, hélas ! Et je ne me ferai tester que si cela s'avère absolument nécessaire. Je dois penser à ma mère et à mon pays, en ce moment, et non à moi. Je suis désolé, Libby, mais rien de ce que tu pourrais me dire ne modifiera ce qui m'attend.

— Je ne suis pas d'accord. Je sais que cela pourrait tout changer.

Elle fit un pas en arrière et s'apprêta à ouvrir le médaillon renfermant le portrait de leur fils, qui était le sosie de son père.

Soudain, une grosse vague secoua le yacht avec une telle force qu'elle se trouva projetée dans les bras de Daniel.

— Est-ce que ça va ?

— Je… je crois, balbutia-t-elle. Je n'ai jamais connu cela. Sommes-nous en sécurité ? C'était une vague énorme !

— Nous sommes sur l'océan Atlantique, et je pense que nous allons avoir du mauvais temps. S'il te plaît, assieds-toi, et reste dans la cabine.

Il sortit d'un placard un pantalon et une chemise qu'il enfila rapidement.

— Je vais demander au capitaine ce qu'il se passe, et aller voir Walter. Je n'en ai pas pour longtemps.

— Je t'en prie, n'oublie pas que j'ai quelque chose d'important à te dire !

— C'est promis, nous parlerons dès que je serai de retour.

10.

Daniel referma la porte de sa cabine, où il avait laissé Libby, et consulta sa montre.

Il était 7 heures, l'heure à laquelle il procédait chaque matin au premier des contrôles médicaux de Sir Walter.

Il se dirigea vers la suite de ce dernier, située au bout du couloir. Il avançait prudemment, essayant de garder son équilibre malgré les secousses infligées au yacht par une mer déchaînée.

Il frappa à la porte et, n'obtenant aucune réponse, utilisa son passe.

Walter dormait paisiblement dans son lit. Visiblement, les turbulences provoquées par les vagues qui malmenaient le *Coral Contessa* ne troublaient en rien son sommeil.

Il décida de le laisser se reposer. Sans doute le vieil homme avait-il regagné le yacht au petit matin, avec les autres passagers qui avaient largement profité de la fête. Il les avait entendus rentrer à l'aube, et la plupart d'entre eux étaient probablement encore au lit.

La veille, le capitaine avait annoncé que le yacht reprendrait la mer à 6 heures du matin pour rejoindre Miami dans deux jours. Cela laisserait largement le temps à tout le monde de se remettre de cette nuit blanche. Mais il craignait que, vu le mauvais temps, beaucoup d'invités n'aient le mal de mer.

Arrivé sur le pont, il alla trouver le capitaine qui le mit au courant de la situation météorologique.

— Nous sommes presque sortis de l'orage. À moins qu'il ne se produise un brusque changement, la mer va se calmer et les vents s'atténuer. Comme le yacht est solide et pèse des milliers de tonnes, nous ne risquons rien.

— Il ne faut donc pas s'inquiéter des vagues qui déferlent sur le pont ?

Après tout, Libby avait perdu l'équilibre dans sa cabine tant le yacht était secoué.

— La mer restera encore agitée durant les deux heures à venir, mais le plus dur est passé. Ensuite, ce devrait être assez calme jusqu'à Miami. Cependant, j'ai demandé aux stewards d'avertir les passagers de ne pas aller sur leur balcon tant que je ne leur aurai pas donné le feu vert.

— Vous croyez qu'ils seraient vraiment tentés de le faire avec un temps pareil ?

Eric leva les yeux au ciel.

— Vous pourriez être surpris par leurs réactions !

Au même moment, un steward apparut et les informa qu'un passager était tombé de son lit à cause du tangage du yacht et s'était blessé à la tête dans sa chute. Il saignait beaucoup. Par ailleurs, une passagère était tombée elle aussi en se rendant à la salle de bains, et elle s'était foulé la cheville.

Craignant que, dans les deux heures à venir, la grosse mer et sans doute aussi l'abus d'alcool de la veille ne fassent d'autres victimes, Daniel se dit qu'il avait besoin que Libby vienne l'aider. Il lui envoya un message lui demandant de se rendre à l'infirmerie aussitôt qu'elle le pourrait. Après quoi, il alla chercher sa trousse médicale et se dirigea vers la cabine du passager blessé à la tête.

Lorsqu'il frappa à la porte, une femme vint lui ouvrir, l'air angoissé.

— Il saigne énormément, dit-elle en buvant une gorgée du verre de whisky qu'elle tenait à la main. Je pense qu'il faudrait le recoudre.

Assis dans son lit, le blessé, âgé d'une soixantaine d'années, semblait avachi. Il pressait sur son œil gauche une serviette blanche. Peu de sang tachait ce pansement improvisé.

Daniel ouvrit sa trousse médicale, enfila une paire de gants et s'approcha de l'homme avec quelques compresses stériles à la main.

— Je m'appelle Daniel, je suis le médecin en poste sur ce bateau. Vous avez dû déjà me voir à bord. Comment vous appelez-vous ?

— Stan. Non, je ne vous avais pas remarqué sur le yacht, mais je vous ai vu plonger dans l'eau hier soir. C'était bizarre de faire cela au cours d'une réception.

— Très bizarre, en effet, renchérit la femme.

Il choisit d'ignorer leurs commentaires.

— Voyons cette blessure, Stan. Si vous ôtez votre main, je pourrai examiner la plaie.

L'homme baissa lentement le bras.

Daniel s'attendait à découvrir sur son front une coupure profonde, mais il ne s'agissait en fait que d'une égratignure qui saignait à peine. Il la nettoya avec une compresse.

— Voulez-vous que je pose un pansement ? demanda-t-il.

— Vous n'allez pas recoudre la blessure ? demanda la femme, son verre toujours à la main. Je pense qu'il faudrait le faire, sinon il pourrait recommencer à saigner et mettre plein de sang dans la cabine.

— Oui, approuva Stan, vous pourriez me recoudre, et on n'en parlerait plus.

— Ce n'est vraiment pas utile.

— Vous êtes sûr ? insista la femme en vacillant.

Visiblement, si elle avait du mal à garder son équilibre et si Stan était tombé du lit, ce n'était pas dû seulement aux mouvements du yacht. Il avait aperçu sur la commode un nombre impressionnant de bouteilles vides provenant du minibar. De toute évidence, le couple avait continué à faire la fête toute la nuit.

Après avoir assuré à Stan que sa blessure était bien moins grave qu'il ne l'avait cru, Daniel lui mit un pansement adhésif et s'en alla. Il prit ensuite la précaution de recommander aux stewards d'éviter de regarnir le minibar dans la journée.

Lorsqu'il arriva à l'infirmerie, il vit que Libby était en train de s'occuper d'un passager.

— Quand les nausées ont-elles commencé ? demandait-elle à l'homme.

— Lorsque l'énorme vague a secoué le yacht, nous nous sommes mis tous les deux à vomir.

— Vous venez de dire « nous », observa Daniel. Quelqu'un d'autre a-t-il des nausées ?

— Oui, ma femme. Mais elle n'a pas voulu descendre à l'infirmerie. Elle a préféré se mettre sur le balcon pour prendre l'air, pensant que cela lui ferait du bien.

Daniel sursauta.

— Elle est sortie sur le balcon ? Avec ce temps ?

Il était urgent de vérifier qu'il n'était rien arrivé de fâcheux à cette femme. Avec une mer aussi houleuse, il ne voulait voir personne sur les balcons des cabines. Et ce d'autant plus que bon nombre d'invités avaient passé la nuit à boire.

— Dans quelle cabine êtes-vous ?

— Sur le pont 1, dans la cabine n° 9.

Il téléphona aussitôt pour demander qu'un steward aille immédiatement sur place, et il s'y rendit lui-même, laissant Libby soigner les nausées de son patient.

Alors qu'il s'approchait de la cabine n° 9, il constata qu'un steward était déjà là, en train de frapper à la porte sans obtenir de réponse. Utilisant son passe, il pénétra à l'intérieur et, comme il le craignait, il vit la femme sur le balcon. Penchée au-dessus de la balustrade, elle vomissait dans la mer.

Il se précipita vers elle et la tira à l'intérieur au moment même où une grosse vague venait frapper le yacht, puis il échangea un regard avec le steward.

Qui sait ce qu'il se serait passé s'ils n'étaient pas arrivés à temps ?

— Pouvez-vous passer dans chaque cabine pour rappeler à tout le monde de ne pas aller sur les balcons, compte tenu de l'état de la mer ? demanda-t-il au steward. Ah ! et n'approvisionnez plus les minibars jusqu'à notre arrivée à Miami.

Il décida ensuite d'aller voir la patiente qui s'était blessée à la cheville.

Il la trouva allongée, le pied surélevé. Jetant un coup d'œil autour de lui, il ne vit aucune bouteille vide et en fut soulagé.

Stella, la patiente, avait une quarantaine d'années. Elle voyageait avec sa mère, qui était sortie lui chercher un petit déjeuner. Il se souvint les avoir vues danser la veille pendant la fête.

En examinant de près la cheville de Stella, il constata qu'elle s'était vraiment fait mal en tombant. Le plus léger mouvement déclenchait chez elle une vive douleur.

— Vous avez une entorse, Stella. Je vous conseille de vous reposer et d'éviter de bouger. Je vais demander qu'on vous apporte de la glace. Vous la garderez sur votre cheville pendant vingt minutes, et vous répéterez cette opération toutes les deux ou trois heures durant la journée.

— Heureusement que cela ne m'est pas arrivé hier ! Je n'aurais pas pu danser de toute la soirée… Et je ne vous aurais pas vu plonger en smoking dans la mer pour sauver votre femme.

Il ne répondit rien.

Libby n'était pas sa femme, et elle ne le serait jamais.

L'idée qu'il allait devoir lui dire adieu pour toujours lui était insupportable, mais il leur restait encore deux jours à passer ensemble, et il avait bien l'intention d'en profiter au maximum.

— Devrai-je aller voir mon médecin lorsque je rentrerai à New York ? demanda Stella.

— Si la douleur persiste dans un jour ou deux, prenez rendez-vous avec votre médecin généraliste. Il vous fera passer une radio ou un scanner. Il pourrait aussi s'agir d'une fracture, mais pour l'instant je pense que c'est juste une entorse. De toute façon, je vais revenir plus tard voir comment vous allez, et je vous poserai un bandage élastique autour de la cheville afin d'éviter qu'elle ne gonfle.

Après avoir donné l'ordre à un steward d'apporter une poche de glace à Stella, il se rendit chez Walter.

Il se réjouit de voir que la tension artérielle du vieil homme restait normale et que la plaie cicatrisait bien. Ce voyage dans les Caraïbes semblait vraiment lui réussir.

— Comment cela s'est-il passé pour Libby et vous après votre bain de minuit ? demanda Walter alors que Daniel refermait sa trousse médicale et ôtait ses gants en latex. C'était héroïque de votre part de plonger ainsi dans l'eau.

— Elle était peu profonde.

— Peu importe. Les femmes adorent qu'on vole à leur secours, et je suis sûr que Libby a apprécié votre côté chevaleresque, dit Walter en souriant. J'ai vu que vous n'étiez pas revenus à la fête. J'imagine que vous avez pris le temps de faire un peu mieux connaissance, tous les deux ?

— Nous avons décidé de rester sur le yacht pour discuter tranquillement.

— J'espère que vous avez fait avancer les choses et que vous avez fini par l'embrasser.

— Je n'ai pas dit que…

— Rencontrer une femme aussi délicieuse que Libby McDonald est une chance qui ne se produit qu'une fois dans la vie d'un homme, coupa Walter. Et vous êtes sûrement d'accord avec moi, elle serait parfaite pour vous. J'ai bien vu que vous avez craqué pour elle dès que vous avez croisé son regard. Cela avait tout l'air d'un coup de foudre !

— En fait, Walter, Libby et moi nous connaissions déjà avant cette croisière.

— Vraiment ? Libby ne m'en a jamais rien dit. Je croyais tout savoir d'elle.

— Ah bon ? Vous avez dû parler avec elle plus longtemps que je ne l'ai fait.

— Eh bien, je sais qu'elle vit non loin de ses parents.

— Oui, à San Francisco. C'est là que nous nous sommes rencontrés.

— Je sais aussi qu'elle n'a pas beaucoup voyagé avant de faire cette croisière.

— Je la crois plutôt casanière, dit-il avec un sourire.

— Ce qui est un peu normal, sachant qu'elle est la mère d'un petit garçon de trois ans.

Daniel s'apprêtait à quitter la suite. Il s'arrêta net et se tourna vers Walter, le cœur battant à tout rompre.

— Libby a un fils ?

— Oui. Il s'appelle Billy, et son anniversaire tombe juste quelques jours après le mien.

— Ah bon, et à quelle date exactement ?

— Le 10 janvier. Il a fêté son anniversaire quelques jours avant que nous n'embarquions. J'ai dit à Libby qu'il était comme moi un cadeau du lapin de Pâques, puisqu'il a été conçu au printemps.

Daniel se sentit devenir livide.

— Quel âge avez-vous dit qu'il avait ?

— Trois ans.

Il réfléchissait à toute vitesse.

Ce n'était pas possible. Sûrement pas. Ils avaient dormi ensemble la nuit du gala de printemps, quatre ans auparavant.

— Mais ne vous inquiétez pas, poursuivit Walter, il n'y a pas de mari. Libby m'a dit qu'elle était célibataire. Lorsque je lui ai posé des questions sur le père de son enfant, elle m'a répondu que cela n'avait pas marché entre eux. Elle a ajouté que c'était « compliqué ».

Compliqué ?

Daniel se rua hors de la suite sans dire un mot.

Il devait trouver Libby. Savoir si elle lui avait dissimulé quelque chose. Il lui avait tout raconté sur sa vie et, elle, elle ne lui avait pas parlé de son fils. Pourquoi lui avait-elle caché qu'elle avait un enfant ? Parce qu'il était le père de ce petit garçon ?

Pensant qu'elle devait être retournée dans sa cabine, il s'y rendit. Il frappa à la porte comme un homme en manque d'oxygène.

Lorsque Libby ouvrit, elle vit Daniel se ruer dans la pièce et claquer la porte derrière lui.

— J'ai appris que tu as un fils. J'ai besoin de savoir : est-ce mon enfant ?

Elle le regarda, sidérée par sa question et par la colère qu'elle lisait dans ses yeux. Elle avait prévu de tout lui dire elle-même, et non qu'il soit mis au courant par une tierce personne.

Le menton tremblant, les larmes aux yeux, elle hocha la tête.

— C'est Walter qui te l'a dit, n'est-ce pas ?

— Peu importe qui me l'a appris. Je veux juste savoir : est-ce mon fils ?

— Oui, Daniel. Tu as un fils.

Soudain, les raisons pour lesquelles elle avait continué de se taire tous ces jours-ci lui parurent dérisoires. Elle ne voyait pas comment justifier ce choix. Durant la semaine qui venait de s'écouler, elle avait eu maintes fois l'occasion de parler à Daniel, mais elle avait gardé le silence. Elle s'était dit qu'elle voulait attendre le bon moment pour lui annoncer qu'il était père, mais n'était-ce pas juste un prétexte qui cachait autre chose ?

— Tu as voulu me punir ? demanda-t-il d'une voix où se mêlaient colère et tristesse.

— Non, absolument pas !

— Ce n'est pas ce que je crois, Libby. Je pense vraiment que tu as voulu me punir pour t'avoir quittée comme je l'ai fait, juste après avoir passé la nuit avec toi.

— J'étais enceinte de huit semaines quand j'ai découvert que j'attendais un enfant.

— Pourquoi n'as-tu pas pris contact avec moi à ce moment-là ?

Elle le regarda fixement, sa culpabilité muée soudain en ressentiment.

— Tu étais parti depuis longtemps déjà et, nous le savons tous les deux, tu avais disparu avant l'aube après avoir couché avec moi, sans un mot et sans laisser d'adresse.

— Tu aurais pu me trouver si tu l'avais voulu.

— Comment oses-tu ? J'ai essayé de m'informer auprès de l'hôpital pour savoir comment te joindre, mais je n'ai rien pu obtenir de leur part. J'imagine qu'un prince peut avoir tout ce qu'il veut, mais une fille du peuple comme moi doit se plier aux règles.

Elle était furieuse. Il avait disparu du jour au lendemain, et c'était lui qui la mettait en accusation !

— Je sais que, vu la façon dont je t'avais quittée, tu avais parfaitement le droit d'être en colère, dit Daniel.

Il avait légèrement baissé le ton mais restait froid et distant.

— Toutefois, reprit-il, en me laissant ignorer durant toutes ces années l'existence de cet enfant, tu ne m'as pas seulement puni moi. Tu as aussi puni *notre* fils, Libby.

En entendant ces mots, elle sentit son cœur se serrer.

Daniel avait raison. Elle avait également puni Billy, même si ce n'avait pas été son intention. Mais la façon dont Daniel avait dit « notre fils » lui faisait venir les larmes aux yeux. Maintenant qu'elle savait pourquoi celui-ci avait disparu autrefois sans un mot d'explication, il était clair qu'il n'était pas l'homme froid et insensible qu'elle s'était imaginé. Mais elle ne pouvait pas modifier le passé, et lui non plus. Tous deux avaient tu des secrets qui pouvaient les séparer à jamais.

Elle savait qu'elle aurait dû lui parler la veille, après avoir quitté la fête. Avant qu'ils ne fassent l'amour. Ou ce matin. Il y avait eu tant d'occasions où elle aurait dû tout lui dire !

— Billy ne méritait pas d'ignorer que j'étais son père, ni moi d'ignorer que j'avais un fils, poursuivit-il en arpentant la pièce de long en large.

— J'ai essayé de te parler, ce matin…

— Tu m'aurais donc appris la vérité parce que nous avions passé la nuit ensemble ? Et si ce n'était pas arrivé, tu aurais quitté le yacht sans rien me dire ? Pourquoi ne m'as-tu pas parlé dès le premier jour, quand tu m'as vu sur le bateau ? Ou à la Martinique, ou bien l'une des nombreuses fois où nous étions seuls ? Voulais-tu te rapprocher de moi, raviver ce qu'il y avait eu entre nous avant de me parler de Billy ?

— Non, je ne voulais rien raviver du tout.

— Je crois que si. C'est bien de cela qu'il s'agit. Avant de me dire quoi que ce soit, tu voulais savoir si nous nous sentirions bien ensemble, comme autrefois. Je me souviens que tu as dit : « Vivons cette nuit sans nous soucier du lendemain. » Si cela n'avait pas marché entre nous, tu ne m'aurais jamais appris que j'avais un fils.

Elle ne supportait pas de l'entendre porter contre elle de telles accusations.

— Je n'ai jamais dit « sans nous soucier du lendemain » !

— Peut-être pas sous cette forme, mais c'était bien le sens de ta phrase quand tu m'as dit : « Vivons cette nuit. »

— Comment peux-tu déformer à ce point mes propos ? demanda-t-elle en fondant en larmes.

— Je ne déforme rien du tout, Libby. Je te dis comment je vois les choses.

— Je n'étais pas sûre que tu accorderais la moindre importance à…

— Tu n'avais pas le droit de penser cela de moi ! Tu ne me connais pas.

— C'est vrai, Daniel. Je ne te connaissais pas, parce que tu ne m'avais rien révélé de ta vraie vie. Tu l'as gardée secrète. Et peut-être as-tu encore d'autres secrets que j'ignore.

Il la regarda droit dans les yeux.

— Je t'ai tout dit ce matin, Libby. Tout. Tu sais tout de moi, à présent. Je ne t'ai rien caché, car j'avais confiance en toi. Et toi, tu ne m'as même pas informé que j'avais un fils de trois ans. Je vois maintenant que j'avais mal placé ma confiance.

— J'ai essayé de te parler de Billy, ce matin.

Daniel secoua la tête.

— J'ai le sentiment que tu n'y as pas mis beaucoup d'énergie, pas vrai ?

Daniel était dans sa cabine, plongé dans ses pensées.

La mer s'était calmée, et le capitaine avait autorisé les passagers à sortir de nouveau sur les balcons. Par prudence,

Daniel était convenu avec lui qu'il valait mieux ne pas regarnir les minibars des cabines afin d'éviter tout incident jusqu'à l'arrivée à Miami.

Il ne cessait de penser à Libby et à son fils. Leur fils. Il voulait en savoir plus sur le petit garçon. Savoir ce qu'il aimait, à quoi il ressemblait. Quels étaient sa couleur préférée, son plat préféré. Il voulait tout savoir. Mais surtout, il voulait savoir si l'enfant risquait ou non d'être atteint par cette terrible maladie qui se transmettait d'une génération à l'autre dans la famille Dimosa.

Ni Libby ni personne d'autre ne pouvait répondre à cette question. Cela relevait de sa responsabilité à lui.

Il savait ce qu'il lui restait à faire.

Libby avait choisi de demeurer confinée dans sa cabine. Georgie l'avait appelée, mais elle lui avait répondu qu'elle était fatiguée et préférait se reposer. Elles se reverraient le lendemain matin. Allongée sur son lit, elle songeait à l'angoisse peinte sur le visage de Daniel lorsqu'il était venu la trouver après avoir appris la vérité.

Elle s'en voulait tellement de ne pas lui avoir parlé de Billy avant qu'il ne découvre son existence de la bouche de quelqu'un d'autre !

Elle ne cessait de penser à tout ce qui s'était passé depuis le jour où ils s'étaient retrouvés jusqu'à ce matin. Elle ne pouvait retenir ses larmes en y songeant mais, ce qui la frappait le plus, c'était que Daniel n'avait pas un instant réclamé de preuve qu'il était le père de Billy. Bien que blessé et très en colère, il n'avait pas douté d'elle comme elle avait douté de lui.

Libby savait au fond d'elle que, s'il avait fait autrefois le mauvais choix, c'était pour de bonnes raisons. Pour la protéger, lui épargner une vie difficile loin de chez elle et qui l'amènerait peut-être à jouer un jour les gardes-malades. Et elle l'avait remercié de ce comportement chevaleresque en lui cachant l'existence de son fils et en persévérant dans son silence même lorsqu'elle avait eu l'occasion de tout lui dire.

Sans doute ne voudrait-il plus jamais la voir, mais elle était sûre d'une chose : ils trouveraient un moyen pour qu'il rencontre son fils. Elle savait maintenant que Daniel était un homme bien, et il fallait que Billy le sache aussi.

Il y avait encore autre chose qu'elle voulait faire. Daniel méritait de connaître la vie de son enfant depuis sa naissance jusqu'à aujourd'hui.

Elle ouvrit son ordinateur et commença à rassembler tous les documents et les photos racontant ce qu'avait été la vie de Billy depuis la première échographie jusqu'à ses trois ans. Il y avait là le témoignage de chaque précieux moment : les premiers pas, les premiers mots, tout ce qui aiderait Daniel à mieux connaître son fils.

Cette tâche lui prit toute la nuit, mais à 7 heures du matin le travail était terminé. Elle l'enregistra sur une clé USB qu'elle mit dans une enveloppe en y joignant son numéro de téléphone à San Francisco, au cas où Daniel souhaiterait rencontrer son fils. Puis elle alla déposer l'enveloppe devant la porte de la cabine qu'il occupait à côté de la sienne.

Le soir précédant l'arrivée à Miami, Libby était en train de boucler sa valise, lorsqu'on frappa à sa porte.

C'était sans doute Georgie, à qui elle avait promis d'aller boire un verre avec elle sur le pont, bien qu'elle n'en ait guère envie. Mais elle savait qu'elle lui devait cela.

— Un instant, cria-t-elle.

— J'attendrai aussi longtemps qu'il le faudra, répondit une voix grave.

Elle frémit. C'était la voix de Daniel.

Essayant de garder son sang-froid, elle alla ouvrir.

— Je ne m'attendais pas à te voir.

— Je ne pensais pas venir, dit-il en la regardant droit dans les yeux. Mais j'ai trouvé ton numéro de téléphone dans l'enveloppe.

— Je me suis dit que, si tu passais dans la région, tu aurais peut-être envie de voir Billy.

— Je veux beaucoup plus que cela. Nous devons parler. Puis-je entrer ?

Elle hocha la tête et s'écarta pour le laisser passer, le cœur serré.

Son pire cauchemar était en train de se réaliser. Si Daniel voulait lui réclamer la garde, elle savait qu'il en avait le droit.

— Tous les enfants sont en droit de savoir qu'ils ont deux parents qui les aiment, même s'il n'y a plus de lien entre le père et la mère, commença Daniel en se dirigeant vers les portes du balcon, ouvertes pour laisser entrer la fraîcheur de la brise nocturne.

Puis il se retourna lentement, lui faisant face.

— Je veux que notre fils sache que je l'aimerai jusqu'à mon dernier souffle.

— Je suis tellement désolée, Daniel. Je sais que j'aurais dû t'en parler. Mais, stupidement, j'ai pensé protéger Billy. Il est tout pour moi.

— Le protéger ? De moi ? Comment as-tu pu penser que je lui ferais du mal ?

Elle se laissa tomber sur le lit sans chercher à retenir ses larmes.

— Parce que tu m'as fait du mal. Je ne voulais pas qu'il s'attache à toi et que tu le laisses tomber, comme ça m'est arrivé. J'ai pensé qu'il valait mieux pour Billy ne jamais te connaître plutôt que t'aimer et te perdre un jour, car c'est une douleur insupportable.

Daniel la regarda sans rien dire.

— Je suis désolée, Daniel. Tellement désolée.

— Tu as dit que tu m'aimais ? Est-ce encore vrai ? Est-ce que tu m'aimes, Libby ?

Il la fixait d'un regard intense, comme s'il cherchait la réponse au fond de son âme.

Elle hocha la tête, essuyant les larmes qui lui inondaient le visage.

Sans un mot, Daniel la rejoignit et la serra dans ses bras.

— Alors, c'est à moi de m'excuser, Libby. Je te demande pardon de t'avoir quittée cette nuit-là, d'avoir disparu et de t'avoir laissée tomber. Rien ne justifie ce que je t'ai fait endurer. Aujourd'hui, j'ai passé quelques appels et demandé à faire le test génétique. J'ai pris cette décision pour Billy et toi. Et je te jure de ne plus jamais disparaître si tu me donnes une seconde chance.

Elle leva son visage vers lui.

— Tu veux que je te donne une seconde chance ?

— Plus que jamais. Je t'aime, Libby. Je t'aime depuis le premier jour, et jamais je ne cesserai de t'aimer.

Épilogue

Libby contemplait par la fenêtre les jardins du palais.

Les roses en pleine floraison créaient une harmonie de tons pastel. Des haies d'un vert profond, taillées avec soin, encadraient les parterres fleuris, et les allées au tracé sinueux brillaient sous les rayons du soleil. En ce début de matinée, le ciel était bleu azur, sans le moindre nuage. Le spectacle était vraiment féerique, plus beau que tout ce qu'elle aurait pu espérer pour cette journée de printemps qui allait voir la célébration de son mariage.

Les résultats du test génétique que Daniel avait passé étaient arrivés la veille, et ils étaient négatifs ! Son père ne lui avait pas transmis le gène mutant, ce qui signifiait que Billy aussi échappait à la menace d'être atteint un jour de la terrible maladie qui avait frappé les Dimosa.

Mais elle avait accepté d'épouser Daniel avant même de connaître les résultats. Elle avait insisté pour préparer le mariage sans attendre de savoir ce que donnerait le test, car cela ne changerait en rien sa décision. Elle l'aimait pour le meilleur et pour le pire.

Le lien s'était créé entre Billy et son père dès leur première rencontre. Ils se ressemblaient comme deux gouttes d'eau, et pas seulement physiquement. Elle était sûre que rien ne pourrait les séparer désormais.

— Encore quelques petits boutons, et j'aurai terminé, déclara sa mère.

Elle pencha la tête de côté pour jeter un coup d'œil à l'antique psyché de forme ovale qui reflétait l'image de sa fille.

— Tu as vraiment l'air d'une princesse, ma chérie. Tu es

tout simplement magnifique. Prépare-toi à voir ton père verser une larme lorsqu'il te découvrira dans ta robe de mariée.

— Je ne crois pas, ce n'est pas son genre ! Je ne l'ai jamais vu pleurer.

— Ce sont des larmes intérieures, il ne les montre pas. Mais aujourd'hui, ce sont des larmes de bonheur qui risquent de déborder, conclut sa mère en achevant de boutonner le dos de la robe.

C'était une magnifique robe de mariée en soie réalisée par une équipe de couturières locales. Il avait fallu trois semaines pour la confectionner. Couleur ivoire, elle s'ornait de dentelles venant de la robe de mariée qu'avait portée la mère de Daniel. Les manches, faites de la même dentelle, se prolongeaient en pointe sur les mains. Le corsage était resserré à la taille, d'où partait une traîne longue de trois mètres.

Soudain, la porte s'ouvrit.

— Oh ! mon Dieu ! Tu as vraiment l'air d'une princesse ! s'exclama Bradley.

Il était vêtu d'un costume en soie rayé vert émeraude et noir à revers brodés. Cette tenue évoquait davantage le style de Broadway que celui de la principauté de Chezlovinka, mais cela correspondait parfaitement à la personnalité de celui qui était et resterait toujours son meilleur ami.

Elle lui sourit tandis qu'il venait vers elle, bras tendus.

— C'est ce que je lui ai dit, déclara sa mère. Mais je vous défends de vous prendre dans les bras, tous les deux ! Vous allez froisser la robe.

Bradley s'arrêta net.

— Oui, bien sûr. Je ne voudrais surtout pas abîmer une création aussi divine !

Libby se mit à rire.

— On peut quand même se faire un petit câlin ?

Ils s'étreignirent un bref instant en prenant mille précautions, puis Bradley recula de quelques pas et la contempla, l'œil admiratif.

— Franchement, Libby, tu ressembles à une poupée de porcelaine. Tu es absolument magnifique !

— C'est très gentil, Bradley.

— Mais c'est la vérité, ma belle, et j'espère que Daniel sait quelle chance il a…

— Il le sait, coupa une petite voix.

Billy se tenait dans l'encadrement de la porte.

— Quand papa m'a fait mon nœud papillon, il m'a dit qu'il était l'homme le plus heureux du monde parce qu'il aurait toujours maman et moi avec lui.

Libby sentit ses yeux s'humecter.

— Ah non, tu ne vas pas pleurer ! s'écria Bradley. Tu ruinerais ton maquillage. Je ne veux pas voir une mariée le visage tout barbouillé !

Prenant sa pochette immaculée, il la lui passa délicatement sur les yeux.

— Ah ! Que ferais-je sans toi ? dit-elle en riant.

— Je n'en ai pas la moindre idée, mais le problème ne se posera pas car, Tom et moi, nous viendrons souvent te voir. Et toi, il faudra que tu viennes nous rendre visite au moins deux fois par an. Nous ne voulons pas que Billy perde son accent.

La porte s'ouvrit de nouveau, et une femme très élégante équipée d'une oreillette fit son entrée.

— Bradley, je te présente Simone, l'organisatrice du mariage.

Il salua la nouvelle venue.

— Ravi de vous rencontrer. J'imagine que le grand moment est arrivé ?

— Le fiancé et les invités sont déjà sur place, ainsi que les autres membres de la famille princière, précisa Simone. La calèche ne met que cinq minutes pour arriver à l'église, mais il faut partir maintenant.

Bradley se tourna vers Libby.

— Alors, c'est la dernière fois que je peux t'appeler

Libby McDonald. Quand nous nous reverrons, je devrai dire Votre Altesse.

— Pour toi, je serai toujours Libby.

Après un court trajet, Libby descendit de la calèche ouverte qui l'avait amenée jusqu'à la vieille église, et elle foula le tapis rouge en souriant à la foule qui l'acclamait avec des cris de joie. Les demoiselles d'honneur s'affairaient autour d'elle, défroissant sa robe et déployant son voile et sa traîne.

— Tu es fantastique, Libby, une vraie princesse, murmura Georgie avant de reprendre sa place de première demoiselle d'honneur dans le cortège.

Malgré l'organisation exemplaire que Simone avait mise en place, le protocole fut bousculé par Billy. Venu en calèche avec sa mère et son grand-père, à peine arrivé il se précipita vers l'église et y entra tout seul. Il avait été prévu qu'un des garçons d'honneur le conduise vers Daniel, qui attendait au pied de l'autel, mais le petit garçon était trop impatient de retrouver son père.

En revanche, Georgie et les autres demoiselles d'honneur suivirent à la lettre les consignes données par Simone. Elles se mirent en marche au moment précis où l'orgue commença à jouer.

— Il me semble qu'une foule de gens très importants sont venus de loin pour te voir, déclara le père de Libby en lui tapotant la main. Mieux vaut ne pas les faire attendre.

Elle lui prit le bras et ils pénétrèrent dans l'église, que l'orgue faisait vibrer de sa musique solennelle. Les invités debout entre les rangées de bancs décorés de roses blanches et de muguet rivalisaient d'élégance, mais elle n'eut d'yeux que pour l'homme le plus beau du monde qui la regardait s'avancer vers lui. Sa moitié d'orange l'attendait au pied de l'autel, l'amour de sa vie, le père de Billy et de leurs futurs enfants qui viendraient agrandir la famille. Sanglé dans un uniforme militaire d'un rouge flamboyant, il affichait un sourire qui lui allait droit au cœur.

Tandis qu'elle traversait la nef pour le rejoindre, elle lut sur ses lèvres le message silencieux qu'il lui adressait : « Je t'aime, Libby. »

Elle se sentit prête à exploser de bonheur.

Le prince Daniel Dimosa était l'homme de ses rêves, et elle allait devenir sa femme.

BLANCHE

HARLEQUIN

Retrouvez prochainement, dans votre collection

BLANCHE

La surprise d'un chirurgien, d'Annie O'Neil - N°1551

SÉRIE : DOUBLE MIRACLE À ROME - 1/2

Elle attend le bébé de Leon Cassanetti. Sous le choc, Lizzy se rappelle la nuit que tous deux ont passée dans une chambre d'hôtel de Manhattan. Grisés par leurs retrouvailles lors d'une conférence médicale, ils avaient évoqué le bon vieux temps, puis cédé au désir. Mais, aujourd'hui qu'ils doivent collaborer sur une chirurgie complexe à l'hôpital Nicolino de Rome, Lizzy se demande comment Leon réagira à sa paternité inattendue…

Passion à l'hôpital Nicolino, de Scarlet Wilson

SÉRIE : DOUBLE MIRACLE À ROME - 2/2

Une opération de pointe dans un hôpital réputé de Rome ? Le défi est trop beau, et le Dr Autumn Fraser est ravie de le relever. Mais, arrivée à l'hôpital Nicolino, elle comprend qu'il lui faudra redoubler de professionnalisme afin d'ignorer l'attirance qu'elle ressent pour son confrère, le Dr Giovanni Lombardi. Bien que cet homme soit un talentueux médecin et un père dévoué pour sa fille, il n'est que de passage dans sa vie…

Le héros d'une île grecque, d'Annie Claydon - N°1552

Suivre son instinct et sauter. Alors qu'il n'était qu'un enfant, Ben Marsh s'est jeté à l'eau pour sauver une petite fille de la noyade. Le temps a passé et, bien qu'il n'ait jamais revu Arianna Petrakis, il ressent soudain un besoin impérieux de faire sa connaissance. Peut-être parce que leur rencontre singulière a scellé sa vocation de médecin ? De retour à Ilaria, l'île où tout a commencé, Ben part à la recherche de celle qu'il n'a jamais oubliée…

Deux médecins à Miami, d'Ann McIntosh

Pour le Dr Regina Montgomery, ce remplacement dans un hôpital de Miami est une belle opportunité. Un pas de plus vers son objectif : devenir chef de service. Pourtant, elle déchante en découvrant qu'elle doit collaborer avec le Dr Mateo Herrera, l'homme qui autrefois nourrissait ses fantasmes… S'il ne s'est jamais rien passé entre eux, le désir est toujours là, et Mateo ne lui cache pas son envie de voir leur relation devenir plus intime…

Leur mission : sauver des vies.
Leur destin : trouver l'amour.

HARLEQUIN
www.harlequin.fr

BLANCHE

Un domaine en héritage, de Becky Wicks - N°1553

De retour dans le Dorset avec sa fille, Jodie découvre qu'elle hérite la moitié d'un somptueux domaine ainsi que les parts d'une clinique vétérinaire. Hélas, son nouveau partenaire n'est autre que Cole Crawford. Douze ans plus tôt, alors qu'elle l'aimait de tout son cœur, celui-ci l'a abandonnée sans explication… Or, si le beau docteur éveille toujours en elle des sentiments troublants, elle doit protéger son cœur – et son enfant – d'une histoire sans avenir…

Troublante mission en montagne, de Susan Carlisle

Il y a des années de cela, Dana et Travis ont passé un été inoubliable. Un été au goût d'inachevé car, alors qu'elle tentait de l'embrasser, il l'avait repoussée. Aujourd'hui, pas question pour Dana de laisser ces souvenirs compromettre sa mission. Devenue pompier-parachutiste, elle doit conduire le Dr Russell jusqu'à l'un de ses patients fragiles, qui refuse d'être évacué malgré l'incendie qui fait rage à Mount Bachelor. Une tâche ardue qui exclut toute distraction…

Un bébé pour le Dr White, de Sue MacKay - N°1554

Jusqu'à présent, le Dr Harper White considérait Cody Brand comme un infirmier sympathique et consciencieux. Pas comme son sauveur potentiel ! Pourtant, le jour où il la protège d'une agression, elle se découvre des sentiments inédits pour lui – qu'elle tente d'étouffer. En effet, Cody est le genre d'homme à vouloir fonder une famille… Ce que, à son désespoir, elle ne pourra jamais lui offrir.

L'incertitude au cœur, de Robin Gianna

Bree n'a aucun regret d'avoir rompu ses fiançailles avec le Dr Sean Latham : malgré des débuts dignes d'un conte de fées, elle s'est rendu compte qu'il y avait trop de différences irréconciliables entre eux… Seulement, quand elle apprend que Sean s'est inscrit sur un site de rencontres, Bree a l'impression de recevoir un coup de poignard en plein cœur. Se pourrait-il qu'elle ait pris la mauvaise décision en le quittant ?

HARLEQUIN

Leur mission : sauver des vies.
Leur destin : trouver l'amour.

HARLEQUIN
www.harlequin.fr

BLANCHE

Une passion imprévue, de Lucy Ryder - N°1555

Elle qui pensait passer des vacances de rêve dans le Pacifique, la voilà coincée sur une île déserte en compagnie d'un rustre ! Furieuse, le Dr Eve Carmichael tente de se reprendre : elle n'a d'autre choix que de supporter Chase Gallagher, le maudit pilote qui les a fait se poser au milieu de nulle part. À mesure que les jours passent, toutefois, Chase se révèle très protecteur envers Eve… au point de la conquérir ?

Un papa pour Zoe, de Fiona Lowe

Seule… et enceinte d'une petite fille, qu'elle prénommera Zoe. Une situation terrible que Meredith doit affronter depuis la mort tragique de son mari. En s'installant à la campagne, c'est un peu de sérénité qu'elle recherchait. Jamais elle n'aurait imaginé tomber amoureuse ! Pourtant, le charme de Rafael, son voisin, agit bientôt comme un baume sur son cœur. Mais est-il prêt à aimer l'enfant d'un autre ?

HARLEQUIN

Leur mission : sauver des vies.
Leur destin : trouver l'amour.

HARLEQUIN
www.harlequin.fr